데이트 어 라이브 10 토비이치 엔젤
DATE A LIVE Angel TOBICHI

"내가 죽일 대상은 정령만이 아냐.
자신도 모르는 사이에 정에 얽매이고 만,
나 자신도 포함돼."
정령을 증오하는 마술사——토비이치 오리가미

"토카와 다른 애들은
평범하게 살고 싶은 것 뿐이야!"
고교생——이츠카 시도

"토비이치 오리가미. 나는 너를 싫어한다.
지금도, 옛날도, 변함없이 말이다.
―하지만 지금의 이 『싫어한다』는,
옛날의 『싫어한다』와 아마 약간은 다른 것 같다.
그러니까―."
정령――토카

"죽일 생각으로 싸워주마.
—죽지 마라, 오리가미."

"……오리가미, 너.
어째서— 정령이 된 것이냐!"

메타트론
"—〈절멸천사(絕滅天使)."
정령——토비이치 오리가미

CONTENTS

DATE 데이트 A 어 LIVE 라이브

10

글 : 타치바나 코우시
그림 : 츠나코
옮긴이 : 이승원

THE SPIRIT
정령(精靈)
인계(隣界)에 존재하는 특수 재해 지정 생명체. 발생 요인, 존재 이유 둘 다 불명.
이쪽 세계에 모습을 드러낼 때, 공간진(空間震)을 발생시켜 주위에 심각한 피해를 끼친다.
또한, 엄청난 전투 능력을 보유하고 있음.
WAYS OF COPING1
대처법1
무력을 통한 섬멸.
단, 위에서 말했듯 매우 강대한 전투 능력을 보유하고 있기 때문에 달성 가능성이 극도로 낮음.
WAYS OF COPING2
대처법2
—데이트를 해서, 반하게 만든다.
토비이치 엔젤
Angel TOBIICHI
SpiritNo.1
AstralDress-AngelType Weapon-CrownType [Metatron]

서장 토비이치 오리가미

토비이치 오리가미라는 소녀가 『특별』해진 것은 약 5년 전부터다.

어릴 적부터 눈에 띄게 총명했고, 학업 성적과 운동 능력도 우수하기는 했지만, 어디까지나 상식적인 수준을 벗어나지는 않았다. 어머니가 부녀회나 학부모 면담 자리에서 잘난 척할 수 있는 정도에 지나지 않았던 것이다.

잘하는 과목은 수학. 못하는 과목은 국어.

좋아하는 음식은 그라탱. 싫어하는 음식은 셀러리.

장래의 꿈은— 귀여운 아내.

세상은 상식으로 가득 차 있으며, 누구도 그 사실을 의심하지 않았다. 자신이 할 수 있는 일을 주어진 범위 안에서 열심히 하기만 하면, 친구들에게도, 어른들에게도 칭찬받을 수 있었다. 그런 상냥한 세계가 언제까지나 계속될 거라고 그녀는 생각했다.

하지만 5년 전 여름의 어느 날. 오리가미를 둘러싼 모든 것이 변해버리고 말았다.

—그날. 집으로 돌아가던 오리가미를 맞이한 것은 그녀가 사는 마을의 익숙한 풍경이 아니라, 홍련의 불꽃에 휩싸인 지옥 같은 광경이었다.

(아빠, 엄마……!)

집에 있을 부모님을 떠올린 오리가미는 불꽃에 휩싸인 마을 안으로 뛰어 들어갔다.

지금 생각해보면 무모하기 그지없는 행동이었다. 오리가미가 집에 도착하더라도 그녀가 할 수 있는 일은 거의 없었다. 하지만 당시의 오리가미는 부모님에 대한 걱정으로 머릿속이 가득 차 있어서 거기까지 생각이 미치지 않았다.

잠시 후, 자신의 집에 도착한 오리가미는 아버지가 불붙은 현관문을 걷어차 부순 후, 어머니를 부축하면서 밖으로 나오는 모습을 보았다.

그 순간 오리가미는 말로 표현할 수 없을 정도의 안도감을 느꼈다. 아버지와 어머니는 살아 있었다. 그 사실이 너무나도 기쁜 나머지, 오리가미는 눈물을 흘리면서 아버지의 손을 잡으려 했다.

하지만 그 순간.

(————어?)

갑자기 하늘에서 빛 같은 것이 쏟아졌다. 그와 동시에 오리가미의 몸은 뒤쪽으로 튕겨져 날아갔다.

그리고— 그 빛이 쏟아진 장소에 서 있던 부모님은.

조금 전까지 인간의 형태를 하고 있었다는 사실이 믿기지 않을 만큼, 조그마한 파편으로 변하고 말았다.

(아, 아…… 아…… 아아아아아——)

오리가미는 부들부들 떨면서 하늘을 올려다보았다.

그러자, 빛을 내뿜고 있는 한 소녀가 눈에 들어왔다.

(네, 가……)

—아빠와, 엄마를.

(용, 서 못 해……! 죽일 거야…… 죽여버릴 거야……! 내 손으로— 반드시……!)

오리가미는 증오로 점철된 목소리로 그렇게 외치며 복수를 맹세했다.

그것이, 오리가미와 정령의 만남.

지금까지 계속되어온 인연의 시발점.

그날부터, 오리가미는 변했다.

가족을 잃은 오리가미는 근처에 사는 친척 집에서 일시적으로 지내게 되었다. 그리고— 그 친척이 AST의 전 관계자라는 사실이 오리가미의 인생을 결정지었다.

그 친척은 다른 사람에게는 비밀이라면서, 오리가미에게 한 존재에 대해 가르쳐줬다.

—정령. 세계를 죽이는 재앙.

그 후, 오리가미는 비정상적일 정도로 공부와 단련에 힘을 쏟았다.

이유는 단순했다. 그때 본 정령을 찾아내, 자신의 손으로 죽이기 위해서였다.

어린 오리가미는 구체적인 방법을 알지 못했다. 그래서— 필사적으로 자기 자신을 단련했다.

언젠가 부모님의 원수를 찾아냈을 때 복수할 수 있도록, 수라 혹은 나찰을 연상케 할 만큼 혹독하게 자신의 몸을, 자신의 정신을 단련시켰다.

잘하는 과목은 전부 다. 못하는 과목은 없음. 그녀는 자신이 접할 수 있는 모든 지식과 기술을 전부 자신의 것으로 만들었고, 『불가능』이라는 말은 철저하게 부정해왔다.

그즈음부터 그녀는 음식에 거의 관심을 가지지 않게 되었다. 강한 육체를 만들기 위해 적절한 영양소 섭취에만 관심을 가졌고, 맛 같은 것에는 신경을 쓰지 않았다.

장래의 꿈은— 그 정령을 죽여 부모님의 복수를 하는 것.

그리고 몇 년 후. 오리가미는 친척의 소개로 AST에 들어가게 되었고, 현현장치(顯現裝置)(리얼라이저)에 적성이 있다는 사실을 인정받은 후, 마술사(위저드)가 되었다.

AST 대원이 된 오리가미는 더욱더 자신을 단련했다.

세계는 비상식으로 가득 차 있고, 그 누구도 그 사실 앞에서는 저항하지 못했다. 자신에게 주어진 범위 안에서는 도저히 목적을 달성할 수 없었다. 그런 잔혹한 세상에서 살아남기 위해서는 자신의 존재 의의를, 해내야만 하는 일을, 더욱 강하게 의식할 수밖에 없다.

하지만— 그런 오리가미에게도 마음이 안정되는 순간은 있었다.

그렇다. **그때** 만났던 소년이다.

지금 생각해보면, 그녀가 그 소년을 상대로 느낀 것은 사랑이라기보다 의존에 가까운 감정이었을지도 모른다.

부모님을 잃은 오리가미는 그 소년이라는 존재에게 의존해 겨우겨우 자기 자신을 유지한 것이다.

그래서— 그것이 간접적인 원인이 되어 AST에 쫓기게 된 지금도, 오리가미는 그를 단 한 번도 원망하지 않았다.

지금 생각해보면…… 오리가미는 한계를 느낀 것일지도 모른다.

정령을 쓰러뜨린다는 목적을 달성하기 위해 조직된 AST. 초인적인 힘을 인간에게 부여하는 리얼라이저.

하지만 그것들을 동원해도, 정령을 쓰러뜨릴 수는 없었다.

그래서 오리가미는 더욱더 강한 힘을 갈구했다.

리얼라이저를 만든 회사, DEM인더스트리. 그곳에서 만든 최신예 장비와, 그 장비를 다룰 수 있는 육체를 말이다.

그리고 오리가미는—.

제1장 표적이 된 시도

어둠 속에서 가장 먼저 느낀 위화감은 바로 향기였다.

비누나 꽃에서 날 것 같은 좋은 향기. 자신에게서 나는 게 아닌 그 향기가 시도의 코를 자극했다.

"으음……."

신음을 흘리면서 몸을 비튼 시도는 누운 채 기지개를 켰다.

그러자 이번에는 손등이 부드럽고 따뜻한 무언가에 닿았다. 그리고 "꺄아." 하는 낮은 목소리가 들려왔다.

"어……?"

시도는 멍한 머릿속을 억지로 깨운 후, 눈을 비비면서 몸을 일으켰다.

가장 먼저 눈에 들어온 것은 평소 자신이 자는 침대였다. 새하얀 시트 위에 놓인 흐트러진 모포와 이불이 그의 눈에 들어왔다. 하지만 조금 전에 느낀 것은 이불이나 모포의 감촉이 아니었다. 그리고 저런 것들이 목소리를 낼 리가 없다. 시도는 천천히 고개를 돌렸다.

그러자…….

"후후…… 좋은 아침, 시도 군."

속옷 차림으로 시도의 옆에 누워 있던 여성이 색기 넘치는 미소를 지으면서 요염하게 머리카락을 쓸어 넘겼다.

20대 중반으로 보이는 여성이었다. 길고 날씬한 손발과 풍만한 가슴, 모델도 울고 갈 만큼 끝내주는 몸매를 지닌 미녀였다.

"……으, 응. 좋은 아—."

잠이 덜 깬 시도는 멍하니 인사를 건네다— 말을 멈췄다.

"우, 우와아아아아아아앗?!"

지금 자신이 처한 비정상적인 사태를 뇌가 이해한 순간, 시도는 그 미녀에게서 떨어지기 위해 뒤로 물러섰다. 하지만 현재 그가 있는 곳은 침대 위다. 침대 밖으로 엉덩이가 빠져나온 시도는 그대로 뒤로 벌러덩 넘어지면서 바닥에 뒤통수를 찧었다.

"으윽!"

"어머나. 조심 좀 해, 시도 군."

바로 그때, 여성의 웃음기 섞인 목소리가 들려왔다. 넘어진 상태에서 고개를 든 시도는 당혹스러움과 경악이 뒤섞인 시선을 침대 위를 향해 보냈다.

"나…… 나츠미……?! 너, 어째서—."

그리고 당황한 목소리로 여성의 이름을 불렀다.

그렇다. 시도는 눈앞에 있는 여성을 본 적이 있었다. 나츠미. 시도가 며칠 전에 영력을 봉인한 정령이다.

"어째서는 뭐가 어째서야. 나는 그저 잠꾸러기를 깨우러 온 것뿐이야."

나츠미는 천천히 몸을 일으키더니 "으응." 하고 낮은 신음을 흘리며 기지개를 켰다. 그런 단순한 동작조차도 영화의 한 장면 같이 보일 만큼 요염했다.

한동안 나츠미에게서 눈을 떼지 못하던 시도는 잠시 후 고개를 휘휘 저었다.

"그, 그게 아니라……! 아니, 네가 왜 내 옆에서 자고 있었던 건지도 신경 쓰이지만, 그것보다—."

시도는 한 번 더 눈을 비비고, 겸사겸사 볼을 꼬집어보면서 자신이 꿈속에 있는 것이 아니라는 사실을 확인한 후 말했다.

"나츠미, 너 왜 어른이 된 거야?!"

그렇다. 이 아름다운 여성은 나츠미의 본래 모습이 아니다.

나츠미가 변신 능력으로 자신의 몸을 이상적인 여성으로 변신시킨 모습인 것이다.

하지만 나츠미의 영력은 시도에게 봉인되었다. 그렇기 때문에 변신 능력을 사용할 수 있을 리가 없다. 한정적으로 능력을 사용하는 것조차도 정령의 정신 상태가 현저하게 흐트러졌을 때뿐이다.

그렇다면 나츠미가 현재 강렬한 스트레스를 느끼고 있는 것일까. 하지만 겉으로 보기에 나츠미의 정신 상태는 딱히 흐트러진 것처럼 보이지는 않는데—.

시도가 그런 생각을 하고 있을 때, 갑자기 방문이 열렸다.

"정말 시끄럽네. 대체 무슨 일이야?"

검은색 리본으로 머리카락을 둘로 나눠 묶은, 중학생 정도로 보이는 소녀가 방 안으로 들어왔다. 시도의 여동생인 이츠카 코토리였다. 아무래도 시도의 방에서 흘러나오는 소란스러운 소리를 듣고 무슨 일인지 보러 온 것 같았다.

"……."

시도의 방에 온 코토리는 속옷 차림의 나츠미, 그리고 바닥에 쓰러져 있는 시도를 번갈아 본 후 눈썹을 살짝 찌푸렸다.

그리고 바닥에 쓰러져 있는 시도의 눈에 자신의 팬티가 비칠지도 모르는데도 발을 높이 들어 올린 코토리는 오빠의 복부를 향해 발꿈치 찍기를 날렸다.

"꼭두새벽부터 뭐 하는 거야아아아앗!"

"갸앙……."

몸이 기역 자로 꺾인 시도는 배를 움켜쥔 채 바닥을 데굴데굴 굴러다녔다. 코토리는 뒤돌아서더니 오른 주먹으로 왼손 바닥을 치면서 승리 포즈를 취했다. 격투 게임이었다면 두 사람 사이에 『KO!』라는 글자가 표시되었을 것이다.

"흥, 걍이라구? 골동품 애호가로 전직하지그래?"

"이, 인마……."

시도는 비난 섞인 목소리를 내뱄지만, 코토리는 그의 말에 귀 기울일 생각이 없는 것 같았다.

"그리고 대체 무슨 생각으로 여동생이 있는 집 안에서 음란한 짓을 하려고 한 거야? 시도는 좀 더 분별 있고 사려 깊은 사람인 줄 알았는데, 정말 실망이야."

"누, 누명(陋名)이야!"

"우와, 누명이래……. 자기가 더러운 짓을 하려고 한 건 아나 보네."

"한자 뜻만 가지고 판단하지 마![#1] 아침에 눈을 떠보니 나츠미가 내 옆에서 자고 있었단 말이야! 나는 아무 짓도 안 했다고!"

"……정말이야?"

코토리는 미심쩍은 시선으로 나츠미를 쳐다보았다.

그러자 나츠미는 볼을 붉히면서 양손으로 가슴을 감싼 후, 부끄러움 섞인 목소리로 말했다.

"시도 군…… 엉큼해."

#1 한자 뜻 '사실이 아닌 일로 이름을 더럽히는 억울한 평판'이라는 뜻의 누명을 한자 그대로 읽으면 더러운(陋) 이름(名).

"……!"

그 말을 들은 코토리는 시도를 노려보면서 또다시 발꿈치 찍기를 날렸다. 하지만 아슬아슬하게 양손으로 그녀의 공격을 막아낸 시도는 호소하듯 고함을 질렀다.

"지, 진정해! 나는 진짜로 아무 짓도 안 했다고!"

"……정말이지?"

"그, 그래! 그리고 나츠미는 왜 어른 버전으로 변신할 수 있는 거야?! 무슨 일 있었어?!"

"아……."

시도의 말을 들은 코토리는 다리를 천천히 내려놓으면서 입을 열었다.

"그러고 보니— 나츠미의 현재 상태에 대해 시도에게 말해주지 않았구나."

"현재 상태? 그게 무슨 소리야? 설마 봉인이 완벽하지 않았던 거야……?"

시도는 긴장하면서 말했다. 하지만 그 말을 들은 코토리는 고개를 저었다.

"아냐. 봉인 자체는 성공했어. 나츠미의 영력은 다른 정령들의 영력과 마찬가지로 시도에게 봉인되어 있어."

"그럼…… 나츠미의 정신 상태가 흐트러질 만한 일이라도 있었던 거야?!"

그 말을 들은 코토리는 복잡한 표정을 지었다.

"으음…… 그렇게 볼 수도…… 있을 것 같네."

"응? 그게 무슨 소리야……?"

코토리가 영문 모를 소리를 하자, 시도는 고개를 갸웃거렸다. 그러자 코토리는 나츠미에게 들리지 않게 하려는 것처럼 시도의 귀에 입을 대면서 말했다.

"……저기, 나츠미는 멘탈이 엄청 약하잖아."

"……아……."

시도는 부자연스러운 자세로 볼을 긁적였다. 그러고 보니 변신 전의 나츠미는 콤플렉스 덩어리다. 그래서 사소한 일에도 정신 상태가 급변하는 것이다.

"무슨 말인지 알겠지? 나츠미는 토카나 다른 애들보다 훨씬 능력을 발현시키기 쉬워."

"그, 그건 꽤 위험한 거 아냐……?"

"으음…… 하지만 발현되는 능력이라고 해봤자 자신의 모습을 바꾸는 능력뿐이야. 아마 부끄러움을 느끼거나 남들의 눈을 피하고 싶을 때, 자연스럽게 자신의 모습을 바꾸는 것 같아. 이건 시간을 들여가면서 조금씩 변화시키는 수밖에 없을 것 같아."

"그, 그래……."

"거기 두 사람, 나 몰래 무슨 이야기를 하는 거야? 이 언니도 끼워줘~."

나츠미는 흐트러진 머리카락을 요염하게 쓸어 모으면서

말했다. 지금의 그녀는 너무나도 위풍당당했다. 그러고 보니 이 모습일 때의 나츠미는 사람이 변하기라도 한 것처럼 자신만만한 성격이 되었다.

"나츠미, 너 말이야……."

몸을 일으킨 코토리는 나츠미를 흘겨보면서 한숨을 내쉬었다.

"시도를 깨우는 건 좋지만, 아무 때나 변신하는 버릇은 좀 고쳐. 그래서는 사회에 적응하지 못할 거야."

"후후, 시도 군을 깨우는 역할을 나한테 뺏겼다고 화·내·지·마~. 귀여운 얼굴이 못나진단 말이야~."

"따, 딱히 그런 뜻에서 한 말은 아냐!"

"후후, 얼굴에 다 쓰여 있으니 부정하지 마. 그리고 몸매에 굴곡이 없는 코토리 양이 옆에 누워 있어도, 시도 군은 아무렇지도 않게 잠만 쿨쿨 잘걸~?"

"뭐, 뭐어어엇?!"

나츠미가 커다란 가슴을 받치듯 양손으로 팔짱을 끼면서 한 말을 듣고 코토리가 분노를 터뜨렸다.

"그렇잖아? 특정 계층을 상대로 어느 정도 수요가 있을 것 같지만 화력 부족이라고나 할까, 뛰어난 기술력으로 공기 저항이 한없이 제로에 가깝게 만든 것 같다고나 할까……."

"마, 말도 안 되는 소리 하지 마! 나는 아직 개발 도상국

이란 말이야!"

"흐음…… 하지만 가슴의 성장은 보통 15세 전후에 멈춘다지 않아?"

"나, 나는 아직 열넷이야! 그, 그러는 너도 잘난 척할 자격 없잖아! 변신 상태에서는 나이스 보디지만, 실제로는 나보다 더 절벽이면서!"

"……윽!"

코토리가 그렇게 외친 순간, 자신만만해하던 나츠미의 표정이 순식간에 변모했다. 그와 동시에 주위가 어둠에 휩싸인 듯한 착각이 들었다. 만약 이것이 만화의 한 장면이라면, 나츠미의 머리 위에 『두둥』 같은 의성어가 표시되었을 것이다.

"여, 역시…… 코토리는 그렇게 생각하는구나. 흐, 흐흑…… 나, 정말 바보야. 친구가 생겼다고 혼자서 멋대로 좋아했어……. 남들이 나 같은 못난 애를 진심으로 받아줄 리가 없는데……."

나츠미는 양손으로 얼굴을 감싼 채 부들부들 떨었다. 확실히 나츠미는 두부에 버금갈 만큼 멘탈이 약했다. 코토리는 "아차!"라고 외치는 듯한 표정으로 나츠미를 위로하려 했다.

"따, 딱히 그렇게 생각하는 건 아냐. 방금 그건 말실수라고나 할까, 분위기에 휩쓸려 말이 좀 지나쳤다고나 할까……."

"흑…… 흑…… 괜찮아, 코토리. 무리하지 않아도 돼. 나 같이 못난 애가 눈치 없이 계속 귀찮게 해서…… 잘난 데 하나 없으면서 계속 으스대서 정말 미안해……."

"오, 오해야! 그, 그런 생각 눈곱만큼도 한 적 없어!"

"하지만…… 나, 코토리보다도 가슴도 작고……."

"그, 그렇지 않아!"

"……그럼 코토리가 나보다 더 가슴이 작은 거야……?"

"윽, 그, 그건……."

코토리는 식은땀을 흘리면서 머뭇거렸다. 그러자 나츠미는 닭똥 같은 눈물을 흘리면서 울음을 터뜨렸다.

"역시 거짓말한 거구나! 상냥한 거짓말로 내 마음에 지울 수 없는 상처를 내려고 한 거지?!"

"아…… 아아, 정말! 그래! 나는 나츠미보다도 가슴이 작아!"

코토리는 될 대로 되라는 듯한 목소리로 외쳤다. 그러자 나츠미는 금세 울음을 그치더니, 이번에는 침대를 손바닥으로 내려치면서 웃음을 터뜨렸다.

"아하, 하하하하! 절벽이래요~! 코토리 가슴은 완전 절벽이래요~!"

"뭐……."

코토리는 뭐가 어떻게 된 것인지 바로 파악하지 못했는지 잠시 동안 망연자실한 표정을 짓더니, 곧 날카로운 시선으로 나츠미를 노려보았다.

"너, 너…… 날 속였지?!"

"꺄아~! 절벽이 때리려고 해~!"

나츠미는 깔깔 웃으면서 침대에서 나와 방 밖으로 도망쳐 1층으로 내려갔다.

"이익, 거기 서……!"

코토리가 그런 나츠미의 뒤를 쫓았다.

―그제야 시도의 방에 평온이 찾아왔다.

"……세수나 하자."

시도는 한숨을 내쉬면서 몸을 일으켰다.

꼭두새벽부터 서프라이즈 이벤트가 발생하긴 했지만, 그것만 빼면 오늘 아침은 놀라울 정도로 『평소와 다름없었다』.

시도는 세수를 하고 옷을 갈아입은 후, 결국 나츠미를 놓친 모양인 코토리와 함께 아침을 먹고 집을 나섰다.

그러자 시도의 집 옆에 있는 맨션에서 힘찬 목소리가 들려왔다.

"시도!"

고개를 돌리자, 라이젠 고교의 여자 교복을 입은 소녀가 손을 흔드는 모습이 눈에 들어왔다.

밤을 연상케 하는 검은색 머리카락과 수정처럼 찬란히 빛나는 두 눈동자가 인상적인, 말도 안 될 만큼 아름다운 소녀였다. 아름다운 콧날과 벚꽃 같은 입술. 보는 이들에게 신비스러운 느낌마저 안겨줄 만큼 그녀의 외모는 아름다웠다.

하지만 그렇게 아름답고 가련한 얼굴에는 그 인상과는 정반대되는 밝고 친근한 미소가 맺혀 있었다.

야토가미 토카. 시도의 이웃사촌 겸 클래스메이트다.

"아, 토카. 좋은 아침."

"음, 좋은 아침이다!"

시도가 마주 손을 흔들어주자, 토카는 만면에 미소를 지으면서 고개를 끄덕였다. 그녀는 건강미와 활기로 가득 차 있었다. 뭐랄까, 하루하루를 전력을 다해 사는 느낌이 물씬 드는 소녀였다.

"오늘도 정말 날씨가 좋구나! 정말 푸근한 날씨다!"

"그래. 11월 같지 않을 정도야. ―그런데 카구야와 유즈루는? 설마 아직 자는 거야?"

시도는 고개를 갸웃거리면서 토카의 뒤편을 쳐다보았다. 토카와 같은 맨션에서 사는 야마이 카구야·유즈루 자매의 모습이 보이지 않았다.

"그 두 사람은 먼저 갔다. 오늘은 누가 먼저 학교에 도착하느냐로 경쟁하는 것 같더구나."

"아하, 그렇구나."

시도는 너무나도 「그녀들다운」 이유를 듣고 무심코 쓴웃음을 지었다. 카구야와 유즈루는 정말 사이좋은 자매지만, 삼시 두 끼보다 승부를 좋아해서(실은 삼시 세끼보다 좋아한다고 말하고 싶었던 것 같지만, 세 끼나 밥을 거르면 승부 자체를 할 수 없기 때문에 그렇게 말하지 않은 것 같았다) 뭔가를 걸고 자주 승부를 벌이곤 했다.

"그럼 가자."

"음!"

토카는 시도의 말을 듣고 힘차게 고개를 끄덕였다. 그리고 두 사람은 함께 통학로를 걸었다.

이것 또한 평소와 다름없는, 일상의 한 장면이었다.

최근 몇 개월 동안 시도는 이런 일상을 보내왔다. 정령이라는 특이한 존재와 함께 보내는 상식의 범주를 벗어난 기묘한 생활은 시도에게 있어 어느새 평범한 일상이 되었다.

"아야야."

별생각 없이 하늘을 올려다보던 시도는 발목이 아파 오자 얼굴을 찡그렸다.

"음? 왜 그러느냐, 시도."

"아, 그게…… 아침에 침대에서 굴러떨어졌거든."

"으음, 그러하냐. 조심해라."

토카는 걱정스러운 표정을 지으면서 말했다. 시도는 "별것 아니니까 걱정하지 마."라고 말하면서 쓴웃음을 지었다.

"평소에는 안 떨어지는데, 오늘은 나츠미가—."

"나츠미? 나츠미가 무슨 짓을 한 것이냐?"

"아, 응. 아무것도 아냐."

시도는 얼버무리듯이 손을 내저었다. 잠시 동안 영문을 모르겠다는 표정을 짓고 있던 토카는 뭔가가 생각났다는 듯이 눈을 치켜떴다.

"아, 맞다. 저기, 시도. 실은 나츠미 관련으로 너에게 물어볼 것이 있다."

"응? 뭔데?"

"나츠미는 모두에게 사랑받기 때문에 나츠~미라는 이름인 것이냐?"

"……아."

화제가 바껴 마음속으로 안도하던 시도는 토카의 말을 듣고 식은땀을 줄줄 흘렸다.

일전에 시도는 토카에게 「나츠~미」라는 말이 「당신을 사랑합니다.」라는 뜻이라고 말한 적이 있었다. ……실은, 토카를 나츠미라고 부른 시도가 난처한 상황을 모면하기 위해 그렇게 둘러댄 것이었다.

"그, 그래. 『좋아한다』나 『사랑한다』는 말은 느낌이 꽤 좋잖아. 그래서 이름으로 쓰는 사람도 꽤 있어. 연예인 중에도 『사랑』이라는 이름을 쓰는 사람이 있잖아."

"오오! 그렇구나!"

시도가 대충 둘러대자, 토카는 손뼉을 치면서 탄성을 질렀다. ……그 모습을 보니 왠지 가슴이 아렸다.

그런 이야기를 하면서 걸음을 옮기던 두 사람은 잠시 후 학교에 도착했다.

평소처럼 신발을 갈아 신고, 평소처럼 계단을 올라, 평소처럼 교실에 들어가, 평소처럼 자리에 앉았다. 시도의 자리는 창가에서 두 번째 자리이고, 토카의 자리는 세 번째 자리였다. ……왠지 교실에 들어온 순간, 반 친구들이 경계심 섞인 시선을 보낸 듯한 느낌이 들었지만 그는 신경 쓰지 않았다.

이제는 수업 준비를 하면서 조례 시각까지 토카와 별것 아닌 대화를 나누면 된다. 그것 또한 평소와 다름없었다.

—하지만.

"……."

시도는 아무 말 없이 왼쪽에 있는 창가 자리를 쳐다보았다.

아직 아무도 앉지 않은 자리. 시도의 클래스메이트— 토비이치 오리가미의 자리였다.

그렇다. 평소와 다름없는 일상 중 단 하나만이 평소와 달랐다.

"오리가미……."

시도는 낮은 목소리로 클래스메이트의 이름을 중얼거렸다.

"으음……."

시도의 시선이 어디를 향하고 있는지 눈치챈 토카도 오리가미의 자리를 쳐다보았다.

오리가미는 AST— 정령을 섬멸하는 것이 목적인 부대의 대원이다. 그렇기에 정령인 토카와 오리가미의 사이는 좋지 않았다. 아니, 견원지간이라 해도 과언이 아니었다.

하지만 왜일까. 아무도 앉아 있지 않은 그 자리를 바라보는 토카의 시선에는 복잡한 감정이 담겨 있는 듯한 느낌이 들었다.

하지만 그것도 무리는 아닐지도 모른다. 시도는 작게 한숨을 내쉰 후, 오리가미와 마지막으로 만났을 때를 떠올렸다.

—지금으로부터 며칠 전. 이 텐구 시는 위기에 처했다.

DEM인더스트리가 이 마을을 향해 폭파 술식이 탑재된 인공위성을 위성 궤도에서 낙하시킨 것이다.

시도와 정령들, 그리고 〈라타토스크〉가 협력해 겨우겨우 막아냈지만, DEM인더스트리는 비장의 카드를 가지고 있었다.

인공위성에 탑재된 것에 버금가는 위력을 지닌 폭탄을 공중함에서 텐구 시를 향해 투하한 것이다.

모든 힘을 소모한 시도 일행은 궁지에 몰렸다. 더는 막아낼 방법이 없었다.

하지만 바로 그때— 한 위저드가 나타나 일격에 그 폭탄을 격추했다.

그 위저드는 바로 오리가미였다.

"그건 대체……."

시도는 자기 자신에게 묻듯 중얼거린 후, 이마에 손을 대면서 생각에 잠겼다.

단순하게 보자면 오리가미가 위기에 처한 시도 일행을 구해주었다, 정도로 생각하면 될 일이었다. 그 자리에서 양손을 치켜들면서 오리가미에게 감사의 인사를 건네면 되었을 것이다.

하지만 사태는 그렇게 간단하지 않았다.

오리가미가 장비한 CR-유닛— 그것은 그녀가 평소 장비하는 육상 자위대 AST의 제식 채용 장비가 아니라 DEM 인더스트리의 장비였다.

대체 뭐가 어떻게 된 것일까. 결국 오리가미는 시도 일행을 향해 의미심장한 시선을 보낸 후 사라졌다. 다음에 만나면 자세한 사정을 물어볼 생각이었지만…….

바로 그때, 교실에 설치된 스피커에서 귀에 익은 차임 소리가 흘러나왔다.

"……조례 시간이 됐구나."

교실 곳곳에 흩어져 있던 학생들이 허둥지둥 자신의 자리로 돌아갔다. 창밖을 보니 서서히 닫히고 있는 교문을 아슬아슬하게 통과하는 소년 소녀 몇 명이 눈에 들어왔다.

하지만— 그 안에 오리가미의 모습은 없었다.

"……오늘도 안 오는구나."

시도는 작게 한숨을 내쉬었다. 그 한숨에는 낙담과— 약간의 안도가 담겨 있었다.

하지만 이대로 있을 수는 없었다. 오늘은 하굣길에 병문안이라는 핑계를 대면서 오리가미의 맨션에 가보는 것이 좋을지도 모른다.

시도가 그런 생각을 하고 있을 때, 담임인 오카미네 타마에 선생님·통칭 타마 선생님이 들어왔다.

차렷, 경례, 착석. 평소와 마찬가지로 인사를 나눈 후, 타마 선생님은 출석부를 펼쳤다.

"……안녕하세요, 여러분. 오늘도 파이팅이에요."

타마 선생님은 파이팅, 이라는 말을 꽤 어두운 목소리로 말한 뒤 출석부를 쳐다보았다.

반 친구들이 평소와 달리 침울해 보이는 타마 선생님을 힐끔힐끔 쳐다보면서 소곤거렸다.

"……어…… 타마 선생님, 왜 저러지?"

"왠지 힘이 없어 보이는데?"

"아, 또 맞선 나갔다가 퇴짜 맞은 걸지도 몰라."

"아……."

다들 멋대로 상상의 나래를 펼치고 있었다.

한편, 타마 선생님은 땅이 꺼져라 한숨을 내쉰 후 입을 열었다.

"출석을 부르기 전에 여러분에게 알려야 할 슬픈 소식이 있어요…….”

타마 선생님은 그렇게 말하면서 미간을 살짝 찌푸렸다. 그녀에게서 흘러나온 불온한 분위기를 느낀 클래스메이트들은 “역시…….” 하고 중얼거렸다.

“맞선 사진에 너무 공을 들이지 말라고 그렇게 말했는데…….”

“확실히 첫인상이 나쁘면 만나주지도 않겠지만, 갭이 너무 커도 문제니까 말이야.”

“아니, 그래도 맞선 자리에서 퇴짜 맞은 이야기를 조례 시간에 하지는 않을 것 같은데?”

“그럼 뭔데?”

“결혼 사기를 당해서 전 재산을 날렸다든가?”

“우와아, 불쌍해라.”

반 친구들이 또 소곤댔다. 타마 선생님은 학생들을 조용히 시키기 위해 일부러 헛기침을 한 후 입을 열었다.

“실은…… 토비이치 양이 개인적 사정으로 전학을 가게 되었어요…….”

“예……?!”

타마 선생님의 말을 들은 시도는 무심코 자리에서 벌떡 일어났다. 옆자리에 있는 토카도 눈을 동그랗게 떴다.

반 친구들도 깜짝 놀라기는 했지만, 그래도 시도처럼 격한 리액션을 보이는 이는 없었다. 반 친구들이 시도를 쳐다보았다.

평소 같으면 머쓱할 상황이었다. 하지만 시도는 그런 것을 신경 쓸 여유가 없었다. 그는 양손으로 책상을 짚으면서 타마 선생님에게 질문을 던졌다.

"자, 잠깐만요. 오리가미가 전학?! 대체 뭐가 어떻게 된 거죠?!"

"그, 그게…… 저도 자세한 사정은 몰라요. 토비이치 양에게서 느닷없이 전화가 왔는데, 전학 가게 되었다면서 필요한 서류는 나중에 보내겠다고……."

"맙소사……."

그 말을 듣고 동요할 대로 동요한 시도는 이마를 손으로 짚었다. 주위에 있는 반 친구들은 그런 시도를 보면서 소곤거렸다. 아마 시도가 당황하는 모습을 보고 의외라고 생각하고 있는 것이리라. ―아니, 어쩌면 시도가 오리가미의 전학 사실을 몰랐다는 사실에 놀란 것일지도 모른다.

"그, 그런데…… 어느 학교로 전학 가는 거죠?"

시도가 애원하는 듯한 심정으로 물었다. 학교 이름만 알면 〈라타토스크〉에 조사해달라고 할 수 있을 것이다.

시도가 얼마나 필사적인지 눈치챘는지, 타마 선생님은 출석부에 끼워져 있던 프린트를 부랴부랴 꺼내 읽은 후 고개를 들었다.

"그, 그게 말이죠……."

하지만 그녀의 얼굴은 당혹스러움으로 가득 차 있었다.

"여, 영국에 있는 학교, 라고만……."

"……큭."

그 말을 들은 시도는 마른침을 삼켰다.

◇

"으…… 으, 으갸아아아아아아아아아앗!"

시도의 집 옆에 있는 정령용 맨션의 한 방.

그곳에 있는 나츠미는 베개에 얼굴을 묻은 채 고함을 질러댔다.

그녀는 먼지가 날리는 것도 개의치 않으면서 양손으로 침대를 두들겼다. 그리고 때때로 양손으로 얼굴을 감싸면서 온몸을 배배 꼬았다. 마치 악령 들린 사람이나, 침대 밑에 숨겨둔 므흐흐한 보물을 어머니에게 들킨 남자 고교생 같은 모습이었다.

"으, 으으윽……."

몇 분 동안 그런 짓을 한 후, 나츠미는 침대에 철퍼덕 소리 나게 엎드렸다.

하지만 마음이 풀린 것은 아니었다. 그저 너무 날뛰어서 지친 것뿐이었다.

체력이 약간 회복된 나츠미는 몸을 일으켰다. 그리고 벽

쪽에 놓인 거울을 쳐다보았다.

그 거울에는 작고 빼빼 말랐을 뿐만 아니라 어딘가 음침해 보이는 소녀가 비치고 있었다. 오늘 아침 시도 옆에 누워 있던 색기 넘치는 나이스 보디 아가씨와는 닮은 구석이 눈곱만큼도 없었다.

이것이 나츠미의 본래 모습이었다.

"하아……. 나는 왜 요 모양 요 꼴인 거야."

머리카락을 헝클어뜨린 나츠미는 또 침대에 드러누웠다.

나츠미는 예전처럼 자신의 진짜 모습을 혐오하지는 않았다.

……아니, 불만이 전혀 없는 것은 아니었다. 키가 조금만 더 컸으면, 가슴이 조금만 더 컸으면, 같은 소망은 한도 끝도 없을 만큼 많았다.

하지만 그녀의 콤플렉스도 얼마 전까지와 비교하면 꽤나 개선되었다. 나츠미는 그렇게 싫어하던 자신의 본래 모습을 점점 받아들여가고 있었다.

이것은 시도, 그리고 다른 정령들 덕분이었다. 그들은 나츠미를 『변신』시켜줬을 뿐만 아니라— 그녀를 『인정』해줬다.

그들에게는 진심으로 감사했다. 그래서 그들에게 보답할 방법이 없는지 나츠미 나름대로 골똘히 궁리했다. 그 결과가 바로 아침에 일찍 일어나서 모두를 깨워주자, 였다.

하지만 나츠미의 생각대로 되지는 않았다.

시도의 방에 숨어들어간 것까지는 좋았지만, 시도를 깨우려고 한 순간 묘한 긴장감이 나츠미를 덮쳤다.

잠에서 깨어난 시도가 왜 자신의 방에 있느냐고 묻는다면 뭐라고 대답할까. 아니, 그럴 경우 시도를 깨우러 왔다고 말하면 되겠지만, 그 말을 들은 시도가 "왜?"라고 되물을 가능성이 있었다. 아니, 그것은 괜찮다. 만약 시도가 아침에는 저기압이 되는 타입일 경우, 화를 낼 가능성도 있지 않을까……? 아니, 그런 것보다—.

그런 생각을 끝도 없이 하고 있을 때, 시도가 "으……응……." 하고 신음을 흘리면서 몸을 뒤척였다.

그 순간, 나츠미의 긴장감은 극에 달했고— 정신을 차려보니, 나츠미의 몸은 누님 버전으로 변모해 있었다.

그리고 누님 버전으로 변신하기만 하면 매사에 대범하고 자신만만해지는 나츠미는…… 원래의 그녀가 할 수 없는 일을 너무나도 간단히 해내고 말았다.

구체적으로 말하자면 속옷 차림이 되어 시도의 침대에 숨어든다든가, 아침 기상 깜짝 이벤트를 벌인다든가, 코토리를 거짓 눈물로 속인다든가…… 그런 일을 말이다.

그리고 자신의 방으로 돌아와서 한동안 깔깔 웃어댄 나츠미는 원래 모습으로 돌아온 후—.

"으으으으으……."

완전히 자기혐오에 빠지고 말았다.

나츠미는 마음이 약해빠진 자신이 싫었다. 아니, 약해빠졌을 뿐만 아니라 물러터졌다. 솔직히 말해 연두부보다도 약해빠진 것 같았다.

바로 그 순간. 느닷없이 딩동~ 하는 차임 소리가 들려오자, 나츠미는 깜짝 놀라고 말았다. 그리고 소리로 볼 때, 맨션 입구가 아니라 자신의 집에 설치된 차임이 울린 것 같았다.

너무 놀란 탓에 또 어른 버전으로 변신할 뻔한 나츠미는 가슴에 손을 얹고 마음을 진정시켰다. 그 후 호흡을 가다듬은 그녀는 발소리를 죽인 채 현관 쪽으로 걸어갔다.

한순간 시도나 코토리가 맨션까지 쫓아왔을지도 모른다고 생각했지만, 두 사람은 학교에 갔을 시간이다. 그렇다면 대체…….

"누, 누구야……?"

현관 앞에 선 나츠미가 머뭇거리면서 묻자(도어스코프로 문 너머를 살피는 게 무서워서 그러지도 못했다), 잠시 후 자그마한 목소리가 들려왔다. 이 맨션의 문은 만일의 사태에 대비해 웬만한 충격과 소리를 다 흡수할 만큼 두껍고 튼튼하지만, 문에 마이크와 스피커가 설치되어 있어서 문 너머로도 대화가 가능했다.

『저, 저기…… 요시노예요.』

『요시농도 있어~.』

"……읏?!"

나츠미는 예상외의 목소리를 듣고 깜짝 놀랐다.

하지만 그렇다고 해서 나츠미가 이 목소리의 주인을 모르는 것은 아니었다. 요시노. 나츠미와 마찬가지로 이 맨션에서 사는 정령 중 한 명이었다.

대체 무슨 일인 걸까. 나츠미는 고개를 갸웃거리면서 문을 열려고 했다.

하지만 신발장 문에 달린 거울에 비친 자신의 모습을 본 나츠미는 숨을 삼켰다. 조금 전까지 침대 위에서 데굴거린 탓에 아침 일찍 일어나 신경 써서 빗은 머리카락이 헝클어질 대로 헝클어져 있었다. 나츠미의 머리카락은 머릿결의 특성 때문에 쉽게 폭탄이라도 맞은 것처럼 엉망진창이 되곤 했다.

"자…… 잠깐만 기다려!"

『예? 아…… 예.』

문 너머에 있는 요시노의 대답을 들은 나츠미는 허둥지둥 세면대로 가, 그곳에 있는 커다란 빗으로 머리카락을 빗었다.

"돼…… 됐어."

그리고 약 3분 후. 빗을 내려놓은 나츠미는 현관을 향해 뛰어갔다. 만족스러울 만큼 머리카락을 빗지는 못했지만 어쩔 수 없었다. 그래도 볼품없는 까치집만은 겨우겨우 굴복시키는 데 성공했다.

나츠미는 크게 심호흡을 한 후, 샌들을 신고 문을 열었다.

그 순간, 문 앞에 서 있던 조그마한 소녀가 고개를 숙였다.

“아…… 안녕하세요, 나츠미 씨.”

챙이 달린 귀여운 모자를 쓰고 왼손에 토끼 모양 퍼핏 인형을 낀 귀여운 소녀였다. 부드럽게 웨이브 진 머리카락은 바다를 연상케 하는 푸른색을 띠었고, 두 눈동자는 사파이어처럼 반짝이고 있었다.

『굿모닝 나츠미~. 기분은 좀 어때~?』

그 뒤를 이어 요시노가 왼손에 낀 퍼핏 인형이 손을 까딱거리면서 인사를 했다. 요시노의 친구인 『요시농』이었다.

“아…… 안녕…….”

나츠미는 고개를 슬며시 돌리면서 인사를 건넸다. ……어른 버전이었다면 “안녕, 요시노 양과 요시농~. 무슨 일이니? 혹시 나를 만나러 와준 거야? 와아, 나츠미 감격했어~.”라고 말하면서 꼭 껴안았을 것이다. 하지만…… 지금의 나츠미에게 그런 것은 무리였다. 결국 나츠미는 침묵을 지킬 수밖에 없었다.

—이럴 때는 어쩌면 좋을까. 상대가 집으로 찾아와 줬으니까 “서서 이야기하는 것도 조금 그러니까 들어와. 홍차라도 같이 한잔 하자.” 하고 자연스럽게 말할 수 있다면 정말 멋질 것이다. 하지만 상대의 용건이 간단하게 끝마칠 수 있는 것이라면 거꾸로 요시노에게 폐가 될지도 모른다. 그녀를 집에 들이고 차를 내온 후, 겨우 두세 마디 만에 용건이 끝나버릴 테니까 말이다. 그렇게 되면 그 후에는 차를 마시면

서 담소를 나누면 된다고 생각하는 이도 있겠지만, 그건 남과 자연스럽게 대화를 나눌 수 있는 얼간이들이나 할 법한 말도 안 되는 생각이다. 그게 가능하다면 나츠미는 이렇게 자신의 집 현관 앞에서 아무 말 없이 서 있지 않을 것이다. 참고로 나츠미는 집 안에 있는 홍차 중 어느 게 좋은 것인지도 몰랐다.

『저기 저기~ 나츠미~. 이렇게 멀뚱거리면서 서 있는 것도 좀 그러니까 말이야~. 너희 집에 들어가도 돼~?』

나츠미가 식은땀을 흘리면서 고민에 잠겨 있을 때, 『요시농』이 입을 빼금거렸다. 그야말로 시의적절한 한마디였다. 나츠미와는 달리 커뮤니케이션 능력이 뛰어난 애인 것 같았다.

"요, 요시농……!"

요시노가 『요시농』을 말리려고 하자, 나츠미는 허둥지둥 고개를 저었다.

"그, 그래. 누추한 집이지만 괜찮다면 들어와."

"죄, 죄송해요, 나츠미 씨……."

"지, 진짜로 괜찮아. 실은 나도 너희 보고 들어오라고 말할 생각이었거든……."

나츠미는 그렇게 말하면서 요시노와 『요시농』을 집 안으로 들였다. 요시노는 고개를 꾸벅 숙인 후 신발을 벗어서 가지런히 놓고 집 안으로 들어왔다. 참고로 나츠미는 신발을 아무렇게나 벗어놓았다. ……왠지 부끄러워진 나츠미는 몰래 자신의 신발을 가지런히 놓았다.

“펴, 편하게 앉아 있어. 그, 금방 차를 내올게…….”

요시노를 거실로 안내한 나츠미는 찬장에 구비되어 있는 홍차 티백과 찻잔을 꺼내 뜨거운 물을 부었다. 홍차 잎도 있었지만, 나츠미는 홍차를 끓일 줄 몰랐다.

나츠미는 홍차와 과자를 거실 테이블에 놓은 후, 요시노의 맞은편에 앉았다.

“드, 들어…….”

“아, 예…… 고마워요.”

요시노는 고개를 살짝 숙인 후 홍차를 한 모금 마셨다. 나츠미도 찻잔을 입에 댔다.

“…….”

“…….”

하지만 나츠미와 요시노는 말주변이 좋은 편이 아니기에, 거실에는 또 침묵이 감돌았다. 나츠미는 “나는 홍차 마시느라 말 안 하는 것뿐이야.” 틱한 분위기를 자아내면서 요시노를 바라보았다.

이렇게 집 안으로 들이기는 했지만, 대체 무슨 용건으로 나츠미를 찾아온 것일까. 나츠미는 감이 오지 않았다.

“……윽.”

바로 그때, 한 가능성이 나츠미의 머릿속을 스치고 지나갔다.

나츠미는 영력을 봉인당하기 전, 시도와 정령들을 괴롭혔다. 다들 그냥 없었던 일로 해주겠다고 했지만…… 겉으로는 다른 사람들의 뜻에 동조하는 척하면서도, 실은 나츠미에게 원한을 가진 이가 한 명 정도 있어도 이상할 것은 없었다.

게다가 당시 나츠미가 변신했던 이는 『요시농』…… 요시노의 둘도 없는 친구였다. 그러니 시도나 다른 정령들이 학교에 간 틈에 요시노가 나츠미에게 복수하려 해도 전혀 이상할 것이 없었다.

"저기, 나츠미 씨……?"

"히익?!"

바로 그때, 요시노가 느닷없이 나츠미에게 말을 걸었다. 그 탓에 깜짝 놀란 나츠미는 테이블 밑에 숨었다.

"자, 잘못했어. 나, 나는……!"

나츠미가 부들부들 떨면서 그렇게 말하자, 요시노와 『요시농』은 당황한 듯한 표정으로 고개를 갸웃거렸다.

『왜 사과하는 건데~? 아, 설마 요시노의 홍차에 약이라도 탄 거야?!』

"뭐, 뭐어……?"

『아앗, 갑자기 졸음이 몰려온 요시노는 그대로 쓰러져버리고 말아. 그리고 흐릿해져 가는 요시노의 시야에 마지막으로 비친 것은, 욕정으로 가득 찬 미소를 머금은 채 혀로 입술을 핥는 나츠미의 모습……. 백합백합한 세계에 어서 오세요~!』

"그, 그런 짓 안 해……!"

나츠미는 그렇게 외치면서 고개를 들었다. 하지만 테이블 밑에 들어가 있었던 탓에 테이블에 머리를 찧고 말았다.

"아얏!"

"나, 나츠미 씨, 괜찮아요……?!"

"아…… 괘, 괜찮아……."

나츠미는 자신을 걱정하는 요시노에게 그렇게 말한 후, 천천히 테이블 밑에서 나왔다.

이번에도 『요시농』 덕분에 긴장이 다소 풀린 나츠미는 가볍게 심호흡을 한 후, 요시노에게 물었다.

"그…… 그런데…… 왜 나를 찾아온 거야……?"

나츠미의 말을 들은 요시노는 "그, 그게……."라고 말하면서 몸을 배배 꼬더니, 볼을 살짝 붉히면서 고개를 돌렸다. 그리고 마음을 다잡은 듯, 나츠미의 눈을 바라보며 조그마한 입술로 읊조렸다.

"저기…… 나, 나츠미 씨는, 여기서 살게 된 지 얼마 안 되었으니까, 이 마을에 대해…… 잘 모를 테니……."

요시노는 긴장을 삼키듯 마른침을 꿀꺽 삼킨 후 말을 이었다.

"괘, 괜찮다면…… 마을을 안내…… 해드리고 싶어서……."

"뭐……?"

나츠미는 의외의 말을 듣고 눈을 동그랗게 떴다.

요시노가 그런 나츠미의 반응을 보고 허둥지둥 양손을 내저었다.

"저, 저기…… 저도, 이 마을에 대해 잘 아는 건 아니라서, 그다지 도움이 안 될지도 모르지만…… 이 주변 정도는 안내해드릴 수 있어요. 으음, 그러니까, 폐가 안 된다면……."

"……으, 으으으……."

요시노의 말을 들은 나츠미는 양손으로 눈을 가렸다. 이유는 단순했다. 요시노가 너무 눈부셔서 똑바로 쳐다볼 수 없었기 때문이다.

한순간이지만 요시노가 복수하러 온 것일지도 모른다고 생각한 자신이 너무나도 싫었다. 뭐랄까, 자신의 더러운 눈으로 요시노를 쳐다보는 것 자체가 그녀에 대한 모독 같다는 생각마저 들었다.

"아, 저, 저기, 죄송해요. 제가 괜한 소리를 한 거라면……."

"……아냐. 그런 게 아니라…… 뭐랄까, 이 세상에 태어나서 죄송해요……."

"나, 나츠미 씨……?"

요시노는 당혹스러운 표정을 지으며 고개를 갸웃거렸다. 한편, 그제야 눈을 뜬 나츠미는 다시 요시노를 쳐다보았다.

명과 콩가루 사

그리고 희미하게 떨리는 목소리로 요시노에게 말했다.

"……그, 그럼…… 잘 부탁해."

"아, 예!"

나츠미의 말을 들은 요시노는 너무나도 기뻐하면서 천사 같은 미소를 지었다. 그 모습을 본 나츠미는 또 양손으로 눈을 가리고 말았다.

"그런데…… 왜, 나 같은 애를 이렇게 신경 써주는 거야?"

나츠미가 볼을 긁적이면서 순수한 의문과 부끄러움을 감출 요량이 반반씩 섞인 질문을 던지자, 요시노는 고개를 숙이면서 대답했다.

"그게, 조금…… 기뻤어요. 이 시간이면, 다른 분들은 전부 학교에 가 계시거든요. ……그래서 나츠미 씨가 이 맨션에 왔을 때부터, 낮에는 둘이서 이런저런 이야기를 하면서, 즐겁게 지냈으면 좋겠다고…… 생각했어요. 그리고, 저기……."

요시노는 볼을 붉히면서 말을 이었다.

"저, 저희는…… 친구 사이, 니까……."

요시노는 그렇게 말한 후, 부끄러움을 감추려는 것처럼 눈을 꼭 감았다. 그 모습을 본 나츠미도 무심코 얼굴을 새빨갛게 붉히고 말았다.

"우와…… 이 애랑 결혼하고 싶어……."

"……예엣?!"

『어머머~?』

"……읏!"

요시노가 너무 귀여운 나머지, 무심코 청혼하고 말았다. 나츠미가 무의식적으로 중얼거린 말을 들은 요시노는 어깨를 부르르 떨었고, 『요시농』은 턱을 매만졌다. 그리고 나츠미는 허둥지둥 고개를 저었다.

"아, 아무것도 아냐! 그, 그것보다, 마을을 안내해준다고 했지?! 그럼 빠, 빨리 가자! 응?! 지금 바로 가자!"

"으, 으음…… 예."

나츠미는 당황한 요시노의 등을 밀면서 집을 나섰다.

◇

『—지금 거신 전화는 전파가 닿지 않는 곳에 있거나, 꺼져 있습니다. 잠시 후 다시 걸어—.』

"큭……."

라이젠 고교의 교문 앞. 시도는 핸드폰에서 흘러나오는 안내 멘트를 듣고 어금니를 깨물었다.

현재 시각은 9시 30분. 평소 같으면 수업을 듣고 있을 시간이지만, 오리가미가 전학 간다는 이야기를 들은 시도는 결국 몸이 안 좋다는 핑계를 대고 학교를 조퇴했다.

토카는 걱정스러운 표정으로 시도를 쳐다봤지만…… 결국 학교에 남겨두기로 했다. 오리가미의 진의를 알지 못하는 상황에서 그녀와 정령이 얼굴을 마주하게 하는 것은 좋지 않을 것 같았기 때문이다.

마지막으로 본 오리가미— DEM의 CR-유닛을 장비한 모습을 떠올린 시도는 무기질적인 안내 멘트가 흘러나오는 핸드폰을 쥔 손에 힘을 줬다.

조례 시간에 오리가미가 전학 간다는 이야기를 들은 후, 몇 번이나 전화를 해봤지만 그녀는 받지 않았다.

전화를 끈 시도는 핸드폰을 호주머니에 넣으면서 한숨을 내쉬었다.

후회와 무력감이 시도의 마음을 가득 채웠다. DEM의 장비를 장착한 오리가미. 그 모습을 본 후에도 시도는 그녀가 평소처럼 등교할 것이라고 마음 한구석으로 생각했다. 오리가미가 존재하는 일상이 무너질 것이라고는 꿈에도 생각하지 않은 것이다.

"큭—."

고개를 든 시도는 내달리기 시작했다.

그가 향하는 곳은 바로 오리가미가 사는 맨션이었다. 오리가미가 그곳에 있을지는 알 수 없지만…… 뭔가 단서가 남아 있을지도 모른다. 그 외의 다른 좋은 방법이 생각나지 않은 시도는 일단 그녀의 맨션에 가보기로 했다.

"헉…… 헉……."

시도는 폐와 다리가 아파 오는데도 쉬지 않고 내달렸다.

어영부영했다간 오리가미가 자신의 손이 닿지 않는 곳으로 가버릴 것 같은 느낌이 들었다.

그렇게 쉬지 않고 뛴 시도는 결국 오리가미가 사는 맨션에 도착했다.

"하아…… 하아……."

시도가 발을 멈추자, 지금까지 억누르고 있던 피로가 단숨에 몰려왔다. 시도는 양손으로 무릎을 짚은 채 호흡을 가다듬었다.

"오리가미…… 제발 집에 있어."

기도하는 마음으로 그렇게 중얼거린 시도는 맨션 입구에서서 인터폰에 오리가미의 집 번호를 입력했다.

하지만— 아무리 기다려도 대답이 없었다. 몇 번이나 입력해봤지만 결과는 마찬가지였다. 이미 방을 뺀 것일까……. 아니면 무시하고 있는 것일까.

시도가 그런 생각을 하고 있을 때, 이 맨션에 사는 주민으로 보이는 여성이 시장바구니를 들고 맨션에 들어왔다.

"……아."

그 여성을 본 시도는 우편함을 체크하는 주민인 척하면서 뒤돌아섰다.

그러자 그녀는 익숙한 손놀림으로 번호를 입력한 후, 자동문이 열리자 맨션 안으로 들어갔다.

"……."

그 모습을 옆에서 곁눈질하던 시도는 마른침을 삼키면서 여성의 모습이 사라질 때까지 기다렸다. 그리고 자동문이 닫히기 직전에 안으로 들어갔다.

"죄송합니다. 한 번만 봐주세요……."

시도는 낮은 목소리로 그렇게 중얼거리면서 복도를 걸었다.

엘리베이터에 탄 그는 오리가미의 집 앞에 도착했다.

"……좋아."

시도는 작게 고개를 끄덕인 후, 문 옆에 설치된 인터폰을 눌렀다.

딩동~ 하는 소리가 주변에 울려 퍼졌다.

하지만 아무런 반응도 없었다. 시도는 노크를 하면서 입을 열었다.

"오리가미, 나야. 안에 있으면 대답해줘."

하지만 대답이 없었다. 시도는 헛수고라고 생각하면서도 문손잡이를 잡았다.

"응……?"

바로 그때, 시도는 미간을 찌푸렸다. 이유는 단순했다. 문손잡이가 막힘없이 자연스럽게 돌아갔기 때문이다.

"열려…… 있잖아?"

체념으로 채워져 가던 시도의 머릿속에 희미한 광명이 비쳤다. 각오를 다진 시도는 손에 힘을 주면서 힘껏 문을 열어젖혔다.

"오리가미!"

하지만.

시도의 마음속에 싹튼 희미한 희망은 오래가지 못했다.

—텅 비어버린 방 안의 광경이 그 희망을 뿌리째 뽑아버린 것이다.

"아니……."

눈을 치켜뜬 시도는 신발을 거칠게 벗은 후 집 안으로 들어갔다. 복도, 거실, 그리고 침실을 둘러봤지만…… 마찬가지였다. 가구뿐만 아니라, 그렇게 철저하게 설치되어 있던 침입자·도망자 방지용 트랩조차 남아 있지 않았다. 이곳에 오리가미가 있었다는 흔적은 눈곱만큼도 남아 있지 않았다. 한순간, 다른 방에 온 것일지도 모른다는 생각을 했을 정도였다.

"뭐가 어떻게 된 거야……."

시도는 손으로 머리를 잡으며 힘없이 그 자리에 주저앉았다.

이런 결과를 예상하지 못한 것은 아니다. 오히려 학교에서 나와 이곳으로 뛰어오는 와중에도 최악의 가능성으로서 계속 머릿속에 존재했었다. 하지만 그 가능성이 현실이 되어 눈앞에 펼쳐지자, 엄청난 충격이 시도의 가슴을 옭아맸다.

"대체…… 어디 간 거야, 오리가미……."

하지만 이러고 있어본들 아무런 의미도 없었다. 시도는 머리를 쥐어뜯은 후, 다리에 힘을 주면서 몸을 일으켰다.

그리고 그는 다음 목적지를 향해 걸음을 옮겼다.

오리가미의 단서가 있을 만한 장소— 육상 자위대 텐구 주둔지를 향해서 말이다.

물론 오리가미의 맨션만큼 쉽게 들어갈 수는 없을 것이다. 국가 방위를 책임지는 자위대의 주둔지인 데다가, AST의 존재는 일반 시민들에게 공표되지도 않았다. 십중팔구 시도의 이야기를 제대로 들어보지도 않고 쫓아낼 것이다.

하지만 그 외에는 가볼 곳이 없었다. 시도는 실낱같은 가능성에 매달리듯 걸음을 옮겼다.

하지만 다음 목적지로 향하기 위해 맨션에서 나온 시도는 그 자리에 못 박히듯 멈춰 서고 말았다.

이유는 단순했다. 맨션 맞은편에 있는 골목길 앞. 그곳에 한 소녀가 서 있었기 때문이다.

어깨까지 기른 머리카락과 새하얀 피부, 그리고 인형처럼 표정 없는 얼굴이 인상적인 소녀였다.

그렇다— 그녀는 바로 시도가 혈안이 되어 찾고 있는 소녀, 토비이치 오리가미였다.

"오리가미?!"

시도는 오리가미의 이름을 외치며 그녀를 향해 뛰어갔다. 그리고 그대로 그녀의 어깨를 잡았다. 지금 잡지 않으면 왠지 그대로 사라져버릴 것 같은 느낌이 들었기 때문이다.

"대체 어디 갔던 거야?! 그리고 왜 갑자기 전학 가는 건데?! 집도 텅텅 비어 있고—."

"……."

시도의 말을 들은 오리가미는 아무 말 없이 검지를 세웠다. 그리고 시도의 말을 차단하듯 검지를 그의 입에 대더니, 그의 두 눈을 지그시 바라보았다.

그리고.

"—단둘이서 얘기하고 싶어. 따라와."

차분한 목소리로 그렇게 말한 오리가미는 시도의 손에서 빠져나오듯 뒤돌아서더니, 뒷골목 안쪽으로 걸음을 옮겼다.

"어, 오, 오리가미!"

시도가 말을 걸어도, 오리가미는 걸음을 멈추지 않았다. 그녀는 뒤를 돌아보지 않은 채, 계속해서 걸음을 옮겼다.

"큭……."

미간을 살짝 찌푸린 시도는 가볍게 볼을 두드린 후 오리가미의 뒤를 따랐다. 시도는 오리가미와 이야기를 나누기 위해 그녀를 필사적으로 찾아다녔다. 그러니 그녀의 제안을 거부할 이유가 없었다.

하지만 오리가미는 꽤 시간이 흘렀는데도 걸음을 멈출 기색이 없었다. 그녀는 계속해서 골목 안쪽으로 들어갔고, 그에 비례해 인적은 드물어지고 있었다.

"어이…… 오리가미. 어디까지 가려는 거야?"

"조금만 더 가면 돼."

오리가미는 시도를 쳐다보지 않은 채 그렇게 말하며 묵묵히 걸음을 옮겼다.

"……."

시도는 이상하다고 생각하면서도 그녀의 뒤를 따랐다.

그리고— 오리가미의 뒤를 따르면서 모퉁이를 몇 번 돈 순간.

"어라……?"

시도는 눈을 동그랗게 떴다. 자신보다 한 발 먼저 모퉁이를 돈 오리가미의 모습이 보이지 않았기 때문이다.

"오리가미? 어디……, —윽?!"

그 순간— 시도는 숨을 삼켰다.

갑자기 누군가가 등 뒤에 선 듯한 기척이 느껴지더니, 손수건 같은 것이 그의 코와 입을 막았기 때문이다.

"윽, 이건……!"

깜짝 놀란 시도는 반사적으로 숨을 크게 들이마셨다. 그리고 그 순간, 자극적인 향기가 코를 찔렀다. 그와 동시에 지면이 흔들리는 듯한 감각이 그를 덮쳤다.

"으, 아—."

시야가 일그러지면서 의식이 몽롱해졌다. 이윽고 서 있지도 못하게 된 시도는— 그대로 그 자리에 쓰러지고 말았다.

제2장 찬연(燦然)한 게티아

"—시도가 행방불명되었단 말이야?"

중학교 교실에 있던 코토리는 귀에 핸드폰을 댄 채 낮은 목소리로 말했다.

점심시간이 되자마자 코토리의 핸드폰에 〈프락시너스〉로부터 전화가 왔다. 불길한 느낌이 든 코토리는 재빨리 검은색 리본으로 머리카락을 묶은 후 전화를 받았다. 그리고—부하에게 시도가 행방불명되었다는 보고를 받은 것이다.

"대체 뭐가 어떻게 된 거야? 지금은 학교에 있을 시간이잖아."

『그…… 그게, 무라사메 해석관의 보고에 따르면, 1교시 수업이 시작되기 전에 조퇴했다고 해요…….』

"조퇴?"

『예. 토카 양에게 어찌 된 영문인지 물어보니, 토비이치 오리가미가 갑자기 전학 가게 되었다고…….』

"뭐……?"

코토리는 미간을 찌푸렸다. 그 토비이치 오리가미가 시도에게 한마디 말도 없이 전학 갈 리가 없다.

하지만— 그녀가 그런 행동을 취한 원인이 짐작되지 않는 것은 아니었다. 오리가미가 마지막으로 시도 앞에 모습을 드러냈을 때, 그녀는 DEM의 CR-유닛을 장비하고 있었다.

오리가미는 일전에 시도를 지키기 위해 DEM과 싸웠지만, 그녀와 DEM이 밀약을 맺었을 가능성은 충분히 존재했다.

그뿐만 아니라— DEM에게 세뇌 당했을 가능성 또한 존재했다. 그것도 그럴 것이 상대는 바로 그 DEM인더스트리다. 그 정도 짓은 하고도 남았다.

아마 시도도 코토리와 같은 생각을 했으리라. 그래서 오리가미를 찾으러 간 것이 틀림없다.

"그 바보…… 우리에게 말도 하지 않고……."

코토리는 혀를 찬 후, 교실 안에 있는 반 친구들에게는 들리지 않도록 낮은 목소리로 말했다.

"이 타이밍에 실종…… 수상쩍네. 최악의 경우, DEM에 납치되었을지도 몰라. —토카와 다른 애들은?"

『……토카 양과 야마이 자매, 미쿠 양은 학교에서 점심을 먹고 있어요. 나츠미 양은 요시노 양과 함께 놀러 나간 듯해요.』

"그래? ―불안을 느끼게 하면 안 되겠지만, 계속 속일 수는 없을 거야. 일단 총력을 기울여서 시도의 행방을 추적해. 나도 지금 바로 〈프락시너스〉로 갈게. 정령들이 집으로 돌아오기 전에 반드시 시도를 찾아내자."

『예!』

핸드폰 너머로 부하가 힘차게 대답했다. 전화를 끊은 코토리는 핸드폰을 호주머니에 넣은 후, 기대고 있던 벽에서 등을 뗐다.

그리고 리본을 바꿔 맨 코토리는 도시락을 먹고 있는 친구들을 향해 걸음을 옮겼다.

"아, 코토리. 전화 끝났어?"

"누구였어? 오빠?"

친구들이 코토리에게 질문을 던졌다. 그녀는 애매한 미소를 지어 보인 후, 배를 감싸 쥐며 그 자리에서 몸을 웅크렸다.

"으…… 으윽."

"코, 코토리, 왜 그래? 괜찮아?"

"아, 몸이 좀 안 좋은 것 같아……. 미안, 나 오늘 조퇴할게……. 선생님에게 잘 말해줄래?"

"그건 괜찮은데…… 괜찮아? 양호실 같이 가줄까?"

"아니, 괜찮아. 그럼 잘 부탁해."

힘들어 보이는 표정을 지으면서 그렇게 말한 코토리는 가방을 든 후, 교실에서 나왔다. 그리고― 건물 입구가 아니라 옥상을 향해 걸음을 옮겼다.

◇

"……으, 으……."

시도는 낮은 신음을 흘리면서 눈을 떴다.

"여기……는……."

시야가 흐릿했다. 시도는 눈을 비비기 위해 오른손을 들어 올리려다— 눈썹을 찌푸렸다.

오른손이 움직여지지 않았다. 아니…… 정확하게 말하자면 오른손과 왼손이 등 뒤로 돌린 상태에서 그대로 이어져버린 것처럼 팔이 뜻대로 움직여지지 않았다.

그리고 몇십 초 후. 의식이 맑아진 시도는 자신이 의자에 앉혀져 있을 뿐만 아니라, 등 뒤로 돌린 양손에 수갑이 채워져 있다는 사실을 눈치챘다. 게다가 몸통은 밧줄로 의자에 묶여 있었고, 그 의자는 못으로 바닥에 고정되어 있었다. 무슨 일이 있어도 시도를 도망치지 못하게 하겠다는 의지가 느껴지는 상황이었다.

"대체 뭐가 어떻게 된 거야……."

다행히도 시야가 가려지거나 입이 막히지는 않았기에, 시도는 그렇게 중얼거리면서 가볍게 목을 푼 후 천천히 주위를 둘러보았다.

이곳은 폐허를 연상케 하는 어둑어둑한 공간이었다. 금이 간 벽과 철골이 드러난 천장. 오랜 시간 동안 사람 손을 타지 않은 듯한 곳이었다.

자신은 왜 이런 곳에 있는 것일까. 그런 근본적인 의문을 떠올린 시도는 고개를 갸웃거렸고— 잠시 후, 정신을 잃기 직전에 있었던 일을 떠올렸다.

"그래. 나는 오리가미의 뒤를 따르다가……."

시도가 말을 끝까지 잇기도 전에, 눈앞에 있는 문이 끼익 하는 소리를 내면서 열렸다.

그 소리를 듣고 문 쪽을 향해 고개를 돌린 시도의 눈에, 커다란 보스턴백을 든 오리가미가 문 앞에 서 있는 모습이 들어왔다.

"오리가미! 너, 대체 무슨 짓을—."

그 순간. 시도는 숨을 삼켰다.

"너, 설마 진짜로 DEM에……?!"

"……."

오리가미는 아무 말 없이 시도에게 다가가더니, 보스턴백 안을 뒤지기 시작했다.

"뭐, 뭐 하는 거야……?!"

무엇을 꺼내려는 것인지는 모르겠지만, 만약 오리가미가 진짜로 DEM에 들어갔다면 분명 시도에게 해를 끼치려고 할 것이다. 권총, 나이프, 혹은 자백제…… 끔찍한 상상이 시도의 머릿속을 가득 채웠다.

하지만.

"—자."

"어……?"

시도의 예상과는 달리, 오리가미가 그에게 내민 것은 미네랄워터가 든 페트병이었다.

"뭐, 뭐야?"

"물. 목마르지 않아?"

지극히 부자연스러운 상황 속에서, 오리가미는 지극히 자연스럽게 질문을 던졌다. 시도는 그런 그녀에게서 위화감을 느끼고 눈썹을 찌푸렸다.

확실히 목이 마르기는 했지만, 자신을 납치한 상대가 주는 것을 순순히 입에 댈 수는 없었다. 시도는 물을 내미는 오리가미를 미심쩍은 눈으로 쳐다보았다.

시도의 시선을 통해 그의 생각을 눈치챈 오리가미는 페트병을 따더니 안에 들어 있는 물을 입에 머금었다. ……아무래도 독이 들어 있지 않다는 것을 보여주려고 저러는 것 같았다.

"……."

"……어?"

아니, 그렇지 않았다. 오리가미는 입안에 있는 물을 마시지 않은 채, 시도를 향해 천천히 얼굴을 내민 것이다.

마치…… 입으로 물을 먹여주려는 것처럼 말이다.

"스, 스톱! 알았어! 마실게! 마실 테니까 평범하게 마시게 해줘!"

"그래."

시도의 말을 들은 오리가미는 물을 삼킨 후, 약간 유감스러운 듯이 말했다. 그리고 뚜껑을 딴 페트병을 내밀었다.

"자."

"……으, 응. 그럼 천천히— 우읍?!"

시도가 말을 끝까지 잇기도 전에, 오리가미가 페트병을 시도의 입에 집어넣었다. 강제적 간접 키스였다. 의표를 찔린 탓에 저항도 못하고 그대로 입안으로 흘러들어오는 물을 삼킬 수밖에 없었다.

"……."

그 모습을 본 오리가미는 만족스러운 듯이 페트병을 시도의 입에서 뗐다. 그리고 페트병의 입구 부분을 혀로 살짝 핥은 후, 뚜껑을 닫았다.

그 행동이 무지막지하게 신경 쓰였지만…… 그냥 신경 쓰지 않기로 했다. 물 때문에 숨이 막힌 시도는 잠시 동안 거친 기침을 한 후, 다시 오리가미를 쳐다보았다.

"……일단 이것 좀 풀어주면 안 될까?"

"그럴 수는 없어."

시도의 말을 들은 오리가미는 단호한 어조로 그렇게 말

했다.

하지만 시도는 오리가미가 그런 반응을 보일 것이라고 미리 예상했었다. 그렇기에 그는 몸을 가볍게 흔들면서 말을 이었다.

"그래…… 알았어. 그럼 하다못해 손이라도 앞쪽으로 돌려주지 않겠어?"

"미안해. 잠시 동안만 그러고 있어줘."

"부탁이야. 좀 전부터 화장실에 가고 싶어 죽겠단 말이야. 너도 내가 여기서 실례 하는 상황은 피하고 싶잖아?"

"……."

그 말을 들은 오리가미는 몸을 굽혀 바닥에 놓아둔 보스턴백 안을 뒤졌다. 그리고 그 안에서 페트병을 꺼냈다.

한순간, 화장실에 가고 싶다고 말한 자신에게 물을 더 먹이려는 거라고 생각했지만— 그렇지 않았다. 오리가미가 든 페트병 안에는 내용물이 들어 있지 않았던 것이다. 그 사실을 안 시도는 위화감을 느꼈다.

오리가미는 빈 페트병의 뚜껑을 돌리면서 시도에게 다가갔다.

"어, 어이……?"

시도가 식은땀을 흘리면서 그렇게 말했지만, 오리가미는 멈추지 않았다. 페트병을 바닥에 놓아둔 그녀는 양손으로 시도의 벨트를 풀려고 했다.

"끄아아! 끄아아아아악!"

오리가미가 무슨 생각을 하는 것인지 눈치챈 시도는 바닥에 고정된 의자가 삐걱거릴 만큼 필사적으로 발버둥 쳤다.

"자, 잠깐만! 괘, 괜찮아! 그렇게 급하지는 않다고!"

"……그래."

시도가 비명을 지르듯 그렇게 외치자, 오리가미는 아쉬움이 희미하게 묻어나는 목소리로 대답하면서 벨트를 다시 채워줬다.

"하아…… 하아……."

한동안 어깨를 들썩거리면서 심호흡을 하던 시도는— 마음이 진정되자 다시 오리가미를 향해 고개를 돌렸다.

하고 싶은 말은 산더미처럼 있었지만…… 지금은 그럴 때가 아니다. 시도는 낮은 목소리로 그녀에게 말을 건넸다.

"……오리가미."

"왜?"

"……너, DEM에 들어간 거야?"

"그래."

오리가미는 태연한 목소리로 말했다. 그녀가 별것 아니라는 목소리로 그렇게 말하자, 시도는 맥이 빠졌다.

"그래…… 자, 잠깐만. 너, 거기가 어떤 곳인지 알고는 있는 거야?"

"대충은."

"그럼, 왜—."

"—힘을 얻기 위해서야."

"힘……?"

시도가 미간을 찌푸리자, 오리가미는 담담한 목소리로 말했다.

계속된 명령 위반 때문에 결국 오리가미에게 징계 처분이 떨어졌으며…….

결국— 위저드로서 존재하기 위해서는 DEM에 들어갈 수밖에 없었다는 사실을…….

"아무리 그래도…… 너무 위험해!"

"어쩔 수 없어. —정령을 쓰러뜨릴 힘을 얻기 위해서는 그 방법밖에 없었어."

차분한…… 놀랄 만큼 차분한 목소리로 오리가미는 말했다. 그 말을 들은 시도는 더 이상 말을 이을 수가 없었다.

아마 오리가미는 DEM인더스트리에 대해 시도보다도 더 자세하게 알고 있을 것이다. 시도가 생각하는 고민이나 고뇌 또한 이미 했으리라. 그런데도— 그녀는 DEM에 들어가는 길을 선택했다. 거절도, 반론도 하지 않고, 담담하게 사실만을 말하는 오리가미의 목소리를 들은 시도는 오한에 가까운 감각을 느꼈다.

하지만 이대로 위축될 수는 없었다. 시도는 마음을 다잡기 위해 가볍게 헛기침을 한 후, 다시 입을 열었다.

"……그럼 나를 납치한 것도 DEM의— 웨스트코트에게 지시 받았기 때문이야? 대체 내게 무슨 짓을 할 생각인 거야?"

"……."

시도의 말을 들은 오리가미는 천천히 고개를 저었다.

"시도를 여기에 데려온 것은 내 독단이야. DEM은 이 일에 전혀 관여하지 않았어."

"뭐……?"

시도의 얼굴이 당혹스러움으로 물들었다.

"그게 무슨 소리야? 그럼 왜 이런 짓을 한 건데?"

"나도 가능하면 너의 자유를 빼앗고 싶지는 않아. 정말 미안해."

오리가미는 고개를 돌리면서 말을 이었다.

"하지만 어쩔 수 없어. 너를 휘말리지 않게 하기 위해서는 이게 가장 확실한 방법이니까."

"자, 잠깐만. 무슨 소리를 하는 거야? 나를 휘말리지 않게 하기 위해서……? 대체 뭐에 휘말리지 않게 하려는 건데!"

시도가 묻자, 오리가미는 결의를 다지듯 주먹을 말아 쥐면서 입을 열었다.

"—나와 정령의 싸움."

"뭐……!"

경악한 시도는 눈을 치켜떴다.

"저, 정령이라니…… 대체 누구를 말하는 건데?"

"정령은, 정령이야. 물론—."

말을 멈춘 오리가미는 작게 숨을 들이마신 후, 말을 이었다.

"—야토가미 토카와 네 주변의 정령들도 예외는 아냐."

"……읏!"

시도는 숨을 삼켰다. 조금 전에 물을 마셨는데 또 목이 타들어갔다. 두근, 두근 하는 소리를 내면서 심장이 빠르게 뛰기 시작하더니, 몸 전체가 마구 흔들리는 것 같은 착각마저 들었다.

정령과 싸운다. 그리고— 정령을 죽인다.

지금 생각해보면 그 말은 오리가미가 처음 만났을 때부터 해왔던 말이다. 그녀는 정령을 쓰러뜨리는 것이 목적인 AST의 대원이니 당연하다면 당연했다. 물론 시도도 몇 번이나 그 말을 들었다.

하지만—.

몇 번이나 들었던 그 말이, 이렇게까지 심장을 옥죄는 것은 대체 왜일까?

"자, 잠깐만, 오리가미! 네가 노리는 건 5년 전에 네 부모님을 죽인 정령이잖아?! 토카와 다른 애들은 관계없다고!"

"—그녀들이 정령이라는 사실에는 변함이 없어. 그녀들은 위험해. 두 번 다시 나 같은 사람이 생기지 않게 하기 위해서라도, 그녀들의 존재를 용납할 수는 없어."

"뭐……?! 토카와 다른 애들에게서는 정령 반응이 나오지 않는다고 했잖아! 정령 반응이 나오지 않는 그 애들을 노리진 않는다고—."

"그건 육상 자위대 상층부의 방침이야. AST에서 나온 나와는 상관없어."

"큭……!"

시도는 얼굴을 한껏 찡그렸다. 확실히 그녀의 말이 옳았다. 오리가미는 상층부의 지시에 따르고 있다고 일전에 말했다.

지금 생각해보면, 오리가미의 행동은 전혀 변하지 않았다. 그녀는 여전히 정령을 미워하고, 정령을 증오하며, 정령을 자기 손으로 죽이려 하고 있다.

하지만— 시도는 그것이 너무나도 비정상적인 행동처럼 느껴졌다.

시도는 정령과 오리가미가 싸우지 않기를 바라고 있기 때문에 그런 느낌이 드는 것일지도 모른다. 하지만 그 점을 빼더라도 그녀의 말과 행동에서 위화감이 느껴졌다.

시도는 고함을 지르고 싶은 마음을 필사적으로 억누르면서 가능한 한 차분한 어조로 말했다.

"……저기, 오리가미. 토카가 우리 학교로 전학 온 후로 벌써 반년이나 흘렀어."

"……."

오리가미는 아무 말 없이 시도를 바라보았다. 그녀의 시선에는 시도가 무슨 말을 하려는 것인지 모르겠다, 는 뜻과는 조금 다른 무언가가 담겨 있는 것 같은 느낌이 들었다.

"시간 한 번 정말 잘 가는 것 같지 않아? 너와 사투를 벌이던 정령이 어느새 이 세상에 완전히 녹아들어 평범하게 살아가고 있잖아. 그리고 토카만이 아냐. 요시노도, 카구야도, 유즈루도, 나츠미도, 그리고 코토리와 미쿠도…… 다들 『인간』으로서 살아가려 하고 있어."

시도는 애원하는 듯한 목소리로 말을 이었다.

"오리가미…… 너는 그렇게 긴 시간 동안 그 녀석들을 지켜봐 왔으면서도 전혀 변하지 않은 거야? 정령은 정령에 지나지 않으니까…… 위험한 존재니까 죽일 수밖에 없다는 거냐고……!"

"……큭."

바로 그 순간, 오리가미의 눈썹이 희미하게 흔들렸다.

그리고 차분한 걸음걸이로 방구석으로 이동하더니, 오른손으로 쿵! 소리가 나게 벽을 후려쳤다.

"……그런 건 알고 있어."

"오, 오리가미……?"

"야토가미 토카도, 다른 정령들도, 정령이라는 사실에는 변함이 없어. 내 복수 대상이라는 사실에는 변함이 없어. —하지만.”

희미하게 떨리는 목소리로 그렇게 말한 후, 잠시 동안 말을 멈췄던 오리가미는 독백하듯 말을 이었다.

“그녀들과 함께 일상을 보내면서, 내 안에 존재하는 그녀들에 대한 인식이 조금씩 변해가는 것을 용납할 수가 없었어. 5년 전 그날, 정령에게 복수하기로 맹세해놓고, 점점 그녀들과 함께하는 일상에 익숙해져 가는 자신이…… 무서웠어.”

거기까지 말한 오리가미는 또 한 번 주먹으로 벽을 때렸다.

“내가 DEM에 들어간 건 AST에서 징계 처분을 받아서만은 아냐. —야토가미 토카가 존재하는 일상을 내가 용납하기 시작했다는 사실을 눈치챘기 때문이야.”

“뭐…….”

시도는 눈을 치켜뜨며 경악했다.

“왜— 그러면 안 되는 건데! 너도 알고 있잖아! 정령들은 그저 평범하게 살고 싶어 할 뿐이란 말이야!”

“……아니. 그녀들이 정령인 한, 그것은 절대 용납되지 않아.”

오리가미는 벽에서 주먹을 떼더니, 시도에게 등을 보이며 섰다.

“내가 죽일 대상은 정령만이 아냐. 자신도 모르는 사이에

정에 얽매이고 만, 나 자신도 포함돼. 야토가미 토카의 목숨을 빼앗음으로써— 나는, 나 자신을 되찾을 거야."

오리가미는 그렇게 말한 후, 방에서 나갔다. 덜컹하는 소리와 함께 문이 닫히자 벽에서 파편이 떨어졌다.

"잠깐만! 오리가미! 기다려!"

시도는 필사적으로 고함을 지르면서 몸을 비틀었다. 하지만 그의 몸을 묶은 밧줄과 수갑은 꿈쩍도 하지 않았다.

하지만 그렇다고 해도 포기할 수는 없었다. 이대로 있다간 오리가미는 토카를 비롯한 정령들과 싸우고 말 것이다.

"젠장……! 오리가미! 오리가미!"

시도는 있는 힘을 다해 몸을 비틀어대면서 목청껏 절규했다.

◇

"—아이크. 그녀의 독단적인 행동을 좌시해도 괜찮겠습니까?"

동(東) 텐구에 위치한 호텔 최상층 스위트룸에서, 엘렌·밀라·메이저스는 차분한 목소리로 말했다.

열은 플래티나 블론드와 푸른 눈, 그리고 눈처럼 새하얀 피부와 날씬한 몸매가 인상적인 소녀였다. 하지만 그녀에게서는 외견적 특징에서 연상할 수 있는 온실 속 화초 같은 덧없는 느낌이 아니라, 역전의 용사가 지닐 법한 강렬한 투기가 느껴졌다.

"상관없어."

하지만 엘렌과 마주 보고 소파에 앉은 이는 그런 그녀의 분위기에 삼켜지지 않은 채, 느긋한 목소리로 말했다.

"한동안 지켜볼 생각이기는 했지만, 그녀가 이렇게 의욕을 보이고 있으니 말이야. 젊은 위저드의 의욕을 억지로 꺾을 필요는 없을 것 같지 않나? ―뭐, **그런 일**이 있은 후로 얼마 지나지 않아서 그런지, 자위대를 입 다물게 하는 데 평소보다 많은 뇌물이 들기는 했지만 말이야."

그 사람은 30대 중반 정도로 보이는 젊은 남성이었다. 애시블론드빛 머리카락과 칼날처럼 날카로운 눈빛. 어둠을 담은 듯한 어둡고 깊은 눈동자는, 그와 대면한 이들에게 정체불명의 불안감을 느끼게 만들었다.

Sir.아이작·레이·펠럼·웨스트코트. 세계적인 대기업, DEM인더스트리의 상무(Managing director) 이사다.

"그런 일……인가요."

웨스트코트의 말을 들은 엘렌은 약간 통명스러운 표정을 지었다.

하지만 그녀가 그런 표정을 짓는 것도 무리는 아니었다. 그것도 그럴 것이 며칠 전, DEM사의 몇몇 이사들이 웨스트코트와 엘렌을 없애기 인공위성을 낙하시켰던 것이다.

겨우겨우 사태를 수습한 후, 주모자인 로저·머독을 비롯해 이번 일에 관여한 이사들을 전부 잡아뒀다. 하지만…… 엘렌은 웨스트코트가 그들에게 구체적인 처벌을 내리지 않는 것이 불만이었다.

그 사실을 눈치챈 웨스트코트는 과장스럽게 어깨를 으쓱하면서 말했다.

"물론 지금까지의 방침을 완전히 뒤집을 생각은 없어. ―하지만 여러 상황에서의 데이터를 확보하고 싶은 것도 사실이지. 모처럼 저렇게 많은 정령들이 한자리에 모여 있지 않나. 그중 한두 명이 영결정(靈結晶)[세피라]이 되어도 문제는 없을 것 같은데?"

그렇게 말한 웨스트코트는 입가에 미소를 머금었다.

"게다가 〈모드레드〉의 실전 데이터도 얻을 수 있지. 투하된 폭탄을 격추한 것 정도로는 그녀의 실력을 파악할 수 없으니까 말이야. 이 기회에 그녀가 우리의 표적인 정령을 상대로 어느 정도의 힘을 발휘할 수 있는지 알고 싶군. ―자네도 그녀의 실력을 알고 싶지 않나? 뭐, 그녀가 기대 이상의 힘을 발휘한다면― 모든 정령을 죽이기 전에 말려야 하겠지만 말이야."

웨스트코트는 엘렌에게 시선을 보내면서 말을 이었다. 그의 말을 들은 그녀는 작게 한숨을 내쉰 후 고개를 끄덕였다.

확실히 웨스트코트의 말은 옳았다. 엘렌도 그녀― 토비이치 오리가미의 능력을 파악해두고 싶기는 했다.

AST 시절의 성적과 데이터는 확보했지만, 그것은 어디까지나 AST에 배치된 제식 채용 장비를 사용했을 때의 데이터다. DEM인더스트리의 최신 CR-유닛 〈모드레드〉— 엘렌의 〈펜드래건〉의 자매기를 장비한 오리가미가 정령을 상대로 어느 정도의 실력을 발휘할 수 있을 것인가, 확실히 궁금하기는 했다. 게다가 그녀는 앞으로의 미션에서 엘렌을 지원하기 위해 DEM에 스카우트되었다. 그러니 앞으로의 미션을 원활하게 풀어나가기 위해서라도 그녀의 실력을 일찌감치 파악해두는 편이 좋으리라.

"알겠습니다. 그럼 묵인하도록 하죠."

엘렌의 대답을 들은 웨스트코트는 웃음을 터뜨렸다.

"불만인가 보군."

"아뇨, 그렇지 않습니다."

"자네는 거짓말을 할 때 희미하게 미간을 찌푸리거든. 그래서 한눈에 알 수 있어."

"……아."

그 말을 들은 엘렌은 오른손으로 미간을 만졌다. 하지만…… 딱히 미간이 찌푸려지지는 않았다.

웨스트코트는 그런 엘렌을 보고 유쾌한 웃음을 터뜨렸다.

"농담이야."

"……."

미간에서 손을 뗀 엘렌은 불만 가득한 표정을 지으며 웨스트코트를 바라보았다.

"하하, 너무 화내지 마, 나의 귀여운 엘렌. —이번에 자네는 다른 타깃을 상대해줬으면 해."

"……다른 타깃?"

엘렌이 되묻자, 웨스트코트는 "그래." 하고 말하면서 고개를 끄덕였다.

"토비이치 오리가미가 〈프린세스〉 일행을 노린다면, 그녀를 막기 위해 방해꾼이 등장할 것 같지 않아?"

웨스트코트의 말을 들은 순간, 엘렌의 볼이 희미하게 떨렸다.

"—〈라타토스크〉."

"그래."

웨스트코트는 고개를 끄덕였다.

그렇다. 이 마을에 정령들이 모여 있는 것은 우연이 아니다. 그녀들은 정령을 보호하는 조직— 〈라타토스크 기관〉의 보호를 받고 있었다.

〈라타토스크〉는 정령의 감시 및 보호, 공간진에 대한 대응, 그리고 정령을 섬멸·포획하려 하는 DEM에 대항하기 위해 공중함을 소유하고 있다는 사실이 확인되었다.

토비이치 오리가미가 정령을 공격하면, 그 공중함이 그녀를 막으려 할 것이다. 게다가 현재 〈라타토스크〉에는 전

DEM사 No.2였던 타카미야 마나가 소속되어 있다. 그녀가 나선다면 오리가미는 정령을 노릴 수 없을 것이다.

"그럼 저보고 마나를 상대하라는 건가요?"

엘렌의 질문을 들은 웨스트코트는 천천히 고개를 저었다.

"아니."

"예? 그럼 대체……."

"실은 어제 본사에 연락해서— 〈게티아〉를 이쪽으로 보내게 했지."

"……!"

웨스트코트의 말을 들은 엘렌은 눈을 치켜떴다.

그리고 그녀는 웨스트코트의 의도를 눈치챘다.

"저보고 〈라타토스크〉 소속 공중함의 발을 묶으라는 건가요?"

"역시 엘렌은 이해가 빠르다니깐."

웨스트코트는 입가에 미소를 머금으면서 말했다.

"아루비 섬에서의 작전, 일본 지사에서의 전투, 그리고 일전의 인공위성 낙하 건— 〈라타토스크〉의 공중함은 이 모든 일에 관여했었지. 아마 이번에도 그 배가 방해하려 할 거야. 뭐…… 마지막 건 관련으로는 그 배에게 감사해야 하겠지만 말이야."

웨스트코트는 농담하듯 어깨를 으쓱하면서 말했다. 하지만 엘렌은 표정을 굳힌 채 말을 이었다.

"—정말 괜찮을까요? 〈게티아〉는 너무나도 강력합니다. 단순히 발을 묶는 정도가 아니라 격추해버릴지도 모릅니다만……."

"그 건에 대해서는 자네에게 일임하지. 하고 싶은 대로 해. 만약 자네에게 격추당한다면 그 정도밖에 안 되는 배에 불과할 테니까 말이야."

웨스트코트의 말을 들은 엘렌은 고개를 깊게 끄덕였다.

◇

방과 후. 아침까지만 해도 맑았던 하늘은 어느새 금방이라도 비를 흩뿌릴 것처럼 흐려졌다. 해도 지기 시작한 탓일까, 주위는 어느새 어둑어둑해졌다.

이런 하늘 아래에서, 토카는 옆 반의 야마이 자매와 함께 시도의 집 옆에 있는 맨션을 향해 걸음을 옮기고 있었다.

"흥, 시도가 조퇴 같은 걸 할 만큼 약해빠졌을 줄이야. 이 몸께서 직접 단련 시켜주지 않으면 안 될 듯하구나."

"동의. 너무 허약해빠졌어요. 내일부터 아침 구보 결정이에요."

등 뒤에서 카구야와 유즈루의 목소리가 들려왔다. 토카가 뒤를 돌아보자, 판으로 찍어낸 것처럼 똑같이 생긴 소녀 두 명이 나란히 걷고 있었다.

자신만만한 표정을 지은 오른쪽 소녀가 야마이 카구야, 졸린 듯한 표정을 지은 왼쪽 소녀가 야마이 유즈루다. 언뜻 봐서는 구별할 수 없을 만큼 똑같이 생긴 쌍둥이 정령이지만…… 약간만 시선을 아래로 내리면, 체형 차이를 통해 두 사람을 분간할 수 있었다.

"너무 그러지들 마라. 시도에게도 피치 못할 사정이 있을 것이다."

토카의 말을 들은 카구야와 유즈루는 동시에 어깨를 으쓱했다.

"크큭, 알고 있느니라. 그냥 농담했을 뿐이다. 뭐, 조금 단련시켜주는 편이 좋을 것 같다는 건 진심이지만 말이야."

"질문. 그러고 보니 마스터 오리가미가 전학 간다는 이야기를 들었어요. 시도의 조퇴도 그것과 관련이 있는 걸까요?"

유즈루는 고개를 갸웃거리면서 물었다. 그 말을 들은 토카는 미간을 찌푸렸다.

"으음…… 그러고 보니 시도는 그 녀석이 전학 간다는 말을 들은 직후 조퇴했다. 어쩌면 관련이 있을지도 모르겠구나."

토카의 말을 들은 카구야와 유즈루는 가볍게 코웃음을 쳤다.

"크큭…… 역시 그러한 게냐. 이거 냄새가 나는구나."

"동의. 음모의 냄새가 나요."

"냄새? 아무런 냄새도 안 난다만……."

"아니, 진짜로 냄새가 난다는 뜻에서 한 말이 아닌데……."

카구야는 토카가 고개를 갸웃거리면서 한 말을 듣고 볼을 긁적이면서 그렇게 말했다. 참고로 카구야는 때때로 말투가 변할 때가 있었다.

그런 대화를 나누면서 걸음을 옮기다 보니, 얼마 지나지 않아 그녀들이 사는 정령 맨션이 보이기 시작했다.

"음?"

바로 그때, 토카는 걸음을 멈췄다. 맨션 옆— 시도의 집 앞에 한 소녀가 서 있었다.

세일러 교복을 입고 남보랏빛 머리카락을 지닌, 키가 큰 소녀였다. 모델을 연상케 하는 육감적인 몸매와 사랑스러운 얼굴을 지닌 소녀. 하지만 그녀의 표정은 왠지 어두웠다.

"—아."

그 소녀도 토카 일행을 본 것 같았다. 어두운 표정을 환하게 만든 그녀는 양손을 펼치며 토카 일행을 향해 뛰어왔다.

"토카 야앙, 카구야 야아앙, 유즈루 야아아앙!"

""""……윽!""""

토카와 카구야와 유즈루는 위험을 감지하고 그대로 그 자리를 벗어났다. 그리고 기세를 줄이지 않은 채 돌진해오던 그 소녀는 그대로 전봇대를 꼭 끌어안고 말았다.

"으윽! 정말~ 왜 피하는 거예요~."

그녀는 입술을 삐죽 내밀더니, 나무에 매달린 코알라 같은 자세를 취한 채 불만 섞인 목소리로 말했다.

방울 소리처럼 맑고 아름다운 목소리를 지닌 이 소녀는 바로 린도지 여학원의 학생이자 현재 일본에서 톱클래스의 인기를 자랑하는 아이돌, 이자요이 미쿠였다.

"그러는 너야말로 왜 우리를 향해 뛰어온 것이냐?!"

"예? 그야 포옹하려고 뛰어온 거죠~. 애정 표현 좀 하려던 것뿐이라고요~."

토카의 말을 들은 미쿠는 당연한 소리를 하는 듯한 어조로 대답했다.

"그, 그래……?"

"예~. 다들 하는 거예요~. 자, 토카 양. 우리 빨리 포옹해요~."

그렇게 말하면서 전봇대에서 떨어진 미쿠는 토카를 향해 돌아서면서 양팔을 펼쳤다. 미쿠의 당당하기 그지없는 태도를 본 토카는 점점 그녀의 말이 옳다는 생각이 들기 시작했다.

"으, 음……."

하지만 바로 그때, 누군가가 토카의 두 어깨를 잡았다.

"소, 속으면 안 되느니라, 나의 권속이여!"

"경고. 거짓말쟁이의 냄새가 나요."

"……읏! 여, 역시 그런 것이냐!"

토카는 깜짝 놀란 표정을 지으면서 걸음을 멈췄다. 그러자 미쿠는 유감이라는 듯이 미간을 찌푸렸다.

"아앙, 질투하지 마세요~. 카구야 양과 유즈루 양에게도 뜨거운 포옹을 나눠줄게요~."

"이, 이 몸은 그딴 것을 부탁한 적 없느니라!"

"전율. 위험을 감지했어요."

카구야와 유즈루는 자신의 어깨를 감싸 안으면서 뒷걸음질 쳤다. 그 모습을 본 미쿠는 아하하 하고 웃었다.

"음…… 그런데 미쿠. 여기서 뭐 하고 있는 것이냐?"

토카의 질문을 들은 미쿠는 잠시 동안 눈을 깜빡인 후, 그제야 생각났다는 듯 가볍게 손뼉을 치면서 말했다.

"아, 그게 말이에요~. 학교 수업이 끝나서 달링의 집에 놀러 왔는데 아무도 없더라고요~. 옆에 있는 맨션에도 아무도 없고요~."

미쿠는 퉁명스러운 목소리로 말했다. 그 말을 들은 토카와 야마이 자매는 서로를 쳐다보았다.

"응? 왜 그러세요~?"

"아니…… 시도가 집에 없다는 거냐?"

"예~. 몇 번이나 벨을 눌렀는데 대답이 없어요~. 코토리 양도 없는 것 같네요~."

"……흠, 어쩌면 진짜로 오리가미의 전학과 무슨 관련이

있는 것일지도 모르겠구나."

"수긍. 뭔가 문제가 발생한 것일지도 몰라요."

야마이 자매가 턱에 손을 댄 채 대화를 나눴다. 그 모습을 본 미쿠는 불만을 표시하듯 입술을 삐죽 내밀었다.

"정말, 저한테도 설명해주세요~! 대체 뭐가 어떻게 된 거예요~?"

"으음, 그게 말이다."

토카는 미쿠에게 오늘 아침에 있었던 일을 간략하게 설명해줬다. 그녀의 설명을 들은 미쿠의 얼굴에 약간의 긴장감과 넘칠 듯한 호기심이 맺혔다.

"흐음, 좀 수상하긴 하네요~. 어쩌면 달링이 위기에 처했을지도 몰라요."

"위, 위기? 그게 무슨 소리냐?"

불길한 말을 들은 토카가 식은땀을 흘리며 묻자, 미쿠는 손가락 하나를 세우면서 말했다.

"잘 생각해봐요. 우선, 달링은 오리가미 양을 만나러 가기 위해 조퇴한 것이 틀림없어요. 그리고 이 시간까지 집에 돌아오지 않았다는 것은……."

"……음? 토비이치 오리가미를 아직 찾지 못한 것 아닐까?"

토카의 말을 들은 미쿠는 고개를 저었다.

"그렇다면 우리에게 연락했을 거예요. 그렇다는건……. 달링은 오리가미 양에게 잡혀서 므흐흐한 짓을 당하고 있을 가능성이 있어요!"

""""뭐……?!""""

세 사람은 눈을 치켜떴다. 시도가— 그런 상황에 처했을지도 모른다고?!

오리가미의 평소 행실을 떠올린 세 사람은 미쿠가 방금 한 말을 농담으로 치부할 수가 없었다. 그녀들은 온몸을 부르르 떨었다.

"이러고 있을 때가 아니에요! 지금 바로 달링을 찾으러 가요!"

미쿠는 그렇게 말하면서 힘차게 주먹을 치켜들었다. 토카와 야마이 자매도 그 뒤를 이어 『오오!』라고 외치며 오른손을 치켜들었다.

하지만— 바로 그 순간.

——위이이이이이이이이이이이이이이이이이잉——.

시끄러운 사이렌 소리가 주변 일대를 가득 채웠다.

"음, 이건……."

"공간진 경보……네요."

미쿠는 인상을 쓰며 중얼거렸다.

하지만 무리도 아니었다. 경보가 울린 이상, 시도 수색을 중단할 수밖에 없기 때문이다.

공간진이란 말 그대로 공간의 지진이다. 돌발적으로 이 세계에 일어나는 재해이며— 일반인들에게 알려져 있지는 않지만, 정령이 이 세계에 출현할 때 발생한다.

"흠…… 새로운 정령이 나타난 게냐."

"흥미. 어떤 정령일지 궁금하네요."

야마이 자매는 흥미가 동하는지 턱을 매만지면서 그렇게 말했다. 하지만 미쿠는 고개를 휘휘 저으면서 그녀들을 말렸다.

"무슨 소리 하는 거예요. 공간진 경보가 발령되면 셸터에 피난해야 한단 말이에요~."

"으음…… 아, 알고 있느니라. 그냥 한번 말해본 것뿐이지 않느냐."

"유감. 어쩔 수 없군요. 피난하죠."

카구야와 유즈루는 투덜거리면서 고개를 끄덕인 후, 근처에 있는 셸터를 향해 걸음을 옮겼다.

"하, 하지만…… 시도는……."

하지만 토카는 미간을 찌푸리면서 주저했다.

경보가 울렸으니 피난해야만 한다는 것은 알고 있다. 하지만 시도가 위기에 처해 있을지도 모르는 것이다. 공간진이 가라앉을 때까지 셸터 안에서 기다리고 있다간, 시도가 오리가미에게 돌이킬 수 없을 만큼 므흐흐한 짓까지 당하고 말지도 모른다. 그런 생각이 든 토카는 이러지도 저러지도 못했다.

바로 그때.

"—피난할 필요 없어."

등 뒤에서 차분한 목소리가 들려왔다.

"음……?"

뒤를 돌아본 토카는— 눈을 동그랗게 떴다.

그것도 그럴 것이, 그 목소리의 주인은 오늘 아침에 전학갔다고 들은 토비이치 오리가미였기 때문이다.

"토비이치 오리가미……? 네가 왜 이런 곳에 있는 거냐."

"호오? 직접 모습을 드러낼 줄이야. 나의 마안으로부터 도망치는 것이 불가능하다는 사실을 깨달은 게냐?"

"경탄. 마스터 오리가미. 전학 가게 됐다는 건 사실인가요?"

"아~ 오리가미 양~. 달링과 같이 있지 않았나요~?"

"……."

다른 소녀들이 차례차례 말을 거는데도 오리가미는 침묵을 지켰다. 그저 차분히— 얼음처럼 차가운 시선으로 눈앞에 있는 네 소녀를 노려보고 있었다.

그 시선을 느낀 토카는 미간을 찌푸리면서 입을 열었다.

"……그런데 피난할 필요가 없다는 건 무슨 소리냐?"

"공간진은 발생하지 않아."

"뭐?"

오리가미의 말을 들은 토카는 고개를 갸웃거렸다.

"방금 그건 공간진 경보가 아닌 것이냐? 하지만 다른 사람들은 다 피난했지 않느냐."

토카는 주위를 향해 손을 펼치면서 말했다. 공간진 경보를 들은 이 주변의 주민들은 허둥지둥 집에서 나와 근처에 있는 셸터로 향했다.

하지만 오리가미는 아무 말 없이 — 마치 주민들이 사라지기를 기다리는 것처럼 — 눈앞의 소녀들을 잠시 동안 쳐다본 후, 드디어 입을 열었다.

"조금 전의 경보는 내 요청으로 울렸던 거야. 그러니 정령도, AST도 나타나지 않아."

"뭐……? 그럼 왜 그런 짓을—."

토카의 말을 들은 오리가미는 다시 한 번 눈앞에 있는 소녀들을 둘러본 후, 마음을 진정시키려는 것처럼 심호흡을 했다. 그리고 호주머니에서 군인용 인식표 같은 것을 꺼내 이마에 댔다.

"—너희를, 이 자리에서, 쓰러뜨리기 위해서야."

그 순간, 오리가미의 몸이 옅은 빛에 휩싸였다. 그와 동시에 그녀의 몸에 위저드의 갑옷— CR-유닛이 장착되었다.

옅은 먹색으로 된 날카로운 느낌의 겉모습. X자 모양으로 전개된 스러스터와 허리 근처에 장비된 거대한 병기가 특징

적이었다.

그것은 오리가미가 평소 착용하는 AST의 제식 채용 장비가 아니었다. 무장의 종류는 다르지만 그녀가 현재 착용한 장비는 DEM인더스트리의 위저드, 엘렌·메이저스의 장비와 비슷해 보였다.

"아닛……?!"

오리가미의 느닷없는 행동을 본 토카는 경악했다. 하지만 오리가미는 경악하는 토카를 무시하고 오른손을 앞으로 내밀었다. 그러자 오리가미의 동작에 맞춰 그녀의 허리에 장착된 병기가 변형 및 전개되더니 그녀의 손에 쥐어졌다.

그것은 오리가미의 몸집만 한 거대한 마력포였다. 오리가미는 그것을 한 손으로 들더니 한 치의 주저도 없이 방아쇠를 당겼다. 포문 안쪽에서 눈부신 빛이 맺힌 순간, 토카 일행을 향해 마력으로 된 무시무시한 광선이 발사되었다.

"큭—."

토카는 숨을 삼키면서 미쿠의 몸을 안아 들고 왼쪽으로 몸을 날렸다. 그와 동시에 야마이 자매도 땅을 박차면서 하늘로 도약했다.

다음 순간, 조금 전까지 토카 일행이 있던 장소가 오리가미가 날린 마력포에 의해 완전히 파괴되었다. 아스팔트로 된 지면과 콘크리트로 된 벽. 그 모든 것이 마치 한줄기 선을 긋기라도 한 것처럼 산산이 조각나버리고 만 것이다.

만약 토카와 야마이 자매의 반응이 몇 초만 늦었다면, 그녀들도 저 지면과 벽처럼 산산이 조각나고 말았을 것이다. 토카는 오리가미의 포격이 닿은 머리카락 끝을 힐끔 쳐다본 후, 오리가미를 노려보았다.

"가, 갑자기 뭐 하는 것이냐! 위험하지 않느냐!"

"말했을 텐데. 나는 너희를— 정령을, 없앨 거야."

오리가미는 차가운 목소리로 그렇게 말하며 토카와 미쿠를 향해 마력포를 들었다. 그녀의 눈에서 망설임 같은 감정은 눈곱만큼도 찾아볼 수 없었다.

평소의 오리가미와는 다른, 순수한 적의와 살의만으로 가득 찬 시선. 그런 그녀의 시선을 받은 토카는 무심코 숨을 삼켰다.

"……큭."

아니— 달랐다. 토카는 어금니를 깨물었다. 토카는 이전에도 이런 오리가미를 본 적이 있었다.

지금으로부터 반년 전의 일이다. 토카가 시도와 만나기 전, 토카가 이쪽 세계에 나타날 때마다 그녀를 공격했던 AST 부대원 토비이치 오리가미는 지금과 같은 눈빛을 띠고 있었다. 정령을 증오하고, 정령을 싫어하며, 정령을 죽이기 위해 자신의 모든 것을 걸던 소녀. 지금의 오리가미는 당시의 그녀 그 자체였다.

그렇다. 학교에서 거의 매일같이 얼굴을 마주했기 때문에 지금까지는 눈치채지 못했지만, 이 반년 동안 오리가미는 확실히 변했다. 물론 시도라는 존재가 있었기 때문이겠지만 — 조용히, 하지만 확실하게, 토카와 야마이 자매를 향한 증오가 다른 무언가로 변해가고 있었던 것이다.

하지만, 지금은.

"왜냐—. 왜, 돌아가 버린 것이냐, 토비이치 오리가미!"

"……."

토카가 고함을 질렀지만, 오리가미는 대답하지 않았다. 그녀는 아무 말 없이 방아쇠를 당기려고 했다.

"큭……!"

또 미쿠를 끌어안은 토카는 다시 몸을 날리려고 했지만, 이미 늦었다. 토카가 몸을 날리는 것보다 먼저 오리가미의 손가락이 움직였다.

하지만 그 순간, 토카를 향한 포구가 갑자기 하늘로 향했다.

이유는 금방 알 수 있었다. 조금 전의 포격을 피하기 위해 하늘로 몸을 날렸던 야마이 자매가 한정 영장을 현현(顯現)시키면서 오리가미를 공격한 것이다.

농밀한 마력광이 하늘을 향해 뿜어졌다. 하지만 야마이 자매는 공중에서 몸을 비틀어 종이 한 장 차이로 그 공격을 피했다.

"크큭, 잘도 눈치챘구나!"

"감탄. 역시 대단해요, 마스터 오리가미."

카구야와 유즈루는 토카와 미쿠를 지키려는 것처럼 오리가미를 막아섰다. 그리고 멋진 포즈를 취하면서 들고 있던 천사 〈구풍기사(颶風騎士)(라파엘)〉로 오리가미를 겨눴다.

"자아, 일단 변명 정도는 들어주도록 하겠노라. 오리가미, 장난치고는 도가 지나치지 않느냐."

"질문. 대답해주세요, 마스터 오리가미. 당신과는 싸우고 싶지 않아요."

"대답할 필요는 없어."

오리가미가 그렇게 말하면서 마력포를 변형시키자, 마력포 끝에 마력으로 된 거대한 칼날이 형성되었다. 그리고 그 칼날을 든 오리가미는 야마이 자매를 향해 돌격했다. 임의 영역(테리터리)으로 자신의 몸을 튕겨냈는지, 그녀의 몸은 준비 동작 없이 급격히 가속되었다. 만약 평범한 상대였다면 그 움직임에 대응하지 못한 채 그대로 베이고 말았을 것이다.

하지만 지금 오리가미와 대치 중인 이들은 정령들 중에서도 최고의 기동력을 자랑하는 야마이 자매다. 두 사람은 그 공격을 피한 후, 오리가미와 접근전을 벌이기 시작했다.

하지만 전황은 결코 좋지 않았다. 아무래도 오리가미는 테리터리를 전개해 야마이 자매의 움직임을 방해하고 있는 것 같았다. 두 사람은 점점 오리가미에게 밀리기 시작했다.

"큭— 미쿠, 두 사람을 돕자!"

"아, 예!"

이대로 있다간 야마이 자매가 위험하다. 그렇게 생각한 순간, 토카의 몸이 빛에 휩싸이면서 한정 영장이 현현되었다.

산달폰
"〈오살공(鏖殺公)〉……!"

토카가 그렇게 외치면서 오른손을 앞으로 내밀자, 빛으로 된 입자가 토카의 손에 모여들면서 그녀의 천사가 현현되었다. 〈산달폰〉. 그 어떤 것도 베어버리는 최강의 검이다.

그와 동시에 오리가미의 주위에 은색으로 된 통 몇 개가 생겨나면서 아름다운 음색이 주위에 울려 퍼지기 시작했다.

—미쿠였다. 토카, 야마이 자매와 마찬가지로 한정 영장과 천사
가브리엘
〈파군가희(破軍歌姬)〉를 현현시킨 미쿠가 빛으로 된 건반을 치면서 유려(流麗)한 곡을 연주하기 시작한 것이다.

론도
"〈가브리엘〉—【원무곡】!"

"……!"

오리가미는 눈썹을 살짝 찌푸렸다. 미쿠의 천사 〈가브리엘〉에서 뿜어져 나온『소리』가 온몸을 속박했기 때문이다.

오리가미를 죽일 생각은 없다. 하지만 이대로는 대화조차 나눌 수 없을 것이다. 토카는 공중을 날고 있는 야마이 자매와 시선을 교환한 후, 세 방향에서 동시에 오리가미에게 돌진했다.

"하아아아아앗!"

토카가 오리가미를 향해 〈산달폰〉을 휘두르는 것과 동시

에 오른쪽 상공에서 카구야의 창이, 왼쪽 상공에서 유즈루의 펜듈럼이 오리가미를 향해 쇄도했다.

도망칠 곳이 없는, 완벽한 타이밍이었다. 아무리 DEM의 장비를 걸친 오리가미라고 해도, 천사를 현현시킨 정령들의 동시 공격을 받고 무사할 리가 없다.

하지만.

"—하앗!"

"……읏?!"

오리가미가 기합을 지른 순간, 그녀의 주위에 떠 있던 은색 통이 사방으로 튕겨져 날아갔다. 그와 동시에, 토카는 보이지 않는 거대한 손이 자신의 몸을 움켜쥔 듯한 느낌을 받았다.

"아닛……!"

이 느낌은 전에도 받은 적이 있다. 그렇다. 초(超) 고농도의 테리터리— 엘렌·메이저스가 펼친 테리터리에 휘말렸을 때 느꼈던 감각과 비슷했다. 점성이 강한 진흙탕에 처박힌 것처럼 손발의 자유를 잃은 토카는 호흡조차도 힘들어지기 시작했다.

하지만 그 감각은 오랫동안 유지되지 않았다. 유지된 시간은 약 3초 정도밖에 되지 않았을 것이다.

하지만 이 3초 동안, 토카 일행과 오리가미의 형세는 완전히 역전되었다.

"——핫!"

오리가미가 레이저 블레이드에 마력을 담아 휘둘렀다.

"크……!"

"커억!"

"통한. 으윽."

겨우겨우 검으로 막아내기는 했지만, 충격까지는 억누를 수 없었다. 토카와 카구야, 유즈루는 신음을 흘리며 뒤로 튕겨져 날아가고 말았다.

"콜록…… 콜록……."

"여, 여러분! 괜찮으세요?!"

등 뒤에서 미쿠의 걱정스런 목소리가 들려왔다. 하지만 대답할 수는 없었다. 이유는 단순했다. 단숨에 셋을 날려버린 오리가미가 날카로운 눈빛으로 그녀들을 노려보고 있었기 때문이다.

단 한순간이라도 시선을 뗐다간, 머리와 몸통이 분리되고 말 것이다. 토카는 진심으로 그렇게 생각했다.

—오리가미는, 진심으로 토카 일행을 죽이려 하고 있었다.

토카는 조금 전에 오리가미가 한 말이 농담이 아니라는 것을 깨달았다.

그리고 현재, 오리가미는 자신이 한 말을 실행에 옮길 수 있을 정도의 힘을 지녔다.

—기절시켜서 이 상황을 정리한다? 그녀를 죽이지 않도록

봐주면서 싸운다? 자신이 몇 분 전에 한 생각이 얼마나 물렀는지 토카는 뼈저리게 깨달았다.

지금 눈앞에 있는 이는 필멸(必滅)의 의지와 그에 걸맞은 힘을 지닌, 최강 최악의 적이다.

죽이지 않으면— 죽는다.

반년 전에 버렸던 전장에서의 상식. 그 차가운 감각이 토카의 마음을 꿰뚫었다.

"……큭."

하지만. 토카는 마른침을 삼켰다.

그 사실을 자각했으면서도, 토카는 오리가미를 죽일 각오를 다지지 못했다.

—반년 동안 변해버린 것은 오리가미만이 아니라는 것을 토카는 지금 깨닫고 말았다. 그녀와 같은 공간에서 같은 시간을 보내는 사이, 오리가미를 향한 혐오와 적의가 다른 무언가로 변해버리고 말았던 것이다.

"—뭐 하고 있는 게냐, 토카!"

"……윽?!"

카구야의 말을 들은 토카는 어깨를 부르르 떨었다. —토카가 생각에 잠긴 탓에 발생한 그 짧은 틈을 이용해, 오리가미가 그녀의 코앞까지 다가온 것이다.

"하압—!"

"크, 윽……!"

용서 없는 일격이 토카를 덮쳤다. 절대적인 방어력을 지닌 영장이 찢어지면서, 사방으로 피가 튀었다.

◇

"공간진 경보……?! 주위의 영파 반응은?"

텐구 시 상공 15,000미터에 떠 있는 공중함 〈프락시너스〉의 함교에서, 진홍빛 재킷을 어깨에 걸친 코토리가 입을 열었다.

〈프락시너스〉의 설비와 인원을 동원해 실종된 시도의 행방을 찾고 있을 때, 갑자기 텐구 시에 공간진 경보가 발령된 것이다.

"주, 주위에 눈에 띄는 영파 반응은 확인되지 않습니다!"

함교 하단부에서 관측 장치를 조작하던 미노와가 외쳤다.

예상했던 대답을 들은 코토리는 눈썹을 찌푸렸다. 세계 최고 클래스의 영파 관측 장치를 지닌 〈프락시너스〉가 육상 자위대도 관측한 공간진을 관측하지 못할 리 없다. 그렇다면—.

"오보(誤報)……라는 거야?"

"……아니, 꼭 그렇다고 볼 수만은 없어."

코토리의 말에 대답한 것은 눈 밑에 짙은 다크서클이 낀, 졸린 듯한 표정의 여성이었다.

〈라타토스크〉 해석관이자 코토리의 둘도 없는 친구인 무라사메 레이네다.

"그게 무슨 소리야?"

"……잘 생각해봐. 두 달 전, 신이 DEM 일본 지사에 침입하려고 했을 때도 지금처럼 공간진 경보가 울렸어."

레이네의 말을 들은 순간, 코토리의 눈썹이 움찔했다. 확실히 DEM, 혹은 육상 자위대 상층부라면 경보를 발령할 수 있을 것이다.

"즉— 민간인들을 대피시킨 거란 말이야? 주변 주민들을 피난시켜야만 할 수 있는 일을 하기 위해서?"

"……가능성은 충분히 있어. 적어도 단순한 오보로 단정 짓는 것은 위험해."

확실히 레이네의 말이 옳았다. 코토리는 물고 있던 막대 사탕의 막대를 꼿꼿이 세우면서 함교 하단부를 향해 말했다.

"경보 범위 안의 상황을 서둘러 조사해줘. 시도 수색에 투입한 자율 카메라와 레이더 중 일부를—."

코토리가 말을 끝까지 잇기도 전에, 함교에 설치된 스피커에서 경고음이 흘러나왔다.

"……무, 무슨 일이야?!"

"예! 그, 그게— 사령관님의 자택 부근에서 강력한 마력 반응이 확인되었습니다! 토카 양을 비롯한 정령들도 그곳에 있는 듯합니다!"

"뭐? 빨리 영상을 띄워봐!"

"예……!"

승무원이 콘솔을 조작한 순간, 함교의 메인 모니터에 눈에 익은 주택가의 풍경이 떠올랐다.

"아니……!"

하지만 그 영상을 본 코토리는 숨을 삼켰다.

그럴 만도 했다. 토카, 야마이 자매, 미쿠, 그리고— DEM의 CR-유닛을 장비한 토비이치 오리가미가 자신의 집 앞에서 대치하고 있으니까 말이다.

"토비이치 오리가미……?! 그녀가 왜 저기 있는 거지?!"

담소를 나누는 중이 아니라는 것은 한눈에 알 수 있었다. 그리고 코토리가 소리친 순간, 오리가미는 토카와 정령들을 공격했다.

"큭—."

"어, 엄청난 마력 수치입니다! 예전의 그녀와는 비교도 안 될 정도예요! 완전한 영장을 현현시키지 못한 토카 양과 다른 정령들의 힘으로는 승산이 없습니다……!"

함교 하단부에서 카와고에의 비명에 가까운 목소리가 들렸다. 그 말을 들은 코토리는 얼굴을 한껏 찡그렸다.

DEM과 오리가미 사이에 무슨 일이 있었는지는 알 수 없다. 하지만 지금 토카를 비롯한 정령들이 위기에 처한 것은 분명했다. 코토리는 오른손을 앞으로 내밀면서 외쳤다.

"〈프락시너스〉, 전속 전진! 정령들을 회수하겠어! 회수가 힘든 경우에는 〈세계수의 잎(위그드·폴리움)〉으로 그녀들을 엄호하도록 해!"

""""라져!""""

승무원들이 한목소리로 대답한 순간, 함교를 희미하게 진동시키던 구동음이 커지기 시작했다. 그리고 〈프락시너스〉는 코토리의 집을 향해 항로를 변경—.

"……윽?!"

그 순간, 〈프락시너스〉에 엄청난 충격이 가해졌다.

"무슨 일이야?!"

"외, 외부에서 공격을 받았습니다! 테리터리, 30% 축소!"

"……큭! 세 시 방향에 적 출현! 이건— 공중함입니다!"

"뭐……?!"

코토리가 고함을 지르는 것과 동시에, 메인 모니터에 거대한 배의 모습이 표시되었다.

정확하게 말하자면— 아무것도 없던 공간이 일그러지더니, 그곳에 공중함이 출현했다.

하지만 저렇게 거대한 물체가 이렇게 갑자기 출현할 리가 없다. 분명 〈프락시너스〉와 마찬가지로 불가시미채(인비지블)(不可視迷彩)를 전개한 것이리라.

"저건……."

모니터에 표시된 적함을 본 코토리는 할 말을 잃었다.

〈프락시너스〉에 버금가는 사이즈를 자랑하는 유선형 선체. 백금색 장갑 곳곳에 금세공을 연상케 하는 장식이 달린 아름다운 배였다.

리얼라이저를 제조할 수 있는 회사가 이 세상에 두 곳밖에 없으니, 저 배는 DEM에서 만든 공중함일 것이다. 하지만 코토리가 일전에 본 DEM의 공중함과는 인상이 너무나도 달랐다. 예전에 본 두 배가 전투용 병기라면, 지금 〈프락시너스〉의 앞에 있는 저 배는 고귀한 자를 태우기 위해 만들어진, 의례용 함선에 가까운 느낌이었다.

하지만. 코토리는 자신의 생각을 부정하듯 고개를 저었다.

퍼머넌트 · 테리터리

공중함은 리얼라이저로 발생시킨 항성(恒性) 임의 영역으로 거대한 선체를 부유시키는, 『양지』의 문명사회에서는 아직 등장해서는 안 되는 존재다. 그런 물체를 화려한 장식으로 꾸며본들 아무런 의미도 없었다. 그 이전에, 아무리 미치광이 같은 DEM사라고 해도 겉모습만 화려하게 치장한 배에게 〈프락시너스〉를 공격하게 하지는 않을 것이다.

아무리 이 상황과 어울리지 않는 형태를 하고 있다고 해도— 눈앞에 존재하는 저 배는 DEM인더스트리가 필살의 의지를 담아 보낸 파멸의 사도가 분명했다.

“쳇, 하필이면 이럴 때……!”

아니…… 어쩌면 이럴 때이기 때문에 이런 짓을 벌인 것일지도 모른다. 코토리는 어금니를 깨물었다. 정령들 앞에 모습을 드러낸 오리가미와 이 공중함 사이에 아무런 인과관계도 없을 리가 없었다. 아마 〈프락시너스〉가 토카 일행을 돕지 못하게 하기 위해 이 배를 투입한 것이리라.

인비지블을 사용하면 테리터리를 조작해 주위의 풍경에 녹아들 수 있지만, 이 기능이 완벽하게 발휘되는 것은 정지 상태일 때뿐이다. 인비지블을 전개한 채 이동하면 희미하게나마 주위의 풍경이 일그러진 것처럼 보이는 것이다.

코토리가 그런 생각을 하면서 이를 갈고 있을 때, 함교에 설치된 스피커에서 경고음이 흘러나왔다.

"이번에는 또 뭐야?"

코토리가 묻자, 함교 하단부에 있는 시이자키가 콘솔을 조작했고— 잠시 후, 그녀는 깜짝 놀란 것처럼 숨을 삼켰다.

"토…… 통신입니다! 눈앞에 있는 배에서 통신을 보내왔습니다!"

"통신……?"

코토리가 미심쩍다는 듯이 미간을 찡그리면서 말했다.

"연결해."

"예!"

시이자키가 대답한 순간, 모니터에 젊은 여성의 모습이 떠올라 있는 윈도가 표시되었다. 서양인 특유의 옅은 색 금발과 푸른 눈동자. 차분한 표정에서는 자신에 대한 절대적인 자신감이 느껴졌다.

『—처음 뵙겠습니다, 라고 말해야 하려나요? 통신에 응해 주셔서 감사합니다.』

그녀는 유창한 일본어로 말했다. 그 모습을 본 코토리는 무심코 숨을 삼켰다.

“……에, 엘렌·메이저스……?!”

그렇다. 화면에 비친 이는 DEM인더스트리 제2집행부의 위저드인 엘렌·M·메이저스였다.

““예……?!””

그 말을 들은 함교 하단부의 승무원들은 동시에 숨을 삼켰다.

그런 반응을 보이는 것도 무리는 아니었다. 모니터 너머에 있는 그녀는 바로 인간이면서도 정령에 버금가는 힘을 지닌 인류 최강의 위저드이자, 최우선 경계 대상으로 분류되는 소녀이니까 말이다.

코토리의 말을 들은 엘렌의 눈썹이 희미하게 움직였다.

『저를 알고 있습니까. 영광이군요. —이츠카 코토리.』

그녀는 답례라도 하는 것처럼 코토리의 이름을 불렀다. 상대도 이쪽에 대해 충분히 파악하고 있다는 사실을 알리려는 것이리라. 우아해 보이는 외모와는 달리, 지는 것을 싫어하는 여자인 것 같았다. 코토리는 흥 하고 코웃음 치면서 엘렌을 노려보았다.

“……뭐야? 혹시 비꼬는 거야? 나 같은 중학생이 사령관

자리를 차고앉아 있는 게 마음에 안 드나 봐?"

『그럴 리가요. 개인의 능력은 외모 및 연령과 아무런 상관이 없습니다. 지금까지 저희의 작전 행동을 방해해온 당신의 수완에 경의를 표하면 표했지, 비꼴 생각은 눈곱만큼도 없습니다.』

엘렌은 농담기라고는 전혀 느껴지지 않는 표정과 목소리로 말했다. 그런 엘렌을 본 코토리는 눈을 가늘게 뜨면서 입을 열었다.

"뭐, 고마워. ―그런데, 세계 최강의 위저드님께서 우리에게 무슨 볼일인 건데? 차라도 같이 마시자는 거면 나중으로 미뤄주지 않겠어? 우리 지금 바쁘거든. 악덕 기업의 불량 사원이 우리 애들을 괴롭히고 있어서 말리러 가야 한단 말이야."

코토리는 빈정거림을 섞어 그렇게 말했지만, 엘렌의 표정에는 변화가 없었다. 그녀는 담담한 표정으로 코토리의 질문에 대답했다.

『용건은 총 두 개입니다. ―첫 번째. 지금부터 3분을 드릴 테니, 목숨이 아까운 분은 즉시 그 배에서 탈출하십시오.』

"뭐……?"

엘렌의 말을 들은 코토리는 시선을 날카롭게 만들면서 코웃음 쳤다.

"설마 이 〈프락시너스〉를 격추하겠다는 거야?"

『결과적으로 그렇게 될 가능성이 있다는 것은 부정하지 않겠습니다. 그건 그렇고, 〈프락시너스〉…… 그게 그 배의 이름인가요? 세계수에 빗댄 멋진 이름이군요. —그 이름은 엘리엇이 붙인 건가요?』

코토리는 엘렌이 말한 이름을 듣고 눈을 치켜떴다.

그것은 〈라타토스크〉의 창시자이자 〈라타토스크〉 의사결정 기관·원탁회의의 의장인 엘리엇·볼드윈·우드먼의 이름이었다.

하지만 지금은 그런 것을 신경 쓸 때가 아니었다. 짜증 섞인 한숨을 내쉰 코토리는 날카로운 눈빛으로 화면 너머에 있는 적을 노려보았다.

"너, 〈프락시너스〉를 너무 얕보는 거 아냐?"

『외람되지만, 당신이야말로 이 〈게티아〉의 성능과— 제 힘을 과소평가하고 있는 것이 아닐까요?』

"……."

역시 엘렌의 목소리에서는 농담이나 장난기가 느껴지지 않았다. 그녀는 진심으로 말하고 있는 것이다. 이 〈프락시너스〉보다— 아스가르드·일렉트로닉스가 지닌 기술의 정수를 결집해 만든 공중함보다, 자신이 탄 배가 더 뛰어나다고 말이다.

"흥…… 그럼 왜 우리 쪽 승무원의 숫자를 줄이려는 건데? 이대로 싸우면 승산이 없으니까 말 몇 마디로 우리 쪽

전력을 줄이려는 것 같은 느낌이 드는데 말이야."

『그건 두 번째 용건과 관련이 있습니다.』

엘렌은 태연한 어조로 말했다. 아무리 도발해도 상대의 태도에는 변함이 없었다. 짜증이 난 코토리는 혀를 찬 후 말을 이었다.

"……흐음? 그럼 그 용건이라는 게 뭔데?"

코토리의 말을 들은 엘렌은 가늘게 숨을 내쉬면서 고개를 끄덕였다.

『이 전투에 휘말리지 않은 분들이, 지금부터 제가 하는 말을 엘리엇에게 전달해줬으면 합니다.』

"즉, 전언을 부탁하고 싶다?"

『예.』

엘렌은 천천히 고개를 끄덕인 후— 담담하기 그지없던 자신의 목소리에 감정을 실었다.

『—엘리엇. 엘리엇. 이 배신자. 우리와 한 맹세를 어긴 배약자(背約者). 각오해라. 그 어디에 숨어 있더라도, 내가 반드시 찾아내서 네 목을 베어주마.』

"……윽?!"

조금 전까지만 해도 무미건조해 보였던 엘렌의 입에서 흘러나온 처절하기 그지없는 말을 들은 코토리는 무심코 숨을 삼켰다.

말을 마친 엘렌은 가볍게 헛기침을 한 후, 다시 차분한 표정을 지으면서 코토리를 쳐다보았다.

『이상입니다. ―그럼 지금부터 3분 동안 기다려드리죠. 부디 탈출해주시길.』

"……다들, 들었지?"

엘렌의 말을 들은 코토리는 함교 하단부에 있는 승무원들을 내려다보면서 말했다.

"적은 인류 최강이야. 도망치고 싶으면 도망쳐도 돼."

그녀는 진지하기 그지없는 표정으로 말했다.

그 말을 들은 승무원들은 어깨를 부르르 떨었다. 하지만 다음 순간, 그들의 입가에 미소가 맺혔다.

"……이런 상황에 도망칠 정도였다면, 처음부터 사령관님을 모시지 않았을 겁니다."

"예. 사령관님을 두고 도망치는 건 죽음이나 다름없잖아요."

"좋아요. 인류 최강인지 뭔지는 모르겠지만, 저 건방진 여자에게 우리의 힘을 보여주자고요."

"사령관님, 명령을 내려주십시오. 유서는 이미 써뒀습니다."

"저, 저도, 집에 있는 컴퓨터의 D드라이브는, 제가 죽으면 자동으로 데이터가 삭제되게 해뒀어요……!"

승무원들이 차례차례 입을 열었다.

그 뒤를 잇듯, 함장석 뒤에 서 있는 칸나즈키가 크게 고개를 끄덕였다.

"물론 저도 끝까지 사령관님과 함께할 겁니다. 뭐, 지금 도망친 후 나중에 사령관님께서 내려주시는 벌을 받고 싶다는 유혹도 느끼고 있지만요."

"……."

코토리는 아무 말 없이 칸나즈키의 발을 밟았다. 그러자 뒤쪽에서 "꺄우웅!" 하고 황홀감에 찬 괴성이 들려왔다.

코토리는 가볍게 숨을 내쉰 후, 화면을 쳐다보았다.

"—뭐, 아무도 안 내리겠다네."

『그렇습니까. 유감이군요.』

하는 말과는 달리, 엘렌은 딱히 유감스러워하지 않으면서 말했다. 코토리는 손을 치켜들면서 함교 하단부에 있는 승무원들에게 지시를 내렸다.

"AR-008, 3번에서 6번까지 병렬 기동! 마력 충전 개시, 〈미스틸테인〉 준비! 목표, 세 시 방향! DEM 공중함— 〈게티아〉!"

""""라져!""""

코토리의 말을 들은 승무원들이 일제히 콘솔을 조작했다.

그 반응을 본 엘렌은 눈을 가늘게 뜨면서 의자에 몸을 뉘였다. 아니— 그것은 의자와는 형태가 달랐다. 비스듬하게 설치된 산소 캡슐처럼 생긴 그 기기는 SF 영화에 나오는 수면 장치나 금속으로 된 장례식용 관 같아 보였다.

그 장치에 누운 엘렌은 헤드셋처럼 생긴 장치를 머리에 썼다. 눈에 익은 그 장치는, 공중함의 제어 리얼라이저를 인간의 뇌로 대체하기 위한 유닛이었다. 형태는 다르지만 〈프락시너스〉에도 같은 장치가 설치되어 있었다.

『—이츠카 코토리. 당신은 냉철하게 사리 분별을 하는 사람이라고 생각했습니다. 피가 이어져 있지는 않다고 해도, 역시 당신은 이츠카 시도의 여동생이군요.』

"나한테 있어서 그 말은 최고의 찬사야."

코토리는 코웃음을 치면서 그렇게 말한 후, 전용 콘솔을 조작해 통신을 강제 종료했다.

"〈위그드·폴리움〉, 1번부터 12번까지 전개! —칸나즈키!"

"예."

코토리가 이름을 부르자 함장석 옆에 서 있던 〈프락시너스〉 부함장, 칸나즈키 쿄헤이가 대답했다.

"상대는 최강의 위저드야. 혹시 모르니 준비해둬."

"그리 말씀하실 줄 알았습니다."

칸나즈키가 그렇게 대답했다. 코토리가 뒤쪽을 돌아보니, 칸나즈키는 이미 헤드셋을 쓰고 있었다.

코토리는 입가에 미소를 머금은 후, 물고 있던 막대 사탕을 입에서 뺐다.

"저딴 배와 놀아줄 시간 없어! 단숨에 해치운 후 토카와 다른 애들이 있는 곳으로 가자!"

"예!"

"마력 충전 완료. 〈미스틸테인〉, 언제든지 발사 가능합니다!"

"적함 〈게티아〉는 여전히 정지 상태 유지 중!"

코토리는 승무원들의 말을 듣고 혀를 찼다. 전투가 시작되었는데도 상대는 아무런 액션도 취하지 않았다. 상대는 교섭이 결렬되었는데도 3분 동안 기다려줄 만큼의 바보는 아닐 것이다. 그런데도 저렇게 가만히 있는 것은— 선수를 양보하겠다는 의사 표시가 틀림없었다.

완전히 얕보였다. 그렇게 생각한 코토리는 모니터에 비친 적함을 막대 사탕으로 가리켰다.

"〈미스틸테인〉— 발사!"

코토리의 목소리가 함교에 울려 퍼진 순간, 〈프락시너스〉에 달린 포문에서 눈부신 빛이 뿜어져 나왔다.

공중함 탑재용 대형 리얼라이저를 병렬 기동해 생성한 방대한 마력 덩어리. 그것은 눈앞을 가로막는 모든 것을 티끌로 바꿔버리는 파멸의 빛이다. 타이밍은 완벽했다. 대형 공중함의 기동력으로 이 빛을 완벽하게 피하는 것은 불가능하리라.

물론 적함은 테리터리를 두르고 있다. 그렇기 때문에 코토리는 이 공격이 결정타가 될 것이라고는 생각하지 않았다. 전투가 시작된 후에도 정지 상태를 유지한다고 하는 도발에 가까운 행동을 하는 것을 보면, 상대는 테리터리의 강도에 꽤 자신 있는 것이리라.

하지만 공격의 기점을 만들면서 주도권을 쥐는 것은 공중함 간의 전투에 있어서 매우 큰 의미를 지닌다. 적어도 상대의 테리터리를 깎아낼 수 있다는 것만으로도 전황이 상당히 유리해지는 것이다. 게다가 상대가 포격을 막기 위해 공중함 전방에 방성(防性) 테리터리를 집중시킨다면, 조금 전에 전개한 〈위그드·폴리움〉을 기뢰(機雷) 모드로 세팅해 후방에서 폭격을 가할 수도 있다.

그러니 이쪽은 공격에 전념하기만 하면 된다. 엘렌이 진심으로 〈프락시너스〉를 격추할 생각이었다면, 처음에 기습 공격을 성공시킨 후 통신 같은 것을 보내지 말고 바로 공격에 전념했어야 했다.

—하지만.

"아니……?!"

다음 순간, 코토리는 무심코 눈을 치켜떴다.

〈미스틸테인〉의 빛이 닿기 직전, 〈게티아〉가 믿기지 않는 속도로 왼쪽으로 이동하면서 종이 한 장 차이로 포격을 피한 것이다.

〈게티아〉는 일반적으로는 불가능한 궤도로 움직였다. 전진을 한 것도, 후진을 한 것도, 그렇다고 선회를 한 것도 아니다. 선체의 방향을 유지한 채 옆으로 이동했다. 마치 체스판 위의 체스말을 옆 칸으로 옮긴 것 같은, 부자연스럽기 그지없는 움직임이었다.

"방금 그건 뭐야……?!"

"……흠. 아무래도 배를 감싼 테리터리를 극한까지 얇게 만들어 기동성을 올린 것 같군요. 그리고 테리터리로 선체를 튕겨내서 방금과 같은 기동을 구현하고 있는 것 같습니다."

"그런 게 가능한 거야?!"

"이론상으로는 불가능하지 않습니다. 시험해본 적은 없지만요. 역시 유구(悠久)의 메이저스답다고나 할까요."

칸나즈키가 턱을 매만지면서 말했다. 그 말을 들은 코토리는 함장석 팔걸이를 주먹으로 내려쳤다.

"감탄이나 하고 있을 때가 아니잖아! 적이 반격할 거야!"

코토리가 고함치는 것과 동시에, 〈게티아〉가 또 부자연스러운 궤적을 그리면서 〈프락시너스〉에 접근했다. 공중함의 한계를 뛰어넘은 속도였다.

"큭— 테리터리를 방성으로 바꿔! 그리고 충격에 대비해!"

"예!"

다음 순간, 〈게티아〉의 앞부분에 달린 포문에서 포격이 뿜어져 나왔다. 그 포격은 〈프락시너스〉를 감싼 테리터리에 닿으면서 마력광을 사방으로 흩뿌렸다.

"칫……. 꽤 하네. 〈위그드·폴리윰〉을 기뢰 모드로 세팅!

〈게티아〉의 후방을 노려!”

상대가 다시 공세를 취하기 전에 반격 해야만 한다. 그렇게 생각한 코토리는 함교 하단부에 있는 승무원들에게 지령을 내렸다.

〈위그드·폴리움〉은 〈프락시너스〉 뒷부분에 장비되어 있는, 나뭇잎 모양을 한 유닛이다. 각각의 유닛에는 리얼라이저가 탑재되어 있으며, 모함으로부터 원격 조작을 통해 테리터리를 전개할 수 있는 범용 병기다. 용도는 통신 중계부터 적을 향한 공격까지, 다용도로 사용할 수 있다. 이 병기가 바로 아스가르드·일렉트로닉스사에서 만든 공중함 〈프락시너스〉의 가장 큰 특징이다.

“라져— 큭……!”

하지만 바로 그때, 이변이 일어났다. 승무원이 대답하려고 한 순간, 함교에 설치된 스피커에서 경고음이 흘러나온 것이다.

“무슨 일이야?!”

“이건…… 적함이 또 포격을 가했습니다!”

“뭐—.”

코토리가 숨을 삼킨 순간, 〈게티아〉의 앞부분이 빛나면서 〈프락시너스〉의 함교가 격렬하게 흔들렸다.

“큭……!”

코토리는 어금니를 깨물면서 모니터에 표시된 〈게티아〉를 노려보았다.

공중함의 주력 병기는 리얼라이저로 생성한 마력을 발사하는 마력포다. 기관총 같은 무기도 탑재되어 있긴 하지만, 테리터리를 두른 공중함 간의 전투에서는 거의 도움이 되지 않는다고 해도 과언이 아니다.

공중함 간의 전투에서 중요한 것은 상대의 테리터리를 갉아내는 것이다. 그러기 위한 선택지는 〈위그드·폴리움〉 같은 특수 병기를 제외하면, 마력포를 통한 포격과 테리터리 강도를 높인 상태에서의 몸통 박치기뿐이라고 해도 과언이 아니다.

그렇기에 〈게티아〉가 취한 전술은 매우 전형적이었다. ―하지만 말도 안 될 정도의 속도가 문제였다.

"첫 포격 후 10초도 채 지나기 전에 또 포격을 날린 거야……?! 말도 안 돼! 대체 어떤 리얼라이저를 싣고 있기에 그딴 게 가능한 거야……?!"

그렇다. 리얼라이저를 병렬 기동해 마력을 생성하지 않는 이상, 주포를 연사하는 것은 기본적으로 무리였다. 〈프락시너스〉조차도 다음 포격을 날리기 위해서는 최소한 30초라는 시간이 필요했다.

그렇다면 마력을 생성하는 리얼라이저의 숫자를 늘리면 된다― 그렇게 생각할 수도 있겠지만 실은 그렇지 않았다. 마력 생성량을 늘리면 처리 능력이 한계를 맞이하기 때문이다. 그렇기 때문에 최대한 효율적인 운용을 해야만―.

"……쳇."

코토리는 혀를 찼다. 적함의 기묘한 기동. 마력포의 연발. 그 모든 것이 조금 전에 본 엘렌·메이저스의 모습과 겹쳐졌다.

DEM에서 〈애시크로프트-β(베타)〉라고 불리는 신형 리얼라이저를 개발한 후부터 리얼라이저의 성능 차는 꽤 줄어들었지만, 그래도 아직 〈라타토스크〉가 우위를 점하고 있다.

그렇기 때문에 DEM사는 다른 방향에서의 어프로치를 통해 이 성능 차를 메우려 했다.

〈프락시너스〉처럼 비상 상황에서의 처리만이 아니라, 처음부터 인간의 뇌가 지닌 처리 능력을 계산에 넣어 효율적인 운용을 도모한, 순수한『전투함』.

엘렌이라는 인류 최강의 위저드가 있기 때문에 가능한, 일종의 반칙이었다.

물론 뇌에 가해지는 부담은 일반 CR-유닛과는 비교조차 되지 않을 것이다. 아마 엘렌이라고 해도 장시간 운용은 불가능하리라.

하지만 지금 이 순간 〈프락시너스〉를 상대하고 있는 것은, 다수의 인간이 조종하는 둔중한 공중함이 아니라― 초대형 CR-유닛을 장비한『엘렌·M·메이저스』본인이다.

"사령관님! 좌현 테리터리, 한계치에 도달했습니다!"

"칫……."

코토리는 자신의 전용 모니터를 쳐다보았다. 확실히 테리터리의 일부가 극도로 손상되었다.

"테리터리를 다시 전개해! 그리고 〈미스틸테인〉의 재충전을 서둘러!"

"라, 라져!"

"—칸나즈키!"

"예!"

코토리의 의도를 읽은 칸나즈키가 시선을 날카롭게 만들었다. 그 순간, 〈위그드·폴리윰〉이 엄청난 속도로 허공을 갈랐다.

현재 〈위그드·폴리윰〉을 조종하고 있는 것은 〈프락시너스〉의 제어 리얼라이저가 아니라, 함장석 뒤편에 서 있는 부함장·칸나즈키였다.

〈위그드·폴리윰〉이 허공을 가르면서 〈게티아〉를 둘러싸듯 전개됐다. 그리고 〈위그드·폴리윰〉을 중심으로 생성된 테리터리의 범위가 일제히 확장됐다.

그렇다. 〈게티아〉를 가두기 위한 『우리』를 공중에 만든 것이다.

"사령관님, 지금입니다."

"좋아. 〈미스틸테인〉— 발사!"

코토리는 〈게티아〉를 막대 사탕으로 가리키면서 외쳤다.

그 목소리에 호응하듯, 충전이 완료된 집속마력포 〈미스틸테인〉이 허공에 빛으로 된 선을 그었다.

전방에서는 마력포가 날아오고 있었다. 그리고 기뢰 모드로 세팅된 〈위그드·폴리윰〉이 〈게티아〉를 완전히 포위하고 있었다. 아무리 〈게티아〉라고 해도 이 상황에서 무사히 빠져나오는 것은 불가능하리라.

하지만 〈미스틸테인〉이 발사된 순간, 〈게티아〉는 포격이 날아오는 방향을 향해 돌진했다. 그리고 포격이 닿기 직전에 선체를 기울여 선체 윗부분을 〈위그드·폴리윰〉이 전개한 테리터리와 마찰시키면서 〈미스틸테인〉을 아슬아슬하게 피했다.

"마, 말도 안 돼……?!"

물론 기뢰 모드인 〈위그드·폴리윰〉은 접촉 순간의 충격을 감지하고 엄청난 폭발을 일으켰지만— 〈게티아〉는 건재했다. 아마 선체를 감싼 테리터리를 집중시켜 폭발을 막아낸 것이리라.

"저 여자, 간이 대체 얼마나 큰 거야……?!"

코토리는 이를 갈았다. 방금 그것은 조금이라도 조작을 실수하면 배가 산산조각 날 수도 있는 위험천만한 작전이었다. 제정신이 박힌 사람이라면 방성 테리터리를 집중시켜 포격을 막으려고 했을 것이다.

그리고 코토리는 상대가 그런 행동을 취한 순간, 〈위그드·폴리움〉으로 추격타를 날릴 생각이었다. 아무래도 엘렌은 머리싸움에서 코토리보다 한 수 위인 것 같았다. 그녀는 코토리가 어떤 행동을 취할지 예상했기 때문에 위험한 도박을—.

"쳇……."

거기까지 생각한 코토리는 얼굴을 찌푸렸다.

저 여자는 조금 전의 행동을 도박이라고 생각하지 않을 것 같은 느낌이 들었다. 그저 단순히 '나라면 당연히 해낼 수 있다.'라는 거만한 생각을 하면서 당연하다는 듯이 포격을 회피한 것만 같았다.

"윽! 〈게티아〉가 접근하고 있습니다!"

함교 하단부에 있는 미키모토가 비명에 가까운 목소리로 외쳤다. 〈미스틸테인〉을 피한 〈게티아〉가 일직선으로 이쪽을 향해 돌격해왔다.

"큭, 회피를—."

"안심하십시오, 사령관님."

바로 그때, 헤드셋을 쓴 칸나즈키가 함장석 옆에 서면서 손가락을 튕겼다.

그 순간, 〈게티아〉가 방금 피했던 〈미스틸테인〉의 포격이 〈게티아〉의 후방을 향해 방향을 전환했다.

"앗……!"

그 직후, 코토리는 무슨 일이 일어난 것인지 이해했다.

〈게티아〉의 후방에는 테리터리를 전개한 〈위그드·폴리움〉이 무수히 떠 있었다. 칸나즈키는 〈위그드·폴리움〉이 전개한 테리터리를 조작해서, 마력포의 궤도를 억지로 비튼 것이다.

상대도 이것은 예상하지 못한 것 같았다. 〈미스틸테인〉이 무방비한 〈게티아〉의 뒷부분에 작렬하자 폭발이 발생했다.

그렇다. 저쪽이 괴물이라면, 이쪽에도 괴물이 있었다. 코토리는 함장석 옆에 선 장신의 남성을 올려다보면서 작게 한숨을 내쉬었다.

"……잘했어, 칸나즈키."

"황송합니다. 이 아름다운 세계수에 상처를 낼 수는 없죠. 그리고—."

"그리고?"

"사령관님은 공격 받을 때보다 공격할 때가 더 멋지다고 생각합니다!"

칸나즈키가 주먹을 말아 쥐면서 외쳤다. 그 말을 들은 코토리는 땅이 꺼져라 한숨을 내쉬었다.

하지만—.

"……윽! 사령관님! 〈게티아〉가……!"

나카츠가와의 절규를 들은 코토리는 모니터를 향해 고개를 돌렸다.

—〈미스틸테인〉을 정통으로 맞은 〈게티아〉가 〈프락시너스

〉의 함교를 향해 맹렬하게 돌진하고 있었다.

"아니……!"

마력을 집속시킨 〈게티아〉가 포격을 날렸다.

그 순간, 〈프락시너스〉 함교에 설치된 메인 모니터가 눈부신 빛에 휩싸였다.

제3장 천사

시간은 약 수십 분 전으로 거슬러 올라간다.

폐허 안에 갇힌 시도는 의자에 묶인 채 필사적으로 몸을 흔들어대고 있었다.

"큭, 제발 좀 풀리라고……!"

손을 묶은 수갑을 의자에 내려쳤지만, 금속제 수갑이 그 정도로 부서질 리가 없었다. 그리고 바닥에 고정된 의자 또한 꼼짝도 하지 않았다.

"젠장…… 이러고 있을 때가 아닌데……! 오리가미! 오리가미!"

고함을 질러봤지만 그 누구의 목소리도 들리지 않았다. 폐허 안에서 메아리치는 자신의 목소리를 들은 시도는 얼굴을 찡그렸다.

지금 자신이 있는 장소가 어디인지는 모르지만, 주위에서는 사람의 인기척이 전혀 느껴지지 않았다. 들리는 것이라고는 바람에 흔들린 문이 자아내는 귀에 거슬리는 소리와 때때로 들려오는 자동차 경적 소리뿐이었다.

하지만 그것도 무리는 아니었다. 이곳은 오리가미가 준비한 감금 장소다. 남들이 그렇게 쉽게 찾을 수 있는 장소일 리가 없다.

하지만…… 그것이 절망만을 의미하는 것은 아니었다.

오리가미와 가깝게 지내왔던 시도는 그녀의 사고 패턴을 어느 정도 파악하고 있었다. 그녀라면 시도를 감금할 장소로 「사람들이 절대 다니지 않을 곳」을 선택하지는 않을 것이다.

이유는 간단했다. 이 장소를 아는 사람이 오리가미뿐일 경우, 만에 하나 그녀에게 무슨 일이 생기면 누구도 시도를 구해줄 수 없기 때문이다.

물론 일정 시간이 경과한 후 학교나 경찰에 시도의 위치를 알리는 프로그램을 준비했을 가능성도 없지는 않았다. 하지만 오리가미라면 시도가 굶어 죽지 않을 정도의 시간 — 2, 3일에 한 번 정도는 사람이 지나다니는 곳을 감금 장소로 정했을 것 같은 느낌이 들었다.

게다가 오리가미의 목적은 자신과 정령들의 싸움에 시도가 휘말리지 않게 하는 것이다. 그러니 오리가미로서는 오늘 하루만 시도를 이곳에 가둬둘 수 있으면 충분할 것이다.

그렇다면— 2, 3일에 한 번 이곳을 지나는『누군가』가 변덕을 부려 오늘 이곳을 지날지도 모른다. 시도는 그런 실낱같은 가능성에 매달리기로 결심하고 필사적으로 고함을 질렀다.

"누구 없어요?! 여기 사람 있어요!"

시도는 목이 아파 오는데도 불구하고 필사적으로 고함을 질러댔다.

하지만 아무리 고함을 질러본들, 들리는 것이라고는 벽에 부딪혀 되돌아오는 자신의 고함 소리뿐이었다.

"크……."

하다못해 외부에 연락을 취할 수라도 있다면 좋겠지만, 핸드폰은 오리가미에게 빼앗기고 말았다. 시도가 행방불명되었다는 사실을 알면 코토리가 수색을 시작하겠지만, 그래서는 너무 늦는다.

"젠장, 어떻게 하지……?!"

헛수고라는 것을 알면서도 다시 몸을 흔든 순간.

"어……?"

의자가 삐걱거리는 소리 외의 다른 소리를 들은 시도는 눈을 동그랗게 떴다.

움직임을 멈춘 시도는 귀에 의식을 집중했다. 그러자 문 너머에서 들려오는 자그마한 발소리를 똑똑히 들을 수 있었다.

"……! 거, 거기 누구 있어요?!"

시도는 이 기회를 놓칠 수 없다는 생각에 고함을 질렀다.
시도의 목소리를 들었는지, 발소리의 주인은 이쪽으로 다가왔다. 그리고 시도가 갇혀 있는 방의 문 앞에 섰다.

하지만.

녹슨 경첩이 달린 문을 열고 들어온 인물의 모습을 본 순간, 안도에 차 있던 시도의 표정은 다시 긴장감으로 가득 찼다.

"오, 오리가미……?!"

그렇다. 그 인물은 바로 시도를 이곳에 가둔 장본인이자, 조금 전에 이곳에서 나갔던 토비이치 오리가미였다.

"……."

문을 연 오리가미는 아무 말 없이 시도를 향해 걸음을 옮겼다.

너무 놀란 탓에 딱딱하게 굳어버린 시도는 잠시 후, 고개를 휘휘 저은 후 입을 열었다.

"오리가미— 돌아온 거야?"

"……."

시도가 말을 걸어도 오리가미는 아무 말도 하지 않았다. 일정한 보폭으로 다가온 그녀는 시도의 눈앞에 섰다.

"오리가미……?"

아무 말도 없는 오리가미를 본 시도는 잠시 동안 미간을 찌푸린 후—.

"서, 설마—."

한 가능성을 떠올리고는 숨을 삼켰다.

시도는 조금 전까지 오리가미가 마음을 고쳐먹고 이곳으로 돌아왔다고 생각했다. ……아니, 그렇기를 진심으로 바랐다.

하지만 그것이 희망적 관측에 불과하다는 것은 시도도 알고 있었다.

그녀가, 토비이치 오리가미가, 그 누구보다도 강한 의지를 지닌 이 소녀가, 아무 이유도 없이 자신의 뜻을 꺾을 리가 없는 것이다.

그렇다면 그녀는 왜 이곳으로 돌아온 것일까.

이유는 두 개밖에 없었다.

하나는, 피치 못할 문제가 생겨서 시도의 곁으로 돌아올 수밖에 없었다.

그리고 또 하나는—.

—이미, 자신의 목적을 달성했다.

"……큭."

시도는 마른침을 삼키면서 오리가미의 눈을 쳐다보았다.

"오리가미, 너, 왜…… 돌아온 거야?"

"……."

오리가미는 대답하지 않았다. 그저 아무 말 없이 시도의 눈을 응시하기만 했다.

감정이 느껴지지 않는 무기질적인 표정이, 시도의 호흡을 가쁘게 만들었다. 심장이 미친 듯이 뛰면서 목이 말라왔다.

"너, 너, 설마……."

시도가 떨리는 목소리로 그렇게 말한 순간, 오리가미가 처음으로 반응을 보였다.

하지만 그것은 부정도, 긍정도 아니었다. 그녀는 입술 가장자리를 말아 올리면서— 씨익, 하고 미소 지었다.

"……아—."

그 얼굴을 본 순간, 시도는 심장이 옥죄어드는 느낌을 받았다.

그럴 만도 했다. 지금 시도의 눈앞에 서 있는 이는 바로 토비이치 오리가미다. 아름다운 외모와 표정 변화가 적은 얼굴 때문에 인형 같다는 말을 듣는 소녀인 것이다. 눈썹을 찌푸리거나 딱딱하게 굳은 표정을 풀 때는 있어도, 이렇게 명확한 「미소」를 짓는 모습은 한 번도 본 적이 없었다.

그래서일까. 시도는 눈앞에 있는 오리가미의 감정을 읽을 수 없었다.

"왜, 왜…… 웃는, 거야……. 어이, 오리가미……."

시도가 묻자, 오리가미는 더욱 진한 미소를 지으면서 온몸을 부들부들 떨어댔다.

"후— 후후, 후후훗."

그리고 그녀의 입에서 흘러나오는 웃음소리가 점점 커졌다.

"후훗, 아하하, 하하…… 아하하하하하하하하하하하하하핫!"

"오……리, 가……미?"

오리가미가 몸을 기역 자로 꺾은 채 웃음을 터뜨렸다. 시도는 망연자실한 표정으로 그 기묘한 광경을 바라보며 그녀의 이름을 부를 수밖에 없었다.

그 웃음이 무엇을 뜻하는 것인지, 시도는 알 수 없었다. 하지만, 지금 눈앞에 있는 이가 평소의 오리가미가 아니라는 사실만큼은 틀림없었다. 그녀의 모습을 본 시도의 심장은 미친 듯이 뛰었다.

—하지만, 시도는 뭔가가 이상하다는 사실을 눈치챘다.

오리가미가…… 너무 심하게 웃는 것 같은 느낌이 든 것이다.

"푸, 으, 읍! 그 표정은 또 뭐야?! 아하하하하핫! 정말 웃긴 표정이네! 배꼽 빠져 죽을 것 같아~!"

"……오리가미?"

시도는 식은땀을 흘리면서 오리가미를 불렀다. ……오리가미는 배를 부여잡은 채 데굴데굴 구르면서 웃고 있었다. 너무 격렬하게 움직이는 바람에 치마가 휘날리면서 팬티가 언뜻언뜻 보였다. 흰색이었다.

오리가미가 바닥을 굴러다니면서 웃고 있을 때, 방금 그녀가 들어온 문이 다시 열리면서 한 소녀가 안으로 들어왔다.

귀여운 장식이 달린 모자를 쓰고, 왼손에 토끼 모양 퍼펫 인형을 낀 어린 여자아이였다. 그녀의 모습을 본 시도는 반사적으로 고함을 질렀다.

"요시노?!"

"아, 예……. 시도 씨, 괜찮으세요?"

요시노가 걱정스러운 표정으로 말했다. 그 뒤를 이어 요시노가 왼손에 낀 『요시농』이 입을 뻐끔거렸다.

『이야, 완벽한 납치 감금이네~. 자, 요시노~. 완벽한 찬스야~. 지금이라면 시도 군에게 무슨 짓이든 할 수 있어~.』

"……읏!"

요시노가 볼을 새빨갛게 붉히면서 『요시농』의 입을 막았다.

『요시농』의 불온한 발언이 신경 쓰이지 않는 것은 아니지만, 지금은 그런 것을 신경 쓸 때가 아니다. 시도는 그렇게 생각하며 입을 열었다.

"요시노, 도망쳐! 오리가미는 지금 정상이 아냐!"

요시노가 왜 이곳에 있는 것인지는 알 수 없다. 하지만 정령을 죽이겠다면서 이곳을 나선 오리가미와 요시노가 마주치는 것이 얼마나 위험한 일인지는 쉬이 상상 되었다.

하지만 요시노는 커다란 눈을 깜빡인 후, 아직도 웃어대는 오리가미를 쳐다보았다.

그리고 평소와 전혀 다른 오리가미에게 차분한 목소리로 말을 걸었다.

“저기…… 그쯤 하는 게 좋지 않을까요……?”

“후, 후후…… 히, 히…… 히익…….”

요시노의 말을 들은 오리가미는 그제야 호흡을 고른 후, 몸을 일으켰다. 그리고 흐트러진 머리카락을 쓸어 올린 그녀가 자신만만한 미소를 지은 순간, 그녀의 몸에서 옅은 빛이 뿜어져 나오기 시작했다.

“아—.”

시도가 망연자실한 표정을 지으면서 눈을 치켜뜬 순간, 오리가미의 실루엣이 점점 작아지더니— 그가 익히 아는 한 소녀의 모습으로 변모했다.

“나츠미?!”

그렇다. 그녀는 바로 오늘 아침에 시도를 깨우러 왔던 정령, 나츠미—의 진짜 모습이었다. 아무래도 조금 전의 오리가미는 나츠미가 변신한 모습이었던 것 같았다. ……그래서 상태가 이상해 보였던 것이다.

조금 전까지 이곳에 있었던 오리가미가 가짜라는 사실, 그리고 두 사람이 무사하다는 사실을 안 시도는 안도의 한숨을 내쉬었다. 하지만 나츠미는 시도가 내쉰 한숨의 의미를 곡해하기라도 했는지 미간을 찌푸리면서 그를 쳐다보았다.

“……뭐야. 불평이라도 있어? 내가 온 게 불만인가 보네?”

“아니, 그렇지 않아……. 그보다 너희는 어떻게 여기에 온 거야?”

시도의 질문을 들은 요시노와 나츠미는 서로를 쳐다본 후, 입을 열었다.

"저기…… 나츠미 씨에게, 마을을 안내해주고 있었는데……."

"그러다가 네가 오리가미와 같이 걷는 모습을 봤어. 그리고 요시노가 너희를 신경 쓰는 것 같아서 몰래 미행했는데—."

"나, 나츠미 씨……."

요시노는 얼굴을 붉히면서 나츠미의 옷자락을 잡아당겼다. 그러자 나츠미도 "앗." 하고 외치면서 얼굴을 붉히더니, 요시노의 옷자락을 잡았다. 두 사람은 부끄러워하면서 서로의 옷자락을 잡아당겼다. ……뭐랄까, 기묘한 광경이었다.

"아, 아무튼! 덕분에 살았어! 빨리 이 수갑과 밧줄을 풀어줘!"

시도의 말을 들은 두 사람은 서로를 쳐다본 후, 고개를 끄덕이면서 시도의 뒤편에 섰다. 그리고 두 사람은 힘을 합쳐 수갑을 잡아당겨도 보고, 밧줄의 매듭을 풀려고도 했다. 하지만—.

"시, 시도 씨…… 혹시 이 수갑의 열쇠를 가지고 있으세요……?"

"우와, 이 밧줄, 대체 뭐야? 엄청 복잡하게 묶었을 뿐만 아니라 매듭 부분에 접착제를 발라놨잖아……."

아무래도 오리가미를 너무 얕본 것 같았다. 요시노와 나츠미가 와준 것은 고맙지만, 이래서는 시도가 처한 상황 자체에는 변함이 없었다.

바로 그때, 나츠미가 자신의 가슴을 주먹으로 두드렸다.

"어쩔 수 없네. 내가 어떻게든 해볼게."

"뭐? 대체 뭘 어떻게 할 건데?"

"잠깐만 기다려."

나츠미는 그렇게 말한 후 눈을 감았다. 그리고 잠시 동안 아무 말 없이 그 자리에 서 있었다.

그리고 몇 초 후, 그녀는 한껏 인상을 쓰면서 부들부들 떨기 시작했고—.

"—빌어먹을, 시끄럽단 말이야아아아아아아아아앗!"

갑자기 눈을 치켜뜨더니 영문 모를 고함을 질렀다. 그러자 그 순간, 시도의 몸을 묶은 밧줄과 수갑이 옅은 빛에 휩싸이면서 솜으로 변했다.

"이, 이건……!"

시도는 양손을 앞쪽으로 돌리면서 눈을 치켜떴다.

"나츠미, 너 대체 어떻게 영력을 사용한 거야?"

시도의 말을 들은 나츠미는 이마에 맺힌 땀을 닦으면서 한숨을 내쉬었다.

"으음…… 머릿속으로 엄청 기분 나쁜 상상을 하면, 아주 조금 힘이 돌아오는 것 같아. 뭐, 너무 조금이라서 할 수 있는 게 거의 없지만 말이야."

"기분 나쁜 상상……?"

"……응. 조금 전에는 학교 점심시간에 친구가 없어서 화장실 변기통에 앉아 혼자 도시락을 먹는데 문 잠그는 걸 깜빡한 탓에 화장실에 온 반 친구와 딱 마주치는 장면을 상상했어."

"우와…… 엄청 쪽팔릴 것 같아."

"……그리고 교실에 돌아가 보니, 같은 반 애들이 나를 쳐다보면서 히죽거리고 있는 거야. 뭐, 정말~? 진짜로 그러는 애가 있구나~. 꺄아, 불결해~."

"그만해!"

나츠미의 이야기를 듣다 못 한 시도가 양손으로 귀를 막으면서 고함을 질렀다.

하지만 지금은 이럴 때가 아니라고 생각한 시도는 손목과 몸을 휘감은 솜을 걷어낸 후 의자에서 일어났다. 긴 시간 동안 같은 자세로 고정되어 있었던 탓에 몸 곳곳이 딱딱하게 굳은 것 같았다.

아무튼, 지금은 서둘러서 토카를 비롯한 정령들이 있는 곳으로 가야만 했다. 최악의 경우, 그녀들과 오리가미가 이미 접촉했을 가능성도 있었다.

바로 그때, 시도는 "아." 하고 탄성을 터뜨렸다.

"그래……! 저기, 핸드폰 좀 빌려주지 않겠어?"

"예? 아, 예. 여기 있어요."

시도의 말을 들은 요시노가 호주머니에서 푸른색 핸드폰을 꺼냈다.

고맙다고 말하면서 핸드폰을 건네받은 시도는 주소록에서 이츠카 가(2)라고 적힌 항목을 선택해서 전화를 걸었다.

이 이츠카 가(2)는 〈프락시너스〉를 가리키는 암호였다. 긴급 상황일 때 연락을 취할 수 있도록, 정령들에게 지급한 핸드폰에는 이 번호가 등록되어 있었다.

〈프락시너스〉와 연락을 취할 수만 있다면, 전송 장치를 이용해서 바로 정령들이 있는 곳으로 이동할 수 있을 것이다. 그게 여의치 않은 상황이라면 하다못해 코토리가 정령들을 지원해주리라.

하지만 핸드폰에서 흘러나오는 것은 발신음이나 승무원의 목소리가 아니라 뚜~ 뚜~ 하는 무기질적인 소리였다.

"……어떻게 된 거지?"

코토리 개인의 핸드폰이라면 몰라도, 이것은 〈프락시너스〉 전용 회선이다. 설령 공간진에 의해 핸드폰 기지국이 파괴되더라도 통신이 가능하도록 고유 회선을 사용한다는 이야기를 일전에 들은 적이 있었다.

—설마, 〈프락시너스〉 쪽에도 무슨 일이 생긴 것일까. 가슴속을 가득 채우는 불안함을 느낀 시도는 무심코 얼굴을

찡그렸다.

"저기, 시도 씨……?"

시도의 표정을 보고 불안을 느꼈는지, 요시노가 걱정스러운 목소리로 그에게 말을 걸었다.

"아…… 미안. 고마워."

시도는 그렇게 말하면서 요시노에게 핸드폰을 돌려준 후, 입구를 향해 돌아섰다.

"부탁해! 나는 여기가 어디인지 몰라. 그러니까 내가 아는 장소까지 빨리 안내해줘! ―토카와 다른 애들이 지금 위험에 처했을지도 몰라!"

시도의 말을 들은 요시노와 나츠미는 한순간 영문을 모르겠다는 표정을 지었다. 하지만 곧 두 사람은 진지한 눈빛으로 시도를 바라보며 고개를 끄덕였다.

◇

"으…… 윽……."

토카는 얼굴을 일그러뜨리면서 몸을 일으켰다. 아무래도 잠시 동안 기절해 있었던 것 같았다.

가슴 언저리를 보니 옷에 피가 배어 있었다. 그럴 만도 했다. 절대적인 방어력을 지닌 영장이 오리가미의 레이저 블레이드에 의해 무참하게도 찢겨 나가고 말았으니까 말이다.

“나는…….”

“……아, 토카 양……. 정신이 들었군요~.”

토카가 미간을 찌푸리면서 입을 연 순간, 가냘픈 목소리가 들려왔다.

고개를 들어보니, 곳곳이 찢어진 한정 영장을 걸친 미쿠가 어깨를 들썩이면서 토카를 지키려는 것처럼 그녀의 앞에서 있었다. 새하얀 피부는 찢겨 있었고, 그녀의 몸 곳곳에는 멍이 들어 있었다. 그야말로 만신창이라는 말이 어울리는 상태였다. 두 발로 서 있는 것이 신기할 정도였다.

“미쿠! 괘, 괜찮으냐……?!”

“예~ 괜찮아요. 토카 양이야말로 무사……해서—.”

말을 끝까지 잇지 못한 채 그 자리에 무너지듯 무릎 꿇은 미쿠는 그대로 쓰러지고 말았다. 토카는 서둘러 미쿠에게 다가가 그녀를 부축했다.

“정신 차려라, 미쿠! 미쿠!”

토카의 목소리를 들은 미쿠는 그녀를 향해 희미한 미소를 지은 후, 그대로 눈을 감았다. 그와 동시에 그녀의 몸에서 힘이 빠져나갔다. 아무래도 기절한 것 같았다.

그 순간. 앞쪽에서 발소리가 들렸다.

토카는 발소리가 들린 곳을 향해 고개를 들었다. 그러자 열은 먹색의 갑옷을 걸친 저승사자가 그녀의 눈에 들어왔다.

“토비이치— 오리가미……!”

토카는 분노에 찬 목소리로, 자신이 바라보고 있는 소녀의 이름을 불렀다. 그 말에 응답하듯, 오리가미는 차가운 시선으로 토카를 바라보았다.

그녀의 발치에는 유즈루가, 그리고 약간 떨어진 곳에는 카구야가 쓰러져 있었다. 두 사람 다 아직 의식은 있는 것 같지만, 그녀들의 몸 또한 미쿠와 마찬가지로 성한 곳이 없었다.

그 모든 것이 토카가 기절해 있는 사이에 격렬한 전투가 벌어졌다는 사실을 가리켰다. —십중팔구, 그녀들은 의식을 잃은 토카를 오리가미에게서 지키기 위해 저렇게 다치고 만 것이리라.

토카는 어금니를 깨문 후, 미쿠를 바닥에 살며시 눕혔다. 그리고 〈산달폰〉을 움켜쥐면서 몸을 일으켰다.

"너…… 대체 왜 이런 짓을 하는 것이냐……!"

"네 질문의 의미를 모르겠어."

오리가미는 낯빛 하나 바꾸지 않은 채 말했다.

"너희는 정령. 세계를 죽이는 재앙. 인류를 위협하는 존재. 그것만으로도 이유는 충분해. 똑같은 말을 몇 번이나 하게 하지 마."

오리가미는 냉정하기 그지없는 목소리로 그렇게 말한 후, 왼손 손가락을 굽혔다. 그러자 그녀의 발치에 쓰러져 있던 유즈루의 몸이 보이지 않는 손에 의해 들려진 것처럼 허공으로 떠올랐다.

"의……문. 마스터…… 오리가미, 왜……."

"……."

미간을 찌푸린 오리가미는 유즈루의 목을 움켜쥐어 말을 잇지 못하게 했다. 그녀가 손에 힘을 주자, 유즈루의 목에서 고통에 찬 신음이 흘러나왔다.

하지만 오리가미는 한 치의 주저도 없이 오른손에 쥔 레이저 블레이드를 유즈루의 복부에 찔러 넣으려고 했다.

"너……!"

토카는 고함을 지르면서 〈산달폰〉을 고쳐 쥐었다. 하지만 ― 그녀보다 먼저 오리가미를 향해 몸을 날리는 이가 있었다. ―카구야였다. 건물 파편에 깔린 채 쓰러져 있던 카구야가 온몸에 난 상처에서 피가 흘러나오는데도 불구하고 거대한 창을 치켜들면서 오리가미를 향해 돌격한 것이다.

"―유즈루에게 무슨 짓을 하는 거야, 오리가미이이이이이이이이잇!"

눈에 핏발이 선 카구야는 악귀처럼 포효하면서 오리가미에게 달려들었다. 이 불의의 일격에는 오리가미도 완벽하게 대응하지 못했다. 카구야의 창은 오리가미가 걸친 테리터리를 뚫으며 그녀의 CR-유닛에 상처를 냈다.

"크―."

하지만 그뿐이었다. 오리가미가 미간을 찌푸리자, 카구야의 몸은 보이지 않는 손에 눌린 것처럼 지면에 내동댕이쳐졌다.

"크……!"

카구야는 그 상태에서도 고개를 들었지만, 테리터리의 압도적인 힘에서 벗어날 수 없는지 결국 그대로 바닥에 쓰러지고 말았다.

"카구야!"

이대로는 카구야와 유즈루가 위험하다고 판단한 토카는 지면을 박차면서 오리가미를 향해 몸을 날렸다.

하지만 오리가미에게 접근하기도 전에 토카는 걸음을 멈췄다. —정확하게 말하자면, 보이지 않는 벽에 막혀 멈춰 설 수밖에 없었다.

아무래도 오리가미가 테리터리를 확장시킨 것 같았다. 신체의 자유를 빼앗긴 토카는 오리가미를 막기는커녕 검조차 뜻대로 휘두를 수가 없었다.

"크, 오리가미, 너……!"

고통에 찬 신음을 흘려도 오리가미는 전혀 개의치 않았다. 레이저 블레이드를 고쳐 든 그녀는 유즈루를 바라보며 말했다.

"—길었어. 나는 드디어 손에 넣었어. 정령을 쓰러뜨릴 힘을. —비원(悲願)을 이룰 힘을."

독백하듯 그렇게 중얼거린 오리가미는 가늘고 긴 한숨을

내쉬었다.

그 모습은 마치, 자신의 마음속에 존재하는 마지막 망설임을, 주저를, 한숨과 함께 토해버리려는 것처럼 보였다.

"이 일격을 통해, 나는, 나 자신을 되찾을 거야. 이 세계에 존재하는 정령은, 내가 전부 쓰러뜨릴 거야. 다시는— 이 세상에 나 같은 인간이 태어나지 않게 하기 위해서."

되뇌듯이 그렇게 말한 오리가미는 시선을 더욱 날카롭게 만들면서 레이저 블레이드를 쥔 손에 힘을 줬다.

"토비이치 오리가미……!"

토카는 오리가미의 이름을 부르며 필사적으로 몸을 움직이려 했다. 하지만 토카의 몸을 옭아맨 테리터리는 눈곱만큼도 느슨해질 기색을 보이지 않았다.

하지만 토카는 포기할 수 없었다. 지금 이 자리에서 오리가미와 싸울 수 있는 이는 토카뿐이다. 토카가 포기하는 순간, 카구야는, 유즈루는, 그리고 미쿠는, 오리가미의 손에 죽고 말 것이다.

지금의 오리가미라면 그러고도 남았다. 그리고— 그녀들을 죽인 오리가미는 분명 지금까지의 그녀와는 전혀 다른 존재가 되고 말 것이다.

이유는 알 수 없지만, 토카는 오리가미가 그렇게 되게 둘 수 없었다.

"우— 아, 아아아아아아아아앗!"

토카는 고함을 지르면서 테리터리의 속박에서 벗어나기 위해 온몸에 힘을 줬다.

하지만— 부족했다. 예전에 오리가미가 전개했던 것과는 비교도 되지 않는 강도를 지닌 테리터리는 꿈쩍도 하지 않았다.

이대로는 안 된다. 지금 상태로는 모두를 구할 수 없다.

—힘이 필요했다. 더욱, 더욱, 강한 힘이.

"……큭."

그 사실을 인식한 순간, 토카의 등을 타고 오한이 흘렀다.

이 감각은 전에도 느낀 적이 있다. 몇 달 전— DEM 일본 지사에서 시도가 엘렌에게 살해당할 뻔한 순간 느꼈던 감각과 너무나도 비슷했다.

자신의 안에 존재하는 자신 외의 무언가에게 몸을 빼앗기는 듯한 감각. 자신의 의식이 옅어지는 대신, 시꺼먼 빛깔을 띤 정체불명의 무언가가 머릿속을 가득 채우는 듯한 공포가 토카를 엄습했다.

토카는 어금니를 깨물었다. 이 감각이 무엇인지는 모른다. 하지만 토카는 본능적으로 깨달았다. —이 힘으로는 모두를 구할 수 없다는 것을 말이다.

토카는, 토카여야만 한다.

카구야를 구하기 위해.

유즈루를 구하기 위해.

미쿠를 구하기 위해.

그리고— 저 여자를.

거만하고, 난폭하며, 애교 없고, 말이 거칠며, 무슨 생각을 하는지 알 수 없고, 사사건건 토카를 방해하기 때문에, 토카가 너무나도 싫어하는— 저 긍지 높은 소녀의 손을 잡아주기 위해서.

토카는, 토카인 채로, 검을 휘둘러야만 한다.

"시도— 나에게, 힘을 빌려다오……!"

토카는 시도의 이름을 부르면서, 천사 〈산달폰〉을 쥔 손에 힘을 줬다.

"—아아아아아아아아아아아아아아아아아아아아아아아아아아아아아아아아아아아아아앗!"

머릿속에서 무언가가 터지는 듯한 느낌이 든 순간, 토카는 자신의 몸속으로 따뜻한 무언가가 흘러들어오는 듯한 감각을 느꼈다.

"……응?!"

야마이 유즈루의 몸에 레이저 블레이드를 꽂으려던 오리가미는 전방에서 발생한 눈부신 빛을 보고 눈썹을 찌푸렸다.

테리터리로 움직임을 봉쇄했던 야토가미 토카가 고함을 지른 순간, 그녀의 몸이 찬란하게 빛나기 시작한 것이다.

그리고 기묘한 점은 그것만이 아니었다. 자신이 전개한 테리터리에 잡혀 꼼짝도 못하던 토카가 갑자기 사라졌다.

아니— 그렇지 않았다. 오리가미는 시선을 날카롭게 만들었다. 토카가 사라진 것이 아니었다. 토카를 옥죄던 테리터리의 일부가 마치 구멍이라도 난 것처럼 사라져버린 것이다.

"——!"

다음 순간, 엄청난 살기를 감지한 오리가미는 유즈루의 목을 놓으면서 뒤쪽으로 몸을 날렸다. 그리고 그 직후, 옅은 빛을 뿜고 있는 검이 찬란한 궤적을 남기며 조금 전까지 오리가미가 있던 공간을 가르고 지나갔다.

"아니……."

오리가미가 눈을 치켜뜬 순간, 테리터리에서 해방되어 지면으로 떨어지던 유즈루의 몸을 누군가가 살며시 받아냈다.

빛이 점점 잦아들자, 그 누군가의 모습을 눈으로 확인할 수 있었다.

그리고 그 누군가의 모습을 본 오리가미는 무심코 숨을 삼켰다.

바람에 흩날리는 칠흑빛 머리카락. 조용히 오리가미를 응시하고 있는 수정처럼 맑은 두 눈동자. 그리고 한 손에 쥔, 빛을 뿜고 있는 대검.

—그렇다. 그 사람은 바로 야토가미 토카였다.

그녀는 조금 전까지와는 다른 복장을 하고 있었다.

어깨, 가슴, 허리— 몸 곳곳을 감싸고 있는 남보랏빛 갑옷과, 옅은 빛으로 된 스커트. 보는 이들을 압도하는 절대적 위용으로 가득 찬 그 모습은 조금 전까지의 토카와는 너무나도 달랐다.

—영장. 정령을 정령답게 만드는, 절대 최강의 갑옷이자 성(城).

조금 전까지 토카가 걸치고 있었던 한정적인 영장이 아니라, 완전무결한 영장을 걸친 그녀를 본 오리가미는 숨을 삼켰다.

마지막으로 『저 모습』을 본 후로 반년 이상의 시간이 흘렀다.

야토가미 토카가 전학 오기 전, 언덕 위에 있는 공원에서 오리가미를 죽이려 한 상대.

—검(劍)의 정령 〈프린세스〉가 오리가미의 눈앞에 서 있었다.

"그, 모습은……."

오리가미가 표정을 굳히면서 입을 열자, 토카는 유즈루를 카구야 옆에 뉘인 후 천천히 고개를 들었다.

"토비이치 오리가미. 나는 너를 싫어한다. 지금도, 옛날도, 변함없이 말이다. —하지만 지금의 이 『싫어한다』는, 옛날의 『싫어한다』와 아마 약간은 다른 것 같다. 그러니까—."

그리고 오리가미의 두 눈을 응시하며, 손에 든 천사로 그녀를 겨눴다.

“죽일 생각으로 싸워주마. —죽지 마라, 오리가미.”

토카는 차분하지만— 듣는 이를 오싹하게 만드는 목소리로 말했다.

“……큭.”

그 말을 들은 순간, 오리가미는 심장을 꿰뚫린 것 같은 느낌을 받았다.

압도적인 위압감. 절망적일 정도의 프레셔. 조금이라도 긴장을 풀었다간 눈 깜짝할 사이에 목이 날아가고 말 것 같은 검기(劍氣)가 오리가미의 온몸을 덮쳤다.

“…….”

하지만 오리가미는 물러서지 않았다. —아니, 어쩌면 오리가미는 눈앞에 서 있는 토카를 기다리고 있었던 것일지도 모른다.

과거, 오리가미를 일격에 쓰러뜨린 최강의 정령. 완전한 〈프린세스〉를 쓰러뜨려야만 앞으로 나아갈 수 있을 것 같은 느낌이 들었다.

“하앗……!”

오리가미는 기합을 지르면서 자신의 몸과 장비만을 감쌀 정도로 테리터리를 응축해 강도를 높였다. 전개 범위를 넓혀본들 지금의 토카를 속박하는 것은 불가능하다. 그렇다면 쓸데없이 마력을 소모하는 것보다는 방어에 힘을 쏟는 편이 나을 것이다.

레이저 블레이드를 들어 올린 오리가미는 토카를 향해 빛으로 된 칼날을 휘둘렀다. 눈썹을 살짝 찌푸린 토카는 〈산달폰〉으로 그녀의 공격을 받아냈다.

하지만, 이것이 바로 오리가미의 노림수였다. 오리가미는 머릿속으로 지령을 내려, 레이저 블레이드의 일부를 분리시켰다.

DEM제 CR-유닛 〈모드레드〉의 주무장인 이 〈클라렌트〉는 테리터리 안에서 본체를 변형시켜 마력포 〈클라렌트·캐논〉과 레이저 블레이드 〈클라렌트·소드〉라는 두 형태가 될 수 있다.

하지만 그것은 어디까지나 각각의 성능에 적합한 형태로 무기를 변형시키는 것이며, 변형한다고 해서 다른 능력을 쓸 수 없게 되는 것은 아니다.

고도의 테리터리 조작과 방대한 생성 마력이 필요하기는 하지만, 〈소드〉 형태의 칼날을 유지한 채 포격을 날리는 것도 가능한 것이다. 즉— 이렇게 말이다.

〈산달폰〉과 맞닿아 있는 레이저 블레이드의 총구에서 하늘을 향해 마력광이 뿜어져 나왔다. 그리고 그 마력광은 공중에서 잘게 나눠지더니, 토카를 향해 비처럼 쏟아졌다.

토카와 검격전을 벌이면서 날린 포격인 탓에 위력 자체는 그렇게 강하지 않았다. 평소 같으면 〈산달폰〉으로 가볍게 쳐낼 수 있는 수준이었다.

하지만 토카의 〈산달폰〉은 오리가미의 레이저 블레이드와 맞닿아 있었다. 가만히 있으면 포격을 맞을 수밖에 없고, 〈산달폰〉을 빼서 저 공격을 막아내려고 했다간 오리가미의 레이저 블레이드에 베이고 말 것이다. 어느 쪽을 선택하든 토카는 대미지를 받을 수밖에 없었다.

—하지만.

"핫!"

토카는 오리가미와 무기를 맞댄 상태에서 지면을 박찼다. 그리고 압도적인 힘으로 오리가미를 밀어낸 후, 포격의 착탄 범위에서 몸에 뺐다.

"큭—."

오리가미는 신음을 흘렸다. 역시 조금 전까지와는 영력과 완력의 차원이 달랐다. 단순한 힘 싸움으로는 이길 수 없다. 오리가미는 레이저 블레이드를 기울여 토카의 검을 흘려보낸 후, 눈에 비치지도 않을 속도로 연속 공격을 날렸다.

평범한 인간이라면 단 한 방에 증발시킬 수 있을 정도의 공격을, 오리가미는 토카를 향해 수도 없이 날렸다. 하지만 토카는 그 모든 공격을 정확하게 막아냈다.

"—타앗!"

연속 공격 사이의 빈틈을 발견한 토카는 〈산달폰〉으로

찌르기를 날렸다.

"크윽……."

하지만 오리가미에게는 그 공격이 보였다. 그리고 막아낼 수 있었다.

쳐내고, 베어 올리고, 찌르고, 휘두르고, 받아내고, 내리그었다.

폭풍 같은 검격이 쉴 새 없이 맞부딪혔다.

—이길 수 있다. 오리가미는 〈클라렌트〉를 쥔 손에 힘을 주었다.

실력은 거의 막상막하였다. 변변찮은 저항도 하지 못한 채 토카에게 패배했던 시절의 오리가미가 아니었다.

지금의 오리가미는 완전한 상태의 정령과도 대등하게 싸울 수 있다.

인간의 영지(英知)는, 세계를 죽이는 재앙에게도 통한다.

그것이 바로 오리가미가 오랜 세월 동안 갈망해온 비원이었다.

오리가미는 틀리지 않았다. 오리가미가 지금까지 해온 단련은, 헛되지 않았다.

—CR-유닛 〈모드레드〉. 이것만 있으면, 오리가미는 쓰러뜨릴 수 있다. 야토가미 토카를. 야마이 자매를. 이자요이 미쿠를. 그리고 5년 전, 오리가미의 부모님을 죽인 정령을.

그렇다. 5년 전의 그 정령. DEM에 소속되는 조건으로, 오리가미는 엘렌·메이저스에게서 그 존재에 관한 정보를 얻었다.

구체적인 모습이나 능력을 안 것은 아니다. 정보 자체에는 그렇게 큰 가치가 있지 않았다.

하지만 5년 전, 그 마을에 〈이프리트〉 이츠카 코토리 외에도 또 하나의 정령이 존재했다는 사실을 확인했다. 그 사실을 안 것만으로도, DEM의 정보에는 커다란 가치가 있었다.

지금의 오리가미라면 해낼 수 있다. 그 정령을 찾아내기만 하면 부모님의 원수를, 갚을, 수—.

"어……?"

바로 그때, 강렬한 두통이 오리가미를 덮쳤다.

한순간, 미처 막아내지 못한 토카의 공격이 자신의 머리에 꽂혔다고 생각했지만— 그렇지 않았다. 이것은 머리 내부에서부터 느껴지는 고통이었다.

다음 순간, 의식이 멀어지면서 시야가 붉은색으로 물들기 시작했다.

"아—."

"하앗!"

토카는 그 틈을 놓치지 않고 오리가미의 몸통을 향해 〈산달폰〉을 수평으로 휘둘렀다.

모든 것을 굴복시키는, 절대 폭군의 일격. 오리가미의 몸은 바람에 흩날리는 낙엽처럼 뒤쪽으로 튕겨져 날아갔다.

그리고 건물 벽을 몇 개나 관통하며 날아간 오리가미는 토카의 모습조차 보이지 않는 거리에 도달한 후에야— 지면에 떨어졌다.

"커, 억……."

테리터리를 집중시킨 덕분에 치명상을 면하기는 했지만, 그녀는 심각한 대미지를 받고 말았다. 몸 곳곳에는 타박상과 열상(裂傷)이 나 있었고, 출혈 또한 심했다. 누군가가 지금의 그녀를 봤다면 바로 응급차를 불렀을 것이다.

아니. 진정으로 심각한 것은 몸에 난 상처가 아니다. 손으로 얼굴을 매만진 오리가미는 손에 묻은 피를 보면서 어금니를 깨물었다.

코에서, 눈에서, 피가 흘러나왔다. 오리가미는 전에도 이런 증상을 겪은 적이 있었다. 토멸(討滅) 병기 〈화이트·리코리스〉를 무리해서 사용했을 때 겪었던 활동 한계였다.

"크……."

원래 힘을 되찾은 토카에게 대항하기 위해 무의식적으로 뇌를 과도하게 혹사시킨 것 같았다. 오리가미는 어금니를 깨물면서 주먹으로 지면을 내려쳤다.

뭐가 막상막하란 말인가. 뭐가 완전한 상태의 정령과도 싸울 수 있다는 것인가. 오리가미는 자신의 목숨을 갉아먹으면서 토카의 압도적인 힘에 겨우겨우 대항했을 뿐이었다.

"나, 는……."

오리가미는 하늘을 향해 떨리는 손을 내밀었다. 마치— 신에게 매달리는 경건한 신도처럼.

물론 오리가미는 신을 믿지 않았다. 눈앞에서 부모님이 죽은 5년 전, 오리가미의 머릿속에서 신이라는 단어는 지워졌다.

하지만, 만약.

이 세상에 신이나 악마가 진짜로 존재한다면, 오리가미는 그 어떤 희생을 치르는 한이 있더라도 그들의 손을 잡을 것이다. 목적을 달성한 후 심장을 바쳐야 하는 계약일지라도 주저 없이 맺으리라.

자신답지 않은 생각이라는 것은 알고 있다. 상상의 산물인 존재들에게 매달리는 것은 어리석은 짓이다. 자신을 도울 수 있는 것은 자신뿐이다. 기도할 시간이 있으면 그 시간에 자신을 단련했다. 소원을 빌 시간이 있으면 그 시간에 전략을 짰다. 그 결과 완성된 존재가 바로 토비이치 오리가미라는 이름의 위저드인 것이다.

하지만— 오리가미에게는 아무것도 남아 있지 않았다.

피를 토할 것만 같았던 훈련, 수면 시간을 아껴가면서 한 연구, 몸에 극심한 부담을 주는 최신예 장비, 죽음과 등을 맞댄 듯한 실전. 오리가미는 그 모든 것을 통해 필사적으로 힘을 쌓아왔다.

그 결과가, 이것이다.

모든 것을 희생해가면서 쌓아온 힘은 결국 정령에게 통하지 않았다.

이 잔혹한 현실이, 오리가미가 기나긴 싸움 끝에 얻은 것이었다.

"나, 는—."

체념이라는 단어가 오리가미의 머릿속을 스치고 지나갔다.

오리가미는 한숨을 내쉬면서 하늘을 향해 들어 올린 손을 내렸다.

—하지만, 그 순간.

【저기, 힘을 가지고 싶지 않아?】

바로 그때, 남자 목소리처럼도, 여자 목소리처럼도 들리는 목소리가 들렸다.

"어—?"

그 목소리를 듣고 눈을 치켜뜬 오리가미는 비틀거리면서 몸을 일으켰다.

그러자 정체불명의『무언가』가 그녀의 시야에 들어왔다.

그 목소리의 주인은『무언가』라는 말로 표현할 수밖에 없는 존재였다. 이 자리에 존재한다는 것은 인식할 수 있지만, 상대의 실상은 파악할 수 없었다. 존재 자체의 해상도가 낮기라도 한 것일까. 마치 상대의 몸에 노이즈가 끼어 있는 것 같은 착각마저 들었다.

"너는…… 뭐야?"

오리가미는 무심코 『누구야』가 아니라 『뭐야』라는 표현을 쓰고 말았다. 그 말을 들은 『무언가』는 재미있다는 듯 낮은 웃음을 터뜨렸다.

【내가 무엇인지는 이 상황에서 딱히 중요하지 않아. 그보다 내 질문에 대답해주지 않겠어? 너는 힘을 원하지? 그 누구에게도 지지 않을 절대적인 힘을 가지고 싶지?】

"……큭."

오리가미는 미간을 찌푸리면서 숨을 삼켰다.

한순간, 뇌를 과도하게 혹사시킨 탓에 자신의 머리가 이상해진 것은 아닐까 생각했다. 그런 생각을 할 만큼 기묘한 상황이었다. 이 상황에서 눈앞에 있는 기묘한 존재와 대화를 나누는 것은 제정신인 사람이 할 짓이 아니었다.

하지만 방금 들은 질문에 대한 대답은 이미 정해져 있었다. 오리가미는 거의 무의식적으로 질문에 대답했다.

"그래— 가지고 싶어."

오리가미는 마치 마음속에 존재하는 무언가를 토해버리듯, 말을 이었다.

"나는…… 힘을 원해. 무언가를 버려야 할지라도. 무언가를 희생해야만 할지라도……! 내 비원을 이루게 해줄, 절대적인 힘을 원해! 그 누구도 범접할 수 없는 최강의 힘을…… 가지고 싶어!"

【그래.】

『무언가』가 짧게 대답했다.

왜일까. 얼굴은 보이지 않지만― 눈앞에 있는 『무언가』가 씨익 웃은 것 같은 느낌이 들었다.

【―그럼 내가 줄게. 네가 원하는 그 힘을 말이야.】

그렇게 말한 『무언가』는 오리가미를 향해 무언가를 내밀었다.

그것은 새하얀 빛에 휩싸인 보석 같은 물체였다. 그 환상적인 빛을 본 오리가미는 그 물체에서 눈을 떼지 못했다.

"이건……."

【힘을 원한다면 손을 내밀어.】

"……."

오리가미는 미심쩍은 표정을 지으면서도 손을 내밀어…… 그 보석을 만졌다.

그 순간.

"아……."

그 보석은 눈부신 빛을 뿜으면서 공중으로 떠오르더니― 오리가미의 가슴 안으로 빨려들어 갔다.

"뭐, 뭐가……."

오리가미가 자신의 가슴을 내려다보며 중얼거렸지만, 이미 보석의 모습은 보이지 않았다.

"방금 그건, 대체―."

고개를 들어 질문을 던지려던 오리가미는 말을 끝까지 잇지 못했다. 조금 전까지 눈앞에 있던 『무언가』가 홀연히 사라졌기 때문이다.

"……."

역시 극한 상태에 처한 탓에 환각을 본 것일까. 오리가미는 그렇게 결론을 내리면서 이마에 손을 댔다.

하지만 그 순간.

"어……?"

두근, 하고 크게 심장이 뛴 탓에 오리가미는 미간을 찌푸렸다.

몸 안에 생긴 새로운 심장이 뜨거운 혈류를 뿜어내고 있는 듯한 느낌이 들었다. 한 번도 느껴본 적 없는 기묘한 감각에 지배당한 오리가미는 그 자리에 무너지듯 무릎을 꿇었다.

"아, 아, 아아아, 아, 아—."

의식이 몽롱해져가는 가운데.

오리가미는 자신이 전혀 다른 존재로 다시 태어나는 듯한 느낌을 받았다.

◇

"……윽! 무슨 일이야?!"

육상 자위대 텐구 주둔지에 느닷없이 울려 퍼진 경보를 들은 AST 대장·쿠사카베 료코는 고함을 질렀다.

평소 AST는 이 시간에 훈련을 하지만— 오늘은 다른 사정이 있어 관제실에 있었다.

료코의 고함을 들은 관제관이 콘솔을 조작한 후, 숨을 삼켰다.

"이, 이건— 엄청난 영파 반응입니다!"

"영파 반응…… 이것도 DEM에서 통보했던 반응이야?!"

료코는 미간을 한껏 찌푸렸다.

그렇다. 실은 좀 전부터 다수의 영파 반응이 관측되었다.

〈베르세르크〉, 〈디바〉, 그리고— 〈프린세스〉.

특히 〈프린세스〉의 영파 반응은 도중에 급격하게 강해지더니, 과거 교전했을 때에 버금가는 수치를 자아내고 있었다.

마을 안에 이런 괴물들이 나타났는데도, 정령을 쓰러뜨리는 것이 목적인 AST가 아직 주둔지에 있는 이유는 지극히 단순했다. —DEM인더스트리 때문이다.

그 회사가 특수한 연습을 할 예정이라면서, AST가 참견하지 못하도록 방위청을 통해 압력을 가한 것이다.

그래서 료코를 비롯한 AST는 마을에 정령이 나타났다는 것을 알면서도, 관제실에서 레이더를 노려보고 있을 수밖에 없었다.

한편, 화면에 표시된 수치를 바라보던 관제관은 얼굴을 경악으로 물들이며 마른침을 삼켰다.

"아, 아닙니다……! 이건— DEM의 사전 통보 내용 안에 들어 있지 않은 반응입니다!"

"뭐?!"

관제관의 말을 들은 료코는 비명에 가까운 고함을 지르면서 관제관이 쳐다보는 화면을 들여다보았다.

확실히, 지금까지 확인됐던 정령들의 영파 반응과는 다른 영파 반응이 관측되고 있었다. 게다가 그 수치는 풀 파워 상태의 〈프린세스〉에 버금갈 만큼 강대했다.

"연습 중에 다른 정령이 나타났다는 거야?! 게다가 공간진이 일어나지 않았다는 건 정숙 현계……?!"

료코는 인상을 썼다. 솔직히 말해 지금 바로 비상사태 선언을 해야 하는 상황이었다. 만약 이 정령과 〈프린세스〉가 전투를 벌이기라도 한다면 어느 정도의 피해가 발생할지 상상조차 되지 않았다.

"대장님!"

바로 그 순간, 관제실 문이 힘차게 열리면서 자그마한 체구의 소녀 두 명이 안으로 들어왔다. AST 대원 오카미네 미키에와 정비사인 밀드레드·F·후지무라였다. 미키에는 와이어링 슈트를 입고 있었다.

"AST 전 대원, 출격 준비를 마쳤어요!"

"CR-유닛 쪽도 완벽해요~. 언제든지 바로 풀 퍼포먼스를 발휘할 수 있어요."

"미키에…… 밀리……."

료코는 두 사람의 이름을 부르면서 작게 한숨을 내쉬었다.

새로운 영파 반응은 조금 전에 관측되었다. 이 짧은 시간에 출격 준비를 마쳤을 리가 없다. 아마 미리 출격 준비를 해뒀던 것이리라. —그녀들 또한 료코와 같은 마음인 것이다.

오리가미에게 징계 처분이 내려졌다는 이야기를 듣고 자신도 AST를 그만두겠다고 말했던 미키에조차도 이렇게 자신의 직무를 다하고 있었다. 언젠가 오리가미가 돌아왔을 때 한심한 모습을 보여줄 수는 없다면서 이렇게 최선을 다하고 있는 것이다. 어느새 성장한 부하를 본 료코는 입가에 미소를 머금었다.

바로 그 순간, 관제관이 입을 열었다.

"—아! 대장님, 본부에서 연락이 왔습니다!"

"흥, 타이밍 한번 딱 좋네."

아마 출격 명령일 것이다. 료코는 그렇게 생각하며 호주머니 안에 넣어둔 긴급 장착 디바이스를 꺼냈다.

하지만.

"어, AST 전 대원은 대기 상태를 유지하라……는 명령입니다."

관제관의 말을 들은 료코와 미키에, 밀리는 눈을 치켜떴다.

"무, 무슨 소리야. 마을에 정령이 출현했단 말이야!"

"그, 그게 저도 잘……."

관제관이 난처한 표정을 지었다. 그럴 만도 했다. 그녀는 상부의 지령을 전했을 뿐이니까 말이다.

"크……."

료코는 어금니를 깨물면서 주먹으로 쾅! 소리가 나게 벽을 쳤다.

"이런 비상시에 출격을 못 하게 할 거면, AST는 왜 존재하는 건데……! 본부의 높으신 분들은 그렇게 DEM이 무서운 거야……?!"

한순간, 오리가미의 얼굴이 료코의 머릿속을 스치고 지나갔다.

문제가 많은 대원이기는 했지만— 그녀는 자신의 신념에 어긋나는 행위만큼은 절대 하지 않았다. 오리가미가 이 자리에 있다면 대기 명령을 무시하고 출격했을 것이다.

하지만. 만약 료코가 그런 행동을 취한다면, 상층부는 쌍수를 들며 다른 사람을 그녀의 자리에 앉힐 것이다. —훨씬 다루기 쉽고, DEM의 입김이 닿는 위저드를 말이다. 그런 사태가 벌어지는 것만큼은 반드시 피해야 했다.

"대, 대장님……."

미키에는 걱정스러운 표정을 지었다.

료코는 잠시 동안 고뇌한 후…….

"……전원, 대기 상태를 유지해……."

쓰디쓴 목소리로 그렇게 말했다.

◇

"괜찮으냐! 카구야, 유즈루!"

토카는 〈산달폰〉으로 오리가미를 날려버린 후, 지면에 쓰러져 있는 야마이 자매를 향해 뛰어갔다.

오리가미를 추격할까도 했지만, 토카는 그러지 않았다. 처음부터 오리가미를 죽이는 것이 목적은 아니었던 데다— 다른 정령들의 안부를 확인하는 것이 더 중요했기 때문이다.

토카의 목소리에 응답하듯 카구야는 천천히 몸을 일으켰고, 유즈루는 힘없이 손을 흔들었다. 상처는 깊었지만 아직 의식은 있는 것 같았다. 토카는 안도의 한숨을 내쉬었다.

"토카…… 그 모습은……."

고통을 참으며 작게 신음을 흘리던 카구야는 흥미 깊은 눈으로 토카를 뜯어보았다.

그런 카구야를 보고 고개를 갸웃거리던 토카는 이내 그녀가 저런 반응을 보이는 이유를 깨달았다. 현재 토카는 완전한 상태의 영장을 걸치고 있었던 것이다.

"음, 모두를 구해야만 한다고 생각한 순간, 힘이 되돌아왔다."

토카의 말을 들은 카구야는 한 번 더 그녀의 영장을 뚫어져라 쳐다본 후, 입술을 삐죽 내밀었다.

"……쳇, 엄청 폼나네. 완전 위기에 처한 만화책 속 주인공이 숨겨진 힘을 발동시킨 것 같잖아. 권속이 주인보다 더 멋지면 어쩌자는 거야. 나중에 나한테도 어떻게 하는 건지 가르쳐줘."

"으…… 음."

카구야의 말을 들은 토카는 반사적으로 고개를 끄덕였지만…… 실은 그녀도 제대로 설명할 자신이 없었다. 토카 또한 시도가 봉인한 영력이 어째서 갑자기 돌아온 것인지 몰랐다.

"……콜록, 콜록."

카구야의 뒤를 이어 몸을 일으킨 유즈루가 갑자기 기침을 터뜨렸다.

"……질, 문. 토카, 마스터 오리가미는……?"

유즈루는 그렇게 말하면서 토카를 바라보았다. 그녀의 시선을 받은 토카는 고개를 끄덕이면서 입을 열었다.

"검 옆면으로 있는 힘껏 때려줬다. 한동안은 싸우지 못하겠지만 죽지는 않았을 거다. 그 녀석들은 항상 데리야키라는 걸 몸에 두르고 있으니까 말이다."

토카가 〈산달폰〉 끝을 지면에 대면서 그렇게 말하자, 카구야와 유즈루는 동시에 반대 방향으로 고개를 갸웃거렸다.

"……데리야키~?"

"정정. ……테리터리 말인가요?"

토카는 유즈루의 말을 들어보니 그녀의 말이 맞는 것 같다는 느낌이 들었다.

"그래, 그 떼리떠리라는 것 말이다."

""……?""

이번에는 똑바로 발음했다고 생각했지만, 야마이 자매는 또 고개를 갸웃거렸다.

하지만 지금은 두 사람의 반응을 신경 쓸 때가 아니었다. 야마이 자매에게서 시선을 뗀 토카는 뒤쪽을 쳐다보았다.

그러자 엉망진창으로 파괴된 도로 위에 쓰러져 있는 미쿠가 눈에 들어왔다.

"미쿠!"

토카가 미쿠의 이름을 불렀지만, 그녀에게서는 대답이 없었다. 아무래도 아직 의식이 돌아오지 않은 것 같았다. 미쿠를 향해 뛰어간 토카는 그녀의 얼굴을 들여다보았다.

그런 토카의 눈에 들어온 것은, 편안한 표정으로 잠들어 있는 미쿠의 얼굴이었다. 그녀는 고른 숨소리를 내며 잠을 자고 있었고, 때때로 잠꼬대까지 했다. 토카는 그 모습을 보고 그제야 안도의 한숨을 내쉬었다.

"크큭…… 토카여, 미쿠가 정신을 차리면 감사의 뜻을 표하거라. 미쿠는 자신의 몸을 방패 삼아 기절한 너를 지켰느니라."

"수긍. 멋졌어요. 시종일관 다리가 후들댔지만 말이에요."

카구야와 유즈루가 서로를 부축하면서 미쿠의 곁으로 다가왔다.

"음…… 그렇구나. 덕분에 살았다, 미쿠."

토카가 그렇게 말한 순간, 또다시 목소리가 들려왔다.

"—그러하냐. 그럼 빨리 깨워주도록 하거라."

"음? 어떻게 하면 되지?"

"크큭, 뻔하지 않느냐. 잠에 빠져든 공주님을 깨울 방법은 뜨거운 입맞춤뿐이니라."

"이, 입맞춤?!"

"긍정. 맞아요. 자, 빨리하세요. 키스~ 키스~."

"으, 으음……."

방법이 그것밖에 없다면 어쩔 수…… 없을지도 모른다. 토카는 마른침을 꿀꺽 삼켰다.

"잠깐! 나는 아무 말도 하지 않았느니라!"

"동의. 유즈루도 그래요."

"뭐, 뭐?"

카구야와 유즈루의 말을 들은 토카는 미간을 찌푸렸다. 그러고 보니 방금 들려온 목소리는 두 사람의 목소리와 조금 다른 것 같은 느낌이 들었다. 그렇다면—.

토카가 고개를 숙여보니, 미쿠가 눈을 가늘게 뜬 채 입가를 씰룩거리고 있었다.

"앗, 미쿠! 너, 깨어 있었던 것이냐?!"

"푸푸풉! 아앙, 들켰나요~?"

토카의 외침을 들은 미쿠는 더는 참지 못하겠다는 듯이 웃음을 터뜨렸다. 아무래도 어느새 정신을 차린 것 같았다.

"정말~. 카구야 양, 유즈루 양, 괜한 소리 좀 하지 마세요~. 두 분이 가만히 있었으면 토카 양의 프리티한 입술을 맛볼 수 있었을 텐데~."

"무슨 소리를 하는 게냐! 감히 우리의 목소리를 흉내 내다니, 천벌이 두렵지 않은가 보구나! 연옥에 떨어진들 그대의 죄업을 다 갚지는 못할 것이니라!"

"분개. 화났어요."

카구야와 유즈루가 험악한 표정을 지었다. 그러자 미쿠는 몸을 일으키더니 교태를 부리듯 두 사람의 다리를 매만졌다.

"죄송해요. 그럴 생각은 없었어요~. 제 몸으로 답례할 테니 부디 용서해주세요~."

미쿠는 그렇게 말하면서 혀로 입술을 핥았다. 그 모습을 보고 얼굴이 새파랗게 질린 야마이 자매는 미쿠에게서 도망치듯 뒷걸음질 쳤다.

"아앙~. 왜 도망치는 거예요. 기다려주세요~."

"시, 시끄럽도다! 다가오지 말거라, 이 변태야!"

"도망. 정화 의식을 치러야겠어요."

미쿠가 다가오자 두 사람은 비틀거리면서 도망치려고 했다. 조금 전까지 벌어졌던 사투가 마치 꿈이었던 것처럼, 그들은 밝은 분위기를 자아내고 있었다.

토카는 세 사람의 활기찬 모습을 바라보며 안도의 한숨을 내쉰 후, 술래잡기를 하고 있는 소녀들을 바라보며 가볍게 박수를 쳤다.

"다들 부상이 가볍지 않으니 〈프락시너스〉로 가서 치료를 받자. 누가 코토리에게 연락을 취해다오."

그 말을 듣고서야 술래잡기를 멈춘 세 사람이 토카를 쳐다보았다.

"크큭…… 그렇게 하자꾸나. 뭐, 나는 이 정도 부상쯤 아무렇지도 않다만, 다른 녀석들이 걱정되니까 말이야."

"장난. 톡톡."

"아야얏?!"

유즈루가 카구야의 배에 난 상처를 손가락으로 톡톡 두드리자, 카구야는 눈물을 찔끔 흘리면서 비명을 질렀다. 역시 상처 난 부위가 많이 아픈 것 같았다.

"가, 갑자기 뭐 하는 거야?!"

"조소. 아무렇지도 않다면서요(찌릿)."

"아, 저도 해볼래요~! 톡톡~!"

"자, 잠깐…… 그, 그만해~!"

세 사람은 또 토닥거리기 시작했다. 그 모습을 본 토카는 한숨을 내쉬었다.

“아무튼, 세 사람은 먼저 〈프락시너스〉에 가 있어라.”

토카의 말을 들은 미쿠는 영문을 모르겠다는 듯이 고개를 갸웃거렸다.

“……예? 토카 양은 같이 안 갈 건가요~?”

“음. 나는 토비이치 오리가미를 데리고 오마. 아마 혼자서는 움직이지 못할 테니까 말이야. ―그리고 나는 아직 그 녀석에게서 아무 말도 듣지 못했다.”

토카의 말을 들은 세 사람은 가볍게 한숨을 내쉬면서 고개를 끄덕였다.

“흥…… 뭐, 좋다. 그 녀석은 토카에게 맡기도록 하마. 하지만 그 어떤 이유가 있든 이번 일에 대한 대가는 톡톡히 치르게 해주겠노라.”

“동의. 간지럼 지옥 형벌을 내릴 거예요. 마스터 오리가미의 철가면을 박살 내고 말겠어요.”

“아, 그 벌은 개별적으로 줘도 되는 건가요~? 저도 오리가미 양에게 해보고 싶은 일이 꽤 있는데…….”

미쿠가 눈을 반짝이면서 말했다. 그 모습을 본 카구야와 유즈루의 볼을 타고 땀이 흘러내렸다.

그녀들의 말을 들은 토카는 조금 전에 오리가미가 날아간 방향을 쳐다보았다. 토카도 꽤나 화가 났던 탓에 공격에 힘을 너무 실었던 것 같았다. 이곳에서는 그녀의 모습이 보이지 않—.

"……음?"

바로 그때, 토카의 눈썹이 희미하게 움직였다.

회색빛 구름으로 뒤덮인 하늘에 누군가가 떠 있는 것 같은 느낌을 받은 것이다.

"응? 왜 그러느냐, 토카."

"아니, 그게……."

카구야의 말을 들은 토카는 손으로 눈을 비볐다.

한순간 잘못 본 것이라고 생각했지만— 그렇지 않았다.

어둑어둑한 공간에 한 줄기 빛이 비치더니, 그 빛을 온몸으로 받으면서 한 소녀가 공중에 떠 있었다.

가장 먼저 눈에 들어온 것은 그 소녀의 복장이었다.

그것도 무리는 아니었다. 몸에 착 달라붙어 몸매를 그대로 드러내고 있는 드레스. 만개한 꽃처럼 넓게 펴진 스커트. 그리고 머리를 감싸듯 공중에 떠 있는 링에서 흘러나온, 빛으로 된 베일. —그 모든 것이 찬란한 순백색으로 되어 있었다.

그 모습은 순결한 처녀만이 입을 수 있는 웨딩드레스로 몸을 감싼 신부— 혹은, 어둠 속에 강림한 천사를 연상케 했다.

"……읏, 저, 건—."

하지만 토카가 숨을 삼킨 것은 그런 요소들 때문만이 아니었다.

저 새하얀 실루엣이 다가오기 시작하자, 토카는 그 소녀의 얼굴을 알아볼 수 있었다.

—그녀는 바로 토비이치 오리가미였다.

"오리가미……?"

"확인. 역시 카구야의 눈에도 그렇게 보이나요?"

"오리가미 양이 맞는 것 같네요~. ……어, 하지만 저 모습은……."

카구야와 유즈루, 그리고 미쿠도 오리가미를 알아본 것 같았다. 그녀들은 미간을 살짝 찌푸리면서 말했다.

하지만 그녀들의 대화는 곧 중단되었다.

이유는 단순했다. 오리가미가 천천히 이쪽을 쳐다본 순간— 수많은 바늘이 온몸을 찌르는 것 같은 오한이 그녀들을 덮쳤기 때문이다.

""""……큭.""""

세 사람은 눈을 치켜뜨면서 망연자실한 표정을 지었다. 그리고 어금니를 깨문 토카는 오리가미로부터 그녀들을 지키겠다는 듯이 세 사람 앞에 서면서 〈산달폰〉을 고쳐 쥐었다.

"토, 토카……!"

"—도망쳐라. 너희를 지키면서 싸우는 건 무리다."

토카는 오리가미에게서 한시도 시선을 떼지 않은 채, 등 뒤에 있는 세 사람에게 말했다. 이마에서 흘러내린 땀이 볼을 타고 턱까지 흘러내렸다.

세 소녀는 이의를 제기하지 않았다. 자신들도 같이 싸우겠다고 말하지도 않았다. 전력을 다 발휘할 수 없는 자신들이 있어본들 아무런 도움이 되지 않는다는 사실을 순식간에 깨달았기 때문이다. 아니— 도움이 되기는커녕, 토카의 발목을 잡게 될지도 모른다는 사실을 깨달은 것이다.

그만큼.

그녀들의 눈앞에 나타난 존재는 압도적인 힘을 지니고 있었다.

검을 섞을 필요도, 말을 섞을 필요도 없었다. 그녀들은 본능적으로 깨달았다.

—**저 상대**에게는, 절대 맞서서는 안 된다는 사실을 말이다.

"토카, 미안하구나……!"

"기원. ……무운을 빌게요."

"아, 저기, 두 분…… 꺄앗!"

미쿠의 양옆에 서서 그녀의 팔을 끌어안은 카구야와 유즈루는 바람을 몸에 두른 후, 엄청난 속도로 이 자리를 벗어났다.

"……."

오리가미는 그녀들에게 흥미를 보이지 않았다. 그녀는 토카에게서 시선을 떼지 않은 채, 하늘 위를 미끄러지듯 천천히 토카에게 다가갔다.

그리고 토카를 내려다보며 낮은 목소리로 말했다.

"야토가미…… 토카. —너는 내가, 쓰러뜨리겠어."

"……오리가미, 너."

토카가 시선을 날카롭게 만들자, 오리가미는 하늘을 향해 오른손을 들어 올렸다.

그리고, 말했다.

오리가미가 알 리 없는— 천사의 이름을.

"—〈절멸천사(絕滅天使)(메타트론)〉."

오리가미의 말에 응하듯, 이미 해가 저물어버린 하늘에서 오리가미를 둘러싸듯 몇 줄기의 빛이 쏟아졌다. 그 빛은 서서히 실체를 지니더니, 하나하나가 무기질적인 느낌의 기다란 깃털 같은 형태가 되었다.

그리고 오리가미가 하늘을 향해 든 손을 말아 쥐자, 그 깃털들은 원을 그리듯 배치되었다.

그러자— 오리가미의 머리에 왕관이 씌워진 것처럼 보였다.

"크……."

토카는 얼굴을 찡그렸다.

영장과…… 천사. 틀림없다.

토카는 고개를 치켜들면서 외쳤다.

"……오리가미, 너. 어째서— **정령이 된 것이냐!**"

그렇다.

토카가 다른 정령들과 대화를 나누는 사이, 오리가미에게 무슨 일이 일어난 것인지는 알 수 없다.

하지만 단 하나 확실한 것이 있었다. 그것은 바로— 눈앞에 있는 오리가미가 정령이라는 사실이다.

"정, 령……."

오리가미는 토카가 한 말을 따라 하듯 그렇게 중얼거린 후, 가라앉은 눈빛으로 자신의 손을, 몸을 바라보았다.

"그래……. 역시, **그렇구나**."

오리가미는 눈을 감은 후, 되뇌듯 중얼거렸다.

"—그래도 상관없어."

그리고 눈을 뜬 오리가미는 칼날처럼 날카로운 시선으로 토카를 쏘아보았다.

"나는, 정령을 죽이기 위해 이 힘을 쓰겠어. 정령을 죽이는 정령이 되겠어. 그리고 모든 정령을 토벌한 후— 마지막으로 남은 나(정령)조차 이 세상에서 없애겠어."

그렇게 말한 오리가미가 양손을 펼치자, 그 동작에 맞춰 머리 위에 있는 왕관이 펼쳐지더니 일륜(日輪)을 연상케 하는 원환을 만들었다.

"〈메타트론〉—【일륜(시에멧슈)】."

오리가미가 낮은 목소리로 그렇게 말한 순간, 그녀의 머리 위에 펼쳐진 원형의 천사가 회전하기 시작하면서 빛으로 된 입자를 주위에 흩뿌렸다.

"크—."

토카는 왼손을 펼쳐 자신의 주위에 영력으로 된 장벽을 형성했다. 다음 순간, 오리가미의 천사에서 뿜어져 나온 엄청난 양의 입자가 주위에 쏟아졌다.

그것은 너무나도 아름답고, 너무나도 처절한, 파멸의 비였다. 엄청난 위력을 지닌 수천수만 개의 영력 덩어리가 쉴 새 없이 지상을 유린했다.

아스팔트 도로. 길 위에 서 있는 자동차. 줄지어 세워져 있는 가옥. 공명정대한 천사는 그 모든 것을 구별하지 않았다. 눈에 익은 주택가가 비에 젖은 종이 집처럼 붕괴되어갔다.

"큭……."

토카는 영력으로 만들어낸 장벽으로 그 공격을 막아내고 있었지만, 이대로 수세에 몰려 있을 수는 없었다. 〈산달폰〉을 쥔 손에 힘을 준 토카는 저 영력 덩어리에 맞을 것을 각오하며 자신이 만들어낸 장벽을 베었다.

"하아아아아아앗!"

토카가 기합을 내지르며 천사 〈산달폰〉을 휘두르자, 검이 그린 궤적을 따라 날카로운 검격이 뻗어나갔다.

"……윽."

오리가미가 눈썹을 살짝 찌푸리면서 한 손을 아래로 내리자, 빛으로 된 입자를 발사하던 원환이 분리됐다. 그리고 오리가미 앞에서 방패 같은 형태로 다시 결집된 그 천사는 토카의 공격을 막아냈다.

그 탓에 입자의 폭우가 잠시 멎었다. 그 틈을 놓치지 않겠다는 듯이 땅을 박찬 토카는 일직선으로 하늘을 가르며 오리가미의 천사의 옆을 스쳐 지나간 후, 그녀에게 육박했다.

"이야아아압!"

봐줄 여유 같은 것은 전혀 없었다. 토카는 양손으로 〈산달폰〉을 쥔 후, 혼신의 힘을 다해 오리가미를 향해 휘둘렀다.

하지만— 공격은 실패로 돌아갔다.

〈산달폰〉이 오리가미의 영장에 닿은 순간 오리가미의 몸이 빛이 되어 사라지더니, 방금 있던 곳에서 몇 미터 떨어진 장소에 다시 출현한 것이다.

"아닛……!"

"—큭."

경악을 금치 못한 이는 토카만이 아니었다. 공격을 피한 오리가미조차도 깜짝 놀란 것처럼 표정을 일그러뜨렸다. 아무래도 방금 그것은 오리가미에게 있어서도 예상외의 사태였던 것 같았다.

오리가미는 자신의 손을 바라보며 혐오감 섞인 목소리로 말했다.

"—괴물."

눈썹을 찌푸리며 주먹을 쥔 오리가미는 그 손을 머리 위로 치켜들었다.

"【천익(天翼)(마르아크)】!"

그러자 〈메타트론〉이 오리가미의 등 쪽에 날개를 연상케 하는 형태로 다시 결집되었다. 오리가미는 〈메타트론〉을 날갯짓하듯 움직이면서 눈 깜짝할 사이에 토카와 거리를 벌렸다.

다음 순간, 날개 형태가 된 〈메타트론〉의 끝 부분에서 뿜어져 나온 광선이 토카를 덮쳤다.

“이게……!”

토카는 짧게 고함을 지르면서 〈산달폰〉을 휘둘렀다. 장벽을 칠 시간이 없을 뿐만 아니라— 이 공격은 자신의 장벽으로 막을 수 없다는 사실을 직감적으로 눈치챈 것이다.

토카는 〈산달폰〉의 참격으로 날아오는 빛의 화살을 쳐냈지만, 숫자가 너무 많았다. 미처 쳐내지 못한 광선이 그녀의 왼쪽 어깨와 오른발에 꽂혔다.

“커, 억……!”

극심한 고통이 느껴졌다. 토카는 보지 않고도 자신의 영장이 파괴되었다는 사실을 깨달았다.

하지만 오리가미는 공격의 끈을 늦추지 않았다. 그녀가 머리 위로 들어 올린 손을 아래쪽으로 휘두르자, 그녀의 등에 달려 있던 날개가 사방팔방으로 흩어졌다.

카두르
“【광검(光劍)】!”

오리가미가 고함을 지른 순간, 사방팔방으로 흩어졌던 깃털 형태의 〈메타트론〉이 개별적인 의지를 지닌 것처럼 하늘을 종횡무진 날아다니며 토카를 향해 광선을 날렸다. 토카는 마치 빛으로 된 감옥에 갇힌 것 같은 착각이 들었다. 게다가 이것은 닿기만 해도 뼈와 살을 갈라버리는 폭력적인 감옥이었다.

"크……!"

토카는 〈산달폰〉을 휘둘러 전방위에서 연속해서 날아오는 포격을 쳐냈다.

하지만 그 모든 포격에 대응하는 것은 불가능했다. 등, 허리, 손. 필멸(必滅)의 의지가 담긴 광선이 토카의 몸을 감싼 갑옷을 파괴했다.

"크…… 으, 아앗—."

이대로 있다간 변변찮은 반격도 해보지 못한 채 일방적으로 당하기만 할 것이다. 고통 섞인 표정을 지은 토카는 오리가미를 노려보며 있는 힘껏 하늘을 박찼다.

그 돌진을 막으려는 것처럼 〈메타트론〉은 토카를 향해 더욱 거센 공격을 퍼부었지만, 그녀는 그 공격을 전부 무시했다. 배에 광선이 정통으로 꽂혀도, 다리에 관통상을 입어도, 토카는 오리가미에게서 눈을 떼지 않은 채 맹렬하게 돌진했다.

"우오오오오오오오오오오오오오옷!"

토카는 기합을 지르며 오리가미를 향해 〈산달폰〉을 휘둘렀다.

"흡—!"

하지만 토카는 오리가미를 베지 못했다. 검날이 닿은 순간, 오리가미가 빛으로 변하면서 토카의 공격을 피한 것이다. 그리고 다음 순간, 조금 전과 마찬가지로 토카에게서 약간 떨어진 장소에 오리가미의 몸이 재구성되었다.

하지만— 토카는 이렇게 될 것을 이미 예상했었다.

〈산달폰〉을 놓은 토카는 공중에서 몸을 비틀더니—.

"하아아아아아아아앗!"

다시 모습을 드러낸 오리가미의 안면을 향해 혼신의 힘이 담긴 주먹을 날렸다.

"—커, 억……?!"

오리가미는 고통에 찬 신음을 흘리며 얼굴을 찡그렸다. 어금니가 깨졌는지, 입에서 새하얀 파편 같은 것이 튀어나왔다.

정령·토카가 전력을 담아 날린 오른손 스트레이트. 오리가미가 정령화하지 않았다면 그녀의 얼굴을 아예 산산조각 내버리고도 남을 정도의 위력을 지닌 필살의 일격이었다.

연속해서 빛으로 변하는 것은 불가능한 것일까. 아니면 자각하지 못한 공격에는 완벽하게 대응하지 못하는 것일까. —어느 쪽이든 간에 한 방 먹여주는 데 성공한 토카는 주먹을 쥐면서 코웃음 쳤다.

하지만 추격타를 날릴 수는 없었다. 오리가미가 의식이 몽롱해진 것처럼 고개를 흔들어대면서도 〈메타트론〉을 다시 날개 형태로 만들어 고속으로 토카와 거리를 벌렸기 때문이다.

"칫—."

토카는 혀를 차면서 지상에 착지한 후, 오른손을 옆으로 들었다. 잠시 후, 방금 손에서 놓았던 〈산달폰〉이 하늘에서 떨어지더니, 멋지게 그녀의 손에 쥐어졌다.

"……."

토카는 입에서 흘러나오는 피를 닦고 있는 오리가미를 올려다보았다.

꽤 대미지를 입히기는 했지만 부상 자체는 토카가 훨씬 깊었다. 이대로 계속 싸우다간 공격 수단이 적은 토카가 불리할 것이다.

그렇다면— 토카에게 남은 방법은 단 하나뿐이다.

"〈산달폰〉!"

토카는 천사의 이름을 외치면서 발뒤꿈치로 지면을 박찼다.

그 이름이 가리키는 것은 토카가 쥔 검만이 아니다.

토카의 외침에 응하듯 지면이 융기하더니, 그 안에서 토카의 키보다 훨씬 크고 거대한 옥좌가 모습을 드러냈다.

"—【최후의 검(할반 헤레브)】……!"

그리고 외쳤다.

토카의 천사 〈산달폰〉의 진정한 모습이자, 최강의 검을 가리키는 이름을.

그 순간, 옥좌에 균열이 생기면서 산산이 조각났다. 그리고 옥좌의 파편이 토카가 쥔 검을 감싸면서— 거대한 칼날을 형성했다.

오리가미의 기묘한 능력 때문에 평범한 공격은 통하지 않는다. 그리고 오리가미는 같은 방법이 두 번이나 통할 만큼 어리석지 않았다.

코토리나 레이네라면 더 좋은 방법을 생각해낼 것이다. 오리가미의 능력을 분석해, 효율적으로 싸울 방법을 찾아내리라.

하지만 토카에게는 그럴 능력이 없었다. 그녀가 알고 있는 것은 자신의 검, 그리고 주먹을 통해 느낀 사실뿐이다. 그리고 그녀는 그 사실에 근거해 생각해낸, 너무나도 극단적인 방법을 취할 수밖에 없었다.

즉— 빛이 되어 공격을 피한 오리가미가 다시 모습을 드러내는 공간까지 단숨에 쓸어버릴 수 있는, 궁극 최대의 일격을 날리기로 한 것이다.

"……큭—."

토카의 생각을 읽었는지, 오리가미는 날개 형태가 된 〈메타트론〉을 왕관 형태로 되돌린 후, 그 끝을 아래쪽— 토카가 있는 곳을 향하게 했다.

그것이 무엇을 뜻하는지, 토카도 깨달았다. 저 포문 하나하나에서는 영장을 파괴할 수 있을 정도의 위력을 지닌 광선이 뿜어져 나왔다. 그리고 지금, 오리가미는 그 모든 포문을 하나로 모아 토카를 향해 최강의 일격을 날리려 하고 있었다.

"—오리가미!"

그 사실을 눈치챈 토카는 공중에 떠 있는 오리가미를 향해 외쳤다.

"한 번만 더 묻겠다! 나와 너는— 공존할 수 없는 것이냐?!"

"……큭, 말도 안 되는 소리 하지 마."

오리가미는 비장한 표정을 지으면서 말했다. 왠지 토카의 눈에는 오리가미가 흐느끼고 있는 어린아이 같아 보였다.

"내 의지는 확고해. 내 사명은 변함없어. 이 세상에 존재하는 모든 정령은— 내가 부정해주겠어!"

오리가미의 말을 들은 토카는 크게 심호흡 했다.

"그러하냐. 그럼 어쩔 수 없구나."

토카는 천천히 【할반 헤레브】를 들어 올렸다. 그녀가 쥔 거대한 검이 칠흑색 빛에 휩싸이기 시작했다.

"—따끔한 맛을 보여주마. 각오해라, 이 고집불통아!"

"헛소리— 하지 마아아아아아아앗!"

오리가미는 고함을 지르면서 양손을 앞으로 내밀었다. 그러자 〈메타트론〉의 끝에 순백색의 빛이 모여들기 시작했다.

"〈산달폰〉—【최후의 검】!"

아티리프
"〈메타트론〉—【포관(砲冠)】!"

두 사람의 고함 소리가 뒤섞였다.

하늘을 물들인 순백색 빛. 땅을 가득 채운 칠흑색 빛.

둘은 각자의 모든 영력이 담긴 필멸(必滅)의 기술을 서로를 향해 날리려 했다.

하지만 바로 그 순간.

"—멈춰어어어어어어어어어어어어엇!"

누군가의 절규가 두 사람의 고막을 뒤흔들었다.

"아……!"

"……윽!"

토카와 오리가미는 동시에 숨을 삼키면서 절규가 들려온 방향을 향해 고개를 돌렸다.

전투 중— 그것도 상대가 자신을 죽일 수도 있는 기술을 날리려고 하는 상황에서 다른 곳을 쳐다보는 것은 목숨을 내놓는 행위나 다름없다. 하지만 토카와 오리가미는 이 목소리를 무시할 수 없었다. 왜냐하면—.

"시도!"

"시도……?!"

두 사람은 눈을 치켜뜨면서 한 인물의 이름을 말했다.

그렇다. 방금 들린 목소리의 주인은 행방불명이 되었던 이츠카 시도, 본인이었던 것이다.

"왜야…… 왜 이렇게 된 거냐고! 토카— 오리가미……!"

"시도, 어떻게, 여기에—."

시도가 비통함으로 가득 찬 목소리로 절규를 토하자, 오리가미는 망연자실한 목소리로 그렇게 중얼거리면서 고개를 돌렸다. 마치, 시도에게 자신의 모습을 보여주고 싶어 하지 않는 것처럼 말이다.

"크……."

오리가미는 왕관 형태가 된 〈메타트론〉을 다시 날개 형태로 변형시키더니, 엄청난 속도로 어딘가를 향해 날아갔다.

"오리가미! 오리가미이이이이잇——!"

시도의 외침만이 공허하게 주변에 울려 퍼졌다.

제4장 진실(맹독)

폐허로 변한 주택가에서 벗어난 후 몇 분이 흘렀을 즈음. 인적 없는 언덕에 도착한 오리가미는 비행 속도를 낮췄다.

"……."

뒤쪽을 쳐다봤지만, 쫓아오는 이는 없었다. 오리가미는 아무 말 없이 한 손을 들어 올려 날개 형태로 고정된 천사 〈메타트론〉을 분해한 뒤 지면에 내려섰다.

오리가미는 각각의 파츠로 나뉜 〈메타트론〉이 빛으로 된 입자가 되어 공기 속으로 녹아들어가는 모습을 보고 살짝 눈썹을 찌푸렸다.

기묘한 감각이었다. 몇십 분 전까지만 해도 존재조차 몰랐던 기묘한 물체를, 오리가미는 몇 년 전부터 사용해왔던 무기처럼 자연스럽게 다뤘다.

너무나도 기분 나쁜 감각이었다. 그 노이즈 같은 『무언가』

가 내민 보석이 자신의 몸속으로 흡수된 순간부터 천사를 다루는 법을 본능적으로 깨닫게 된 것 같았다.

그뿐만이 아니었다. 조금 전 토카의 공격을 피하려고 한 순간, 오리가미는 자신의 몸이 한순간 빛이 된 듯한 느낌을 받았다. 그 느낌이— 오리가미는 이제 인간이라고 부를 수 없는 존재가 되고 말았다는 사실을 알려주고 있는 것만 같았다.

"……이, 힘은……."

오리가미는 혼잣말을 중얼거리면서 자신이 걸친 순백색의 옷을 바라보았다.

정령만이 지닐 수 있는, 절대적이자 최강의 갑옷.

그렇다. 오리가미가 걸친 그것은 바로 영장이었다.

"내가— 정령……."

그 말을 입에 담은 순간, 위 안에서 치밀어 오르는 구역질을 참기 위해 오리가미는 어금니를 깨물었다.

자신이 가장 싫어하고, 꺼려하며, 증오하는 존재가 되어버렸다는 사실이 오리가미를 극도의 혐오감에 사로잡히게 했다.

야토가미 토카와 결판을 내려고 한 순간, 전장에서 도망친 것도 바로 그래서였다. 시도가 그 자리에 나타난 순간, 토카와 격렬한 전투를 치르는 사이 마비되었던 자신에 대한 혐오감이 다시 고개를 치켜든 것이다.

—시도에게만은 이 모습을 보여주고 싶지 않다. 그것이 그 무엇보다도 힘만을 추구해왔던 오리가미에게 마지막으로 남은— 부질없는 소망이었다.

하지만. 오리가미가 지금 가장 신경 써야 하는 것은 따로 있었다.

그것은 바로 오리가미를 정령으로 만든, 그 노이즈 같은 『무언가』였다.

"설마, 그게……."

인간을 정령으로 만드는 능력. 그런 말도 안 되는 능력에 대한 이야기를, 오리가미는 일전에 들은 적이 있었다.

과거, 시도가 오리가미에게 말했던 정체불명의 존재. —원래 인간이었던 이츠카 코토리를 정령으로 만든『무언가』.

그렇다. 5년 전 그날. 불길에 휩싸인 마을 안에 있었다는 『또 하나의 정령』.

그 노이즈 같은『무언가』는 그 정령과 같은 능력을 지니고 있었다.

"……설마, 그게 〈팬텀〉……?"

〈팬텀〉. 그것은 시도가 오리가미에게 얘기해준 정체불명의 정령을 가리키는 식별명이다.

오리가미의 눈앞에 나타났던『무언가』가 5년 전 시도 앞에 나타난 〈팬텀〉과 같은 존재라는 확증은 없다. 그뿐만 아니라 인류가 지닌 정령에 관한 정보는 너무나도 적었다. 인간을 정령으로 만드는 힘을 지닌 정령이 하나만 존재하는지 조차도 알지 못했다.

하지만— 만약 그 『무언가』가 5년 전 텐구 시 난코쵸에 나타난 정령이라면…….

"그 녀석이…… 아빠와, 엄마를……?"

—그 정체불명의 『무언가』가 바로 오리가미의 부모님을 죽인 원수인 것이다.

오리가미가 그 가능성을 깨달았을 때, 이미 그 『무언가』는 모습을 감췄다. 그래서 그 『무언가』에게 물어볼 수가 없었다. 그러니 오리가미가 지금 해야 하는 것은 어떻게든 그 『무언가』를 찾아내서 상대의 목적과 정체, 그리고…… 5년 전 그날, 어디에 있었는지를 확인하는 것이었다.

"으……."

거기까지 생각이 미친 순간, 또 구역질이 치민 오리가미는 인상을 찡그렸다.

이 혐오감은 정령이 되었다는 사실에서만 기인한 것이 아니었다. 어쩌면 부모님의 원수일지도 모르는 존재에 의해 정령이 되었다는 사실이, 오리가미의 마음을 바닥없는 늪 속으로 끌고 들어가려 했다.

하지만. 그 자리에 무너지듯 주저앉을 뻔한 오리가미는 필사적으로 다리에 힘을 주면서 고개를 들었다.

그 『무언가』가 왜 오리가미에게 정령의 힘을 준 것인지는 알 수 없다. 목적은 무엇일까. 오리가미를 정령으로 만들 수 밖에 없었던 이유가 있는 걸까. 아니면 단순히 정령의 숫자를 늘리고 있는 것뿐일까.

하지만— 단 하나, 확실한 점이 있었다.

지금의 오리가미는 정령이며…… 정령을 쓰러뜨릴 수 있는 힘을 지녔다는 사실이다.

AST의 제식 채용 장비. 토멸 병기 〈화이트·리코리스〉. 전용 CR-유닛 〈모드레드〉. 그 어떤 장비로도 도달하지 못했던 영역에, 오리가미는 현재 도달해 있었다.

모든 힘을 되찾은 정령·〈프린세스〉 야토가미 토카와도 막상막하로 싸울 수 있는 절대적인 힘을, 그녀는 얻은 것이다.

진심으로 갈구하던 『힘』을, 최악의 형태라고는 해도 오리가미는 손에 넣고 말았다.

"지금의…… 나라면……."

—정령을, 쓰러뜨릴 수 있다.

〈팬텀〉만이 아니다. 야토가미 토카를. 요시노를. 이츠카 코토리를. 야마이 카구야를. 야마이 유즈루를. 이자요이 미쿠를. 나츠미를. 그리고 토키사키 쿠루미조차—.

"……아—."

거기까지 생각이 미친 순간.

오리가미는 눈을 치켜떴다.

어떤 생각이, 오리가미의 뇌리를 스치고 지나간 것이다.

그것은 하나의 가능성에 불과했다. 오리가미가 멋대로 한 망상에 지나지 않았다. 실현 가능할 것이라는 확증 같은 것은 없었다. 그뿐만 아니라 성공할 확률은 지극히 낮았다.

하지만— 맞물리고 말았다. 오리가미가 손에 넣은 정령의 힘이라는 마지막 톱니바퀴가, 그 가능성을 실행에 옮기는 데 필요한 마지막 한 부분을 메워줬다.

"만약…… 그게 가능하다면……."

오리가미는 자신의 온몸에 소름이 돋는 것을 느꼈다. 조금 전처럼 혐오감을 느낀 것은 아니었다. 어둡고 깊은 동굴 안을 헤매던 조난자가 바위틈 사이로 스며드는 한줄기 빛을 발견하고 느낄 법한, 흥분에 가까운 감각이었다.

"……."

오리가미는 마른침을 삼킨 후, 한 걸음 앞으로 내디뎠다.

—한 인물을, 찾기 위해서.

◇

"토, 토카, 괜찮아……?"

"음, 아무렇지도 않다."

시도가 묻자, 파스와 붕대로 온몸을 감싼 토카는 힘차게 고개를 끄덕였다. 하지만 그 탓에 복부에 난 상처가 욱신거리는지, 미간을 찌푸리며 작게 신음을 흘렸다.

"으……음."

"무리하지 말라니까 그러네. 잠시 동안 쉬고 있어."

"……음. 그렇게 하겠다."

토카는 그렇게 말한 후 침대에 누웠다.

현재 시도 일행은 라이젠 고교 1층에 있는 양호실에 있었다. 처음에는 토카를 치료하기 위해 시도의 집이나 정령들이 사는 맨션으로 가려고 했지만, 그 주변은 토카와 오리가미의 전투에 휘말려 완전히 파괴되고 말았기 때문에 어쩔 수 없이 여기까지 오고 말았다.

양호실 침대에는 토카, 그리고 오리가미가 사라진 후 합류한 카구야, 유즈루, 미쿠가 나란히 누워 있었다. 그녀들도 토카와 마찬가지로 오리가미와 싸웠던 것 같았다.

출혈이 심한 상처는 나츠미의 능력을 응용해서 봉합해뒀지만, 상처의 회복 자체는 부상자 본인의 체력에 의존할 수밖에 없었다. 다들 토카와 마찬가지로 붕대로 온몸을 감은 채 침대에 누워 있었다. 그래서 그럴까, 그녀들이 누워 있는 양호실은 이집트 피라미드 안에 있는 파라오의 무덤을 연상케 했다.

양호실 안에는 붕대와 파스, 소독약 정도밖에 없었다. 양호 교사가 없기 때문에 그녀들에게 응급 처치를 해줄 수 있는 사람은 시도와 요시노, 나츠미뿐이었다. 하지만…… 그렇다고 손 놓고 있을 수는 없었다.

오리가미가 사라진 후, 상처투성이인 토카의 치료를 위해 〈프락시너스〉에 연락을 취했지만 역시 통신 연결은 되지 않았다.

"저기…… 괜찮나요?"

『우와~ 무지막지하게 당했네~.』

요시노는 걱정스러운 표정을 지으면서 카구야의 얼굴을 수건으로 상냥하게 닦아줬다. 카구야는 한순간 고통에 찬 표정을 지었지만, 곧 "흐, 흠……."이라고 말하며 아무렇지도 않다는 듯한 태도를 취했다. 뭐, 눈가에 눈물이 희미하게 맺혀 있기는 했지만 말이다.

"한숨. 카구야는 항상 강한 척한다니까요."

"시, 시끄러워! 나 진짜 괜찮단 말이야!"

유즈루의 말을 들은 카구야는 무심코 평소와 다른 말투로 고함을 질렀다. 하지만 그 탓에 상처가 아파 왔는지 얼굴을 한껏 찡그리면서 침대에 드러누웠다.

"하하……."

그래도 고집 부릴 여유가 있는 것을 보니 안심해도 될 것 같다고 생각한 시도는 쓴웃음을 지었다.

……참고로 상처를 봉합하기 위해 영력을 반강제적으로 쥐어짜낸 나츠미는 양호실 구석에서 무릎을 감싸 안은 채 계속 혼잣말을 중얼거리고 있었다. 왠지 그녀 주위의 조명만 어두워진 것 같은 느낌이 들었다. 아무래도 정령들을 응

급 처치하기 위해 꽤나 기분 나쁜 상상을 한 것 같았다.

"아야야야야……."

바로 그때, 벽 근처 침대에 누워 있던 미쿠가 신음을 흘리며 상체를 일으켰다.

"왜 그래, 미쿠. 무리하지 마."

시도가 다가가려 하자, 미쿠는 그를 향해 손바닥을 펼쳐 보이며 입을 열었다.

"괜찮아요~. ―그것보다, 영력이 남아 있을 때 해둬야 하는 일이 있거든요~."

"일?"

시도가 고개를 갸웃거리자, 미쿠는 고개를 끄덕이면서 캐스터네츠를 치는 듯한 동작으로 손뼉을 두 번 쳤다.

레퀴엠
"〈가브리엘〉―【진혼가(鎭魂歌)】."

미쿠가 그렇게 말한 순간, 그녀의 주위에 은색 통 몇 개가 모습을 드러냈다. 미쿠의 천사 〈가브리엘〉의 일부였다.

모두가 눈을 동그랗게 뜨자, 미쿠는 미소를 지으면서 고개를 살짝 숙였다.

"레이디스 앤 젠틀맨. 일일 한정 라이브에 와주셔서 정말 감사해요. 이자요이 미쿠, 온·스테이지~!"

그렇게 말한 미쿠는 숨을 들이마신 후, 아름다운 목소리로 노래를 불렀다. 그 목소리와 공진(共振)하듯 〈가브리엘〉이 떨리면서 그녀의 목소리를 증폭시켰다.

그러자.

"음, 이건……."

"호오……."

"경탄. 고통이 가라앉았어요."

토카와 야마이 자매는 눈을 동그랗게 뜨면서 자신의 몸을 쳐다보았다. 그 모습을 본 미쿠는 옅은 미소를 입가에 머금었다.

"아하하…… 진통 작용이 있는 『노래』예요. 상처를 치료하는 효과는 없으니까, 어디까지나 응급 처치 정도밖에 안 될 거예요~."

"아니, 그래도 고맙다. 덕분에…… 꽤 편해졌다."

토카는 가볍게 숨을 내쉬면서 몸을 이완시켰다. 그 모습을 본 시도는 안도의 한숨을 내쉬었다.

하지만 시도 일행은 현재 결코 낙관할 수 없는 상황에 처해 있었다. 아직도 〈프락시너스〉와 연락이 안 되는 데다, DEM도 암약하고 있었다. 게다가—.

"……저기, 뭐 하나만 물어볼게. 그 녀석에게— 오리가미에게, 무슨 일이 있었던 거야?"

시도는 긴장한 탓에 떨릴 것 같은 목소리를 최대한 억누르며 토카와 야마이 자매, 미쿠에게 물었다.

그렇다. 시도가 전장에 도착했을 때, 거대한 【할반 헤레브】를 든 토카와 대치하고 있었던 이는 DEM의 CR-유닛을 장비한 위저드가 아니라— 순백색 영장과 천사를 지닌 정령이었다.

시도는 봉인된 힘을 사용하고 있는 토카를 보고 놀랐다. 하지만 공중에 떠 있는 소녀의 너무나도 의외의 모습을 본 순간, 시도의 머릿속은 혼란의 극치에 이르렀다.

오리가미는 원래 인간이다. 즉— 오리가미는 오늘, 그것도 토카와 전투를 벌이던 도중에 정령이『되었다』. 그렇게 생각할 수밖에 없었다.

너무나도 황당무계하고 믿기지 않는 이야기다. 하지만 시도는 그 이야기를 농담 취급할 수 없었다. 왜냐하면 정령화한 오리가미를 자신의 눈으로 똑똑히 봤기 때문이다.

아니…… 그 이야기를 농담으로 취급할 수 없는 이유는 그것만이 아니었다.

시도는『인간을 정령으로 만드는』정령이 존재한다는 사실을 알고 있다.

—〈팬텀〉.

5년 전, 시도와 코토리 앞에 나타나 코토리를 정령 〈이프리트〉로 변모시킨 존재.

그리고 시도와 코토리의 머릿속에 있던 당시의 기억을 감춰버린 존재.

그리고— 어쩌면 오리가미의 부모님을 죽였을지도 모르는 존재.

시도의 억측이 옳다면, 오리가미는 그 〈팬텀〉과 만나, 정령이 되었을 것이다.

그렇다면 그녀와 싸웠던 토카 일행도 〈팬텀〉을 봤을지도 모른다. 시도는 마른침을 삼키면서 네 사람의 얼굴을 번갈아 바라보았다.

하지만.

"아니…… 뭐가 어떻게 된 것인지는 나도 모른다. 내가 그 녀석을 멀찍이 날려버렸는데…… 다시 우리 쪽으로 돌아왔을 때는 그렇게 되어 있었다."

토카는 영문을 모르겠다는 표정을 지으면서 말했다. 카구야와 유즈루도 같은 표정을 지으면서 고개를 끄덕였다.

"흠, 솔직히 말해 그때는 정말 놀랐느니라. 크…… 그렇게 화려하게 등장할 줄이야. 참고할 필요가 있을지도 모르겠구나……. 아니, 하지만 흰색은 나와 어울리지가 않는다는 문제가……."

"동의. 엄청난 위압감이었어요. 토카의 영력이 돌아오지 않았다면 모두 당했을지도 몰라요."

두 사람은 그렇게 말한 후, 으음 하고 신음을 흘렸다.

바로 그때, 미쿠만이 뭔가 짐작 가는 데가 있다는 듯한 표정을 지으면서 턱에 손가락을 댔다.

"……으음, 저는 못 봤지만…… 어쩌면 오리가미 양도 하느님을 만난 걸지도 몰라요~."

그러고 보니 미쿠도 코토리와 마찬가지로 〈팬텀〉으로 짐작되는 존재에 의해 정령이 되었다. 오리가미의 갑작스러운 변모가 〈팬텀〉에 의한 것이라고 생각하는 것은 어찌 보면 당연한 것일지도 모른다.

"……그럴지도 몰라."

시도는 낮은 목소리로 그렇게 말한 후, 아무 말 없이 생각에 잠겼다.

오리가미에게 무슨 일이 있었는지는 알 수 없다. 하지만…… 오리가미가 그녀 자신이 그렇게 증오하던 정령이 되었다는 것은 틀림없는 사실이었다.

시도는 그때 자신의 모습을 보고 도망치던 오리가미의 표정을 떠올렸다. 누구보다도 정령을 미워하던 소녀의 표정을 말이다.

말도 안 되는 자기모순에 사로잡힌 오리가미의 마음속에서는 어떤 감정이 소용돌이치고 있을까. 적어도— 시도는 상상조차 할 수 없을 정도의 고뇌가 그녀를 괴롭히고 있을 것이라는 사실은 쉬이 상상이 되었다. 그 사실이 시도의 마음을 너무나도 괴롭혔다.

"오리가미는…… 앞으로 어쩔 생각일까?"

시도가 혼잣말을 하듯 그렇게 중얼거리자, 토카는 그 말을 듣고 뭔가가 생각났다는 듯 입을 열었다.

"그러고 보니…… 그 녀석은 이렇게 말했다. 정령을 죽이기 위해 정령의 힘을 쓰겠다고 말이다. 그리고 마지막에는…… 자기 자신마저 죽이겠다고…….”

“……큭.”

그 말을 들은 시도는 전율했다.

솔직히 말해 예상하지 못한 것은 아니다. —하지만 그것은 그가 상상한 최악의 결말이었다.

“오리가미…….”

한시라도 빨리 오리가미의 행방을 파악해야만 한다. 그런 생각에서 우러나온 초조함이 시도의 심장을 미친 듯이 뛰게 만들었다.

하지만 지금의 시도는 오리가미를 쫓기는커녕, 그녀의 행방을 파악할 수도 없었다.

〈프락시너스〉라면 자율 카메라와 관측 장치로 오리가미를 쫓을 수 있겠지만…… 문제는 〈프락시너스〉와 연락 자체가 되지 않는다는 점이었다.

“큭…….”

시도는 어금니를 깨물었다. 〈프락시너스〉와 연락이 되지 않는 것만으로 이렇게까지 꼼짝달싹 못하게 될 것이라고는 생각도 못 했다.

자신이 코토리와 레이네에게 얼마나 의지하고 있었는지, 시도는 다시 한 번 깨달았다. 하지만 이대로 가만히 있을 수는 없었다. 시도는 한숨을 내쉰 후, 이제부터 해야만 하는 일을 머릿속으로 정리했다.

"……우선 너희 상처부터 치료하자. 경보가 해제되면 바로 병원으로 가는 거야. 이런 응급 처치가 아니라 제대로 된 치료를 받는 편이 좋을 거야."

오리가미를 빨리 찾아야 하기는 하지만, 그녀들의 치료가 우선이었다.

바로 그때, 시도는 한 가지 사실을 깨달았다.

"아……."

시도는 낮은 신음을 흘리면서 토카를 쳐다보았다.

그러고 보니 시도가 도착했을 때, 토카는 완전한 상태의 영장을 현현시키고 있었다. 즉― 한정 영장인 다른 셋과는 달리, 시도에게 봉인되어 있던 토카의 영력이 전부 다 그녀에게 되돌아간 것이다.

시도는 일전에 코토리가 영력을 완전히 역류시켰을 때를 떠올렸다.

그렇다. 그때 코토리는 말했다. 한정적으로 역류된 영력은 시간이 지나면 다시 시도에게 돌아가지만― 완전히 역류된 영력은 그대로 안정되기 때문에 재봉인할 수밖에 없다고 말이다.

즉, 토카는 현재 정령의 힘을 완전히 되찾은 상태다.

이대로 있다간 토카의 영파를 감지한 AST가 또 경보를 발령할지도 모른다. 그것을 막기 위해서는 한시라도 빨리 재봉인해야만 한다.

"으……."

하지만. 시도의 볼을 타고 식은땀이 흘렀다.

재봉인. 그것이 의미하는 것은 물론— 재봉인 대상자와의 키스다.

게다가 다들 부상을 입은 상태이기 때문에 다른 이들을 양호실 밖으로 쫓아낼 수도, 토카만 데리고 나갈 수도 없었다.

"음? 왜 그러느냐, 시도."

토카가 영문을 모르겠다는 듯이 고개를 갸웃거렸다. 그녀의 시선을 받고 깜짝 놀란 시도는 얼버무리려는 것처럼 양손을 내저었다.

"아, 그게 말이야……."

바로 그때, 시도의 시야에 무언가가 들어왔다.

양호실 천장에는 레일이 깔려 있고, 그 레일에는 새하얀 커튼이 달려 있었다.

그렇다. 고등학교 양호실인 이곳에는 각 침대를 격리하는 커튼이 설치되어 있는 것이다.

"저, 저기 말이야. 토카와 단둘이서 할 이야기가 있어서 그러는데, 커튼 좀 쳐도 되지?"

""""……?""""

시도의 말을 들은 소녀들은 영문을 모르겠다는 듯이 눈을 동그랗게 뜬 후, 고개를 끄덕였다.

시도는 그 모습을 본 후 벽 근처에 접혀 있는 커튼을 풀어서 토카가 누워 있는 침대 주위에 쳤다.

"시도? 왜 그러느냐?"

"아…… 그게 말이야."

시도는 토카의 귀에 입을 댄 후 낮은 목소리로 재봉인에 관해 설명했다.

흠흠…… 하면서 말을 듣던 토카의 얼굴이 새빨갛게 달아올랐다.

그리고 다른 이들에게 방금 시도가 한 말이 들리지는 않았는지 확인하려는 것처럼 주위를 둘러본 후 다시 시도를 쳐다보았다.

"음…… 그렇다면, 저기, 그러니까, 그걸, 여기서…… 하겠다는 거냐?"

"으음…… 뭐, 그래."

"그, 그러하냐……."

토카는 잠시 동안 망설였지만, 이윽고 각오를 다졌는지 고개를 끄덕였다. 그리고 가슴 앞에 양손을 모으면서 천천히 눈을 감았다. 키스를 허락한다, 는 의사 표시였다.

"으……."

자신이 한 제안인데도 불구하고, 토카의 그 모습을 본 시도는 그 자리에 딱딱하게 굳어버렸다.

토카의 모습은 그야말로 잠자는 숲 속의 공주를 연상케

했다. 딱딱한 파이프 침대와 하얀 커튼이 가시나무 숲으로 보일 만큼 침대에 누워 있는 토카는 아름다웠다.

하지만 계속 쳐다보고만 있을 수는 없었다. 시도는 심호흡을 하면서 마음을 진정시킨 후, 침대에 누운 토카의 입술을 향해 자신의 입술을 내밀었다.

하지만.

"……?"

토카의 숨소리가 들릴 만큼 그녀에게 가까이 다가갔던 시도는 갑자기 고개를 들었다. 왠지 누군가가 이쪽을 쳐다보고 있는 듯한 느낌이 들었기 때문이다.

"우왓……?!"

그리고 그는 무심코 비명을 질렀다. 조금 전까지만 해도 완벽하게 쳐져 있던 커튼의 틈 사이로 얼굴을 내민 요시노, 『요시농』, 카구야, 유즈루, 미쿠, 나츠미가 시도와 토카를 쳐다보고 있었던 것이다.

"시, 시도 씨, 무슨 짓을……."

『우와~ 이런 데서 그런 찐한 짓을 하려는 거야? 대담하네~.』

"호오…… 시도는 잠들어 있는 여자아이에게 그런 음흉한 짓을 하는 성적 취향을 가지고 있었던 게로구나."

"경악. 네크로필리아[#2] 환자인가 봐요."

#2 네크로필리아(Necrophilia) 시체에게 성욕을 느끼는 성도착증의 한 증상.

"너무해요, 달링~. 토카 양만 편애하지 말란 말이에요~. 저도! 저도 해줘요~!"

"……여, 염장질은 남들 안 보는 데서 하란 말이야, 이 리얼충아!"

다섯 소녀와 한 인형이 그렇게 외치면서 커튼 안으로 뛰어 들어왔다.

"우, 우왓……?!"

"음……? 무, 무슨 일이냐?!"

당황한 시도와 토카는 다른 이들 밑에 깔리고 말았다.

미쿠의 【레퀴엠】이 효과를 보이고 있다고는 해도, 그녀들이 입은 부상은 깊었다. 학교 양호실은 그녀들의 고통 섞인 신음 소리로 가득 찼다.

◇

도회지에서 별을 보기 위해서는 하늘을 올려다보지 말고, 지상을 내려다봐야 한다.

가로등. 창문에서 새어나오는 형광등 불빛. 자동차의 전조등. 마을을 형형색색으로 물들이는 네온사인. ―마을을 한눈에 볼 수 있는 고층 빌딩의 옥상에서, 어둠 속에 떠오른 전기로 된 별들을 바라보던 토키사키 쿠루미는 눈을 가늘게 떴다.

피를 연상케 하는 적색과 그림자를 연상케 하는 흑색으로 된 드레스를 걸친, 아름다운 소녀. 좌우가 비대칭이 되도록 묶은 머리카락은 칠흑빛이었고, 피부는 도자기처럼 새하얗다.

그 모든 것은 사람들의 눈과 마음에 그녀라는 존재를 각인시키고도 남을 정도의 요소였다. 하지만 그녀와 대면한 인간이 가장 진하게 기억하는 부분은 그녀의 눈일 것이다.

—색깔이 다른 좌우의 눈동자. 게다가 그녀의 눈동자는 단순한 홍채이색증(오드아이)이 아니었다. 금색으로 빛나는 그녀의 왼쪽 눈에는 자그마한 문자판이 그려져 있고, 그 눈에 달린 시곗바늘이 째깍, 째깍하는 소리를 내며 돌아가고 있었다.

이런 신체적 특징을 지닌 소녀가 평범한 인간일 리가 없었다.

정령. 세계를 죽이는 재앙.

그녀 또한 인간들에게 그런 호칭으로 불리는 존재 중 한 명이었다.

"———."

바로 그때. 쿠루미는 작게 한숨을 내쉬었다.

딱히 지상에 펼쳐진 경치를 보고 감동한 것도, 달콤한 센티멘털리즘에 사로잡힌 것도 아니었다. 그런 풋내 나는 감정은 옛날에 버렸다. 쿠루미는 좋아서 고층 건축물의 옥상에 서 있는 것도, 야경을 즐기고 싶어서 이런 곳에 있는 것도 아니었다. 그저 마을 곳곳에 있는 『쿠루미들』의 위치를 파악하기 쉽기 때문에 이렇게 높은 곳에 서 있는 것뿐이다.

그런 그녀가 방금 한숨을 내쉰 것은 자신의 분신체를 통해 한 가지 사실을 알았기 때문이다.

"……어머, 어머."

쿠루미는 어깨를 가볍게 으쓱한 후, 다시 한 번 한숨을 내쉬었다.

그리고 몇 분 후, 아무도 없던 빌딩 옥상에서 누군가의 기척이 느껴졌다. 쿠루미는 뒤쪽을 향해 고개를 돌렸다.

"—특이한 손님께서 저를 찾아왔군요."

쿠루미는 그 누군가를 쳐다보았다.

그 사람은 바로 순백색 옷으로 몸을 감싼 소녀였다. 밤의 어둠 속에서도 그녀의 모습이 확연하게 보이는 것은 그녀가 걸친 옷이 옅은 빛을 뿜고 있기 때문이었다. —영장. 그녀가 입은 옷은 바로 쿠루미의 옷과 마찬가지로 정령만이 걸치는 것이 허락된 바로 그 영장이었다.

느닷없이 나타난 그 정령을 본 쿠루미는 입가에 미소를 머금었다.

"오래간만이에요, 오리가미 양."

그렇다. 그 정령의 얼굴은 전 AST 대원이자, 한때 쿠루미의 클래스메이트이기도 했던 토비이치 오리가미와 똑같았다.

"우후후, 역시 그때 **잡아먹지 않길** 정말 잘했네요. —이렇게 맛있어질 줄은 몰랐답니다. 정말 기대 이상이군요."

"……."

쿠루미가 혀로 입술을 핥는 모습을 보면서도, 오리가미의 표정에는 변화가 없었다. 경계심도, 당황도, 혐오감조차도 그녀의 얼굴에서는 찾아볼 수 없었다.

쿠루미 따위는 경계할 필요도 없다는 듯한 태도처럼 보였지만— 아마 그렇지 않을 것이다. 확증은 없지만, 쿠루미는 오리가미의 눈동자 깊은 곳에서 어떤 목적이 꿈틀거리고 있는 것 같은 느낌이 들었다. —그야말로 다른 모든 감정을 전부 무시해버릴 만큼 거대한 목적이 말이다.

하지만 오리가미의 목적이 무엇인지까지는 알 수 없었다. 침묵을 지키고 있는 오리가미와 잠시 동안 시선을 교환한 후, 쿠루미는 한숨을 내쉬었다.

"그건 그렇고, 잘도 이곳을 알아냈군요."

"……."

쿠루미의 말을 들은 오리가미는 천천히 오른손을 앞으로 내밀었다. —그녀는 오른손으로 『쿠루미』의 목을 움켜쥐고 있었다.

"으…… 아……."

쿠루미와 같은 얼굴을 지닌 소녀가 고통에 찬 신음을 흘렸다. 그 소녀의 몸 곳곳에는 깊은 상처가 나 있었다. 오리가미가 그녀를 저 꼴로 만든 것 같았다.

"—본체를 찾는 것은 힘들어도, 마을 곳곳에 숨어 있는 네 분신체를 잡는 것쯤은 지금의 나에게 있어 그렇게 어려운 일이 아냐."

오리가미는 그렇게 말하면서 분신체의 목을 놓았다.

"큭…… 콜록…… 콜록……."

옥상 바닥에 쓰러진 분신은 몇 번 기침을 한 후 원망 섞인 눈으로 오리가미를 올려다보면서 도망치듯 그림자 안으로 들어갔다.

"어머나, 너무 심하지 않나요."

"죽이지 않도록 주의하기는 했어."

"흐음…… 그랬군요."

쿠루미는 입술에 손가락을 대면서 눈썹을 찌푸렸다.

"그런데 저에게 무슨 볼일이시죠? 설마 정령이 되었으니 저에게 이길 수 있을 거라고 생각한 건가요? 분신체의 힘을 기준으로 그런 착각을 한 거라면, 그 대가를 톡톡히 치르게 될 거예요."

쿠루미는 도발하듯 손가락을 굽혔다.

하지만 오리가미는 쿠루미를 공격하지 않았다. 그녀는 조용히 쿠루미의 눈을 바라보며 말을 이었다.

"……나는, 너와 싸우러 온 게 아냐."

그 말은 믿어도 될 것이다. 만약 오리가미에게 쿠루미와 적대할 의사가 있다면 분신체가 도망가기 전에 죽여버렸을

것이다.

하지만 그 말을 들은 쿠루미는 도발 섞인 미소를 입가에 머금었다.

“어머나, 정령을 싫어하기로 소문난 오리가미 양답지 않은 발언이군요. 수많은 인간을 죽인 정령이 눈앞에 있는데도 죽이지 않겠다는 건가요?”

“…….”

바로 그때, 처음으로 오리가미의 눈썹이 희미하게 흔들렸다. 하지만 오리가미는 결국 쿠루미를 공격하지 않았다.

오리가미가 저러는 이유가 짐작조차 할 수 없었던 쿠루미는 과장스럽게 어깨를 으쓱하면서 말했다.

“흐음, 그럼 왜 저를 찾아온 거죠? 같이 차라도 한잔 하자고 온 건 아닐 거잖아요.”

쿠루미의 말을 들은 오리가미는 진지한 표정을 지으며 고개를 끄덕였다.

“우선 내 질문에 대답해줘.”

“질문……인가요? 우후후, 질문에 대한 대답 여부는 질문 내용에 따라 나뉜답니다.”

쿠루미는 장난스러운 말투로 말했다. 오리가미는 그 말을 승낙으로 받아들인 것 같았다. 그녀는 쿠루미의 눈을 쳐다보면서 말을 이었다.

“네 천사 〈각각제(刻刻帝)〉(자프키엘)는 시간을 조종하는 천사야.

그리고 열두 개의 문자판 하나하나는 각각 다른 능력을 보유했어."

"……."

쿠루미는 아무 말 없이 턱을 손으로 쓰다듬었다.

오리가미의 말은 얼추 맞았다. ……하지만, 그것은 딱히 경계할 만한 일이 아니었다. 딱히 세세하게 설명한 적은 없지만, 오리가미는 일전에 쿠루미가 천사 〈자프키엘〉을 쓰는 모습을 목격한 적이 있으니 말이다.

하지만. 오리가미가 다음으로 한 말을 들은 쿠루미는 무심코 미간을 찌푸렸다.

그것도 그럴 것이—.

"—그 열두 개의 능력 중, 총에 맞은 대상을 과거로 보내는 능력은 없어?"

쿠루미가 한 번도 보여준 적이 없는 최후의 탄환—【열두 번째 탄환(유드 · 베트)】의 능력을, 오리가미가 정확하게 맞췄기 때문이다.

하지만 오리가미 정도 두뇌의 소유자라면, 지금까지 보여준 〈자프키엘〉의 능력을 통해 남은 능력을 추측하는 것 정도는 식은 죽 먹기일 것이다. 그리고 시간을 조종하는 힘—이라고 하면, 보통 시간 여행을 떠올릴 것이다.

"……만약 있다면, 어쩔 거죠?"

쿠루미는 미심쩍은 표정을 지으면서 오리가미에게 물었다.

거짓말을 하는 것도, 얼버무리는 것도 어렵지는 않다. 하지만 쿠루미는 그러지 않았다. 오리가미의 말을 듣고 약간 놀란 데다…… "없다."라고 말하면, 자신의 비원마저 부정하는 듯한 느낌이 들 것 같았기 때문이다.

그 대답을 긍정으로 받아들인 듯한 오리가미가 말을 이었다.

"―토키사키 쿠루미. 네 힘을 빌리고 싶어."

"……예?"

오리가미의 입에서 나온 뜻밖의 말을 들은 쿠루미는 눈을 동그랗게 떴다.

"방금, 뭐라고 했죠?"

"네 힘을 빌리고 싶다고 말했어. ―네 천사의 힘을 말이야."

"…………어머, 어머."

쿠루미는 턱을 매만지면서 오리가미의 생각을 읽으려는 것처럼 그녀를 응시했다.

"저보고, 당신을 위해 【유드·베트】를 쓰라는 말인가요?"

"그래."

"……."

쿠루미는 아무 말 없이 부드러운 미소를 지은 후 오른손을 펼쳤다.

그러자 쿠루미의 그림자 안에서 고풍스러운 보병총이 튀

어나와 그녀의 손에 쥐어졌다. 그와 동시에, 그녀는 오리가미를 향해 총구를 든 후 한 치의 주저도 없이 방아쇠를 당겼다.

이미 총 안에 장전되어 있던 그림자 탄환이 오리가미를 향해 발사되었다.

하지만 탄환이 오리가미의 부드러운 피부에 박히기 직전, 그녀의 몸은 빛으로 변했다. 그리고 표적을 잃은 그림자 탄환은 밤의 어둠을 가르며 일직선으로 날아갔다.

다음 순간, 기척을 감지한 쿠루미는 뒤쪽을 돌아보았다. —방금 사라진 오리가미가 그곳에 서 있었다.

"네 힘은 매우 강력해. 하지만 상대에게 맞추지 못하면 아무 의미도 없어."

"……어머나, 멋진 속임수를 익히셨군요."

쿠루미는 마음속의 불쾌함을 들키지 않기 위해 입가에 미소를 머금으면서 말했다.

"하지만 방금 그게 제 대답이에요. 유감스럽지만 당신의 기대에 답하지는 못할 것 같네요. 【유드·베트】는 제가 지닌 탄환 중에서도 특별한 탄환이랍니다. 그런 탄환을 당신을 위해 쓸 이유는 없죠."

그렇다. 【유드·베트】는 쿠루미가 지닌 최후의 탄환이다. 그녀의 비원을 달성하게 해줄 유일한 수단인 것이다.

그것을 느닷없이 자신을 찾아온 오리가미를 위해 쓸 이유는 전혀 없었다.

"……."

쿠루미가 그렇게 말했지만, 오리가미는 그녀의 눈을 지그시 바라보며 눈곱만큼도 움직이지 않았다.

그대로 어느 정도 시간이 흘렀을까. 결국 쿠루미는 자신이 졌다는 듯 한숨을 내쉬었다.

"일단…… 이유만이라도 들어보죠. 【유드·베트】로 무엇을 할 생각이죠? 설마 어린 시절의 순진무구한 시도 씨를 보고 싶다…… 같은 이유는 아니겠죠?"

딱히 마음이 바뀐 것은 아니다. 하지만, 정령의 힘을 손에 넣은 오리가미가 【유드·베트】로 무엇을 하려고 하는 것인지는— 정말 궁금했다.

"……."

오리가미는 잠시 동안 생각에 잠긴 후, 고개를 끄덕이면서 입을 열었다.

"너의 그 탄환으로— 나를 **5년 전의 8월 3일**로 보내줘."

"……5년 전?"

그 말을 들은 쿠루미는 미간을 찌푸렸다.

"그 시대에서 대체 뭘 하려는 거죠?"

쿠루미가 묻자, 오리가미는 무시무시한 눈빛으로 그녀를 바라보면서 말했다.

"나는, 5년 전으로 돌아가서, 내 부모님을 죽인 정령을,

죽일 거야. 아빠와 엄마의 죽음 자체를, 없었던 일로 만들 거야. ―나는 이 힘으로, 역사를 바꾸겠어."

오리가미는 결의를 다지듯 주먹을 쥐면서 말했다.

그 말을 들은 쿠루미는 숨을 삼켰다.

"……그런, 가요."

딱히 오리가미의 결의에 압도당한 것은 아니다. 그저― 오리가미와 자신을 겹쳐 보고 말았다.

"제가 거절하면, 어떻게 할 거죠?"

"네가 승낙하도록, 최선을 다할 뿐이야."

"……흐음, 상상만 해도 무시무시하군요."

살짝 인상을 쓴 쿠루미는 다시 오리가미를 향해 총구를 들었다.

최선을 다한다, 는 말 안에는 강경 수단도 포함되어 있을 것이라는 사실은 쉬이 상상이 되었다. 그녀는 무슨 수를 써서라도 쿠루미에게 【유드·베트】를 쓰게 할 생각인 것이다. 쿠루미를 얕보는 것일까. 그렇지 않으면 느닷없이 손에 넣은 정령의 힘을 과신하는 것일까…….

아니, 토비이치 오리가미가 그런 이유로 상대의 실력을 잘못 파악할 리가 없다. 그렇다면 오리가미가 도발에 가까운 발언을 한 이유는 진짜로 쿠루미를 굴복시킬 수 있을 거라고 생각하거나― 아니면 계산 같은 것을 도외시한 채 쿠루미의 앞에 섰던가, 둘 중 하나일 것이다.

냉정 침착한 오리가미가 뒷일 같은 것은 생각하지 않으면서 이런 일을 벌인 이유. 가능 여부조차 확인되지 않은 희망에 매달리기 위해 적 앞에 모습을 드러낸 이유.

돌이킬 수 없는 과거를, 돌이킬 수 있을 가능성.

지나가 버린 일들을, 되돌릴 수 있을 가능성.

그 달콤한 유혹은 너무나도 간단히 사람의 마음속으로 스며들어가, 마약처럼 순식간에 그 사람의 마음을 물들이고 만다. 설령 본인이 그 사실을 자각하고 있다 한들, 필사적으로 그것을 갈구하게 되는 것이다.

—쿠루미는, 그 사실을 너무나도 잘 알고 있었다.

"……."

그녀는 아무 말 없이 총을 내렸다.

"……뭐, 좋아요. 저도 【유드·베트】를 한 번도 써보지 않고 『실전』을 치르는 게 조금 불안했으니까요. 당신을 실험 대상으로 삼아주겠어요."

"……! 정말?"

오리가미가 눈을 치켜뜨면서 말했다. 지금까지 봐온 오리가미와 동일 인물로 보이지 않았다. 마치— 순진무구한 어린아이처럼 보였다.

"……왠지 느낌이 이상하네요."

쿠루미는 볼을 긁적인 후 가볍게 헛기침 했다.

"하지만 【유드·베트】를 사용하기 위해서는 방대한 양의 영력이 필요해요. 물론 제 영력을 쓸 생각은 눈곱만큼도 없답니다. 그러니 당신이 영력을 제공해줘야겠어요."

"좋아. 얼마나 필요한데?"

오리가미는 진지한 표정으로 물었다. 쿠루미는 검지를 입술에 대면서 생각에 잠겼다.

"거슬러 올라가는 시간이 얼마나 되냐에 따라 달라요. 먼 과거로 거슬러 올라가려고 하면, 소비되는 영력 또한 기하학적으로 늘어나죠. 예를 들어— 30년 전으로 거슬러 올라가려고 하면 정령 한 명이 모든 영력과 목숨을 쥐어짜야 한답니다."

"……30년 전?"

오리가미는 미심쩍은 표정을 지었다. 쿠루미는 손을 내저으면서 얼버무린 후, 다시 오리가미를 쳐다보았다.

"그 외에는— 아, 맞아요. 역행한 시간대에서 얼마나 오랫동안 머무느냐에 따라 필요한 영력의 양이 변동되지만…… 이건 저도 시험해본 적이 없어서 소모량을 알지 못해요. 물론 과거에 도착하자마자 현재로 되돌아오는 일은 없을 듯하지만, 체류 가능 시간을 세밀하게 지정하는 건 무리랍니다."

"상관없어. —순식간에 결판 내면 돼."

쿠루미의 말을 들은 오리가미는 그렇게 대답했다.

그녀의 눈에서는 망설임이나 주저 같은 감정을 찾아볼 수 없었다.

확실히 지금의 오리가미라면 5년 전으로 시간 역행을 하는 데 필요한 영력을 소비한 후에도 전투에 필요한 여력을 남길 수 있을 것이다. 이렇게 마주 서 있기만 해도 확연하게 느낄 수 있을 만큼 농밀한 영력을 지니고 있으니까 말이다.

"그런가요. ―그럼."

쿠루미는 그 자리에서 몸을 가볍게 돌리더니, 왼손으로 치맛자락을 들어 올리면서 우아하게 고개를 숙였다.

"그럼 바로 시작하도록 하죠. ―자아, 오렴, 〈각각제(刻刻帝)〉(자아아프키에에엘)."

그러자, 그 목소리에 응하듯 쿠루미의 발치에 존재하던 그림자에서 거대한 시계 문자판이 모습을 드러냈다.

〈자프키엘〉. 쿠루미가 지닌, 시간을 조종하는 천사다.

쿠루미는 보병총의 총구로 하늘을 가리킨 후, 그 자리에서 스텝을 밟듯 발을 움직였다.

그러자 쿠루미의 그림자가 넓어지면서 빌딩 옥상을 기듯 오리가미의 발치까지 뻗어나갔다.

"―이건."

뭔가를 느꼈는지 오리가미가 희미하게 미간을 찌푸렸다.

"우후후, 기억하고 계신가요?"

쿠루미는 입술 가장자리를 말아 올리면서 웃었다. 그러고 보니 오리가미도 과거에 이 그림자를 밟은 적이 있었다.

〈시간을 먹는 성〉. 자신의 그림자를 넓힌 후, 그 그림자에 닿은 인간에게서 『시간』을 흡수하는 쿠루미의 능력이다. 하지만 이번에는 평소처럼 그림자를 광범위하게 전개하지 않고, 그림자를 극한까지 농축시켜 대상자로부터 직접적으로 영력을 흡수할 수 있도록 설정했다. 아마 오리가미는 자신의 몸에서 영력이 급속도로 빠져나가는 것을 느끼고 있으리라.

"혹시 관둘 생각이라면 찬스는 지금뿐이에요. 저는 거짓말쟁이니까요. 어쩌면 당신의 영력을 전부 다 빨아들인 후, 약속을 어길지도 모른답니다."

쿠루미는 그렇게 말한 후, 음흉한 미소를 지었다.

하지만 오리가미는 쿠루미의 두 눈을 응시하면서 말했다.

"……그렇더라도. 나는 너에게 기댈 수밖에 없어."

"그런가요."

머리 회전이 빠른 오리가미답지 않은 발언이었다. 어이없다는 듯이 한숨을 내쉰 쿠루미는 오리가미에게서 충분한 양의 영력을 확보한 후, 총을 쥔 오른손에 힘을 줬다.

방금 자신의 입으로 말한 것처럼, 쿠루미는 오리가미의 영력을 전부 다 빨아들이는 것도 가능했다. 그렇게까지는 하지 않더라도 【유드·베트】를 쏘는 데 필요한 양 이상의 영력을 흡수하는 것도 가능했을 것이다.

하지만 쿠루미는 그러지 않았다. 이유는…… 그녀도 알지 못했다.

어쩌면, 보고 싶었던 것일지도 모른다.

자신 이외에, **이 방법**을 생각해낸— 생각해내고 만 소녀가, 어떤 길을 걷게 될지를.

—어쩌면, 어떤 말로를 걷게 될지를, 말이다.

"〈자프키엘〉—【유드·베트】!"

그리고 쿠루미는 외쳤다. 그 존재는, 능력은 **알지만**, 단 한 번도 써본 적이 없는 최후의 탄환의 이름을…….

〈자프키엘〉이 한 번도 들어본 적 없는 소리를 내면서 검은빛을 뿜기 시작했다. 영력의 여파가 사방으로 뻗어나가면서 정전기 불꽃을 만들어냈다.

이윽고 그 모든 것이 한 곳— 문자판의 Ⅻ 부분에 집속되더니, 거기서 농밀한 그림자가 뿜어져 나와 쿠루미가 쥔 총의 총구 안으로 빨려 들어갔다.

탄환이 장전된 총이 진동하기 시작했다. 초고밀도의 영력이 총 안에서 날뛰고 있는 것이다.

그 모습은 마치 보이지 않는 누군가가 그 탄환을 쏘지 못하게 하려는 것처럼 보였다. 시간이라는 불가역(不可逆)이자 불가침(不可侵)한 존재를 초월하는, 신과 섭리를 등지는 힘을 손에 쥔 듯한 느낌마저 들었다.

쿠루미는 입술을 일그러뜨리며 오리가미를 향해 총구를 든 후— 방아쇠를 당겼다.

"자아. 다녀오세요, 오리가미 양. ―당신의 비원을 달성하기 위해서 말이죠."

총구에서 뿜어져 나온 칠흑빛 탄환은 공간에 검은 궤적을 남기면서 일직선으로 날아가―.

"……윽!"

오리가미의 가슴 언저리에 닿은 순간, 그녀의 몸을 탄환의 회전 방향에 맞춰 도려냈다.

그리고 그 회전이 점점 강해지더니, 오리가미의 몸은 탄도에 잡아당겨지듯 왜곡되면서 이 공간에서 사라졌다.

"……휴우."

잠시 후. 조금 전까지 토비이치 오리가미가 있던 공간을 밤바람이 쓰다듬고 지나가는 모습을 보면서, 쿠루미는 총을 내렸다.

"―보여주세요. 세계를 다시 쓴다고 하는 어리석고 무모한 행위를, 신께서 과연 어디까지 허락하시는지를……."

쿠루미는 혼잣말을 하듯 그렇게 중얼거린 후, 들고 있던 총을 자신의 그림자 안으로 떨어뜨렸다.

◇

"으……."

오리가미는 눈썹을 찌푸렸다. 쿠루미가 쏜 탄환이 가슴에 닿은 순간, 자신의 존재 자체가 일그러지는 듯한 감각이 들면서 잠시 의식을 잃고 말았다.

고통은 느껴지지 않았다. 하지만 그 대신, 누군가가 자신의 다리를 잡고 마구 돌려대기라도 하는 것처럼 극심한 멀미와 구역질이 가슴 깊은 곳에서 치밀어 올랐다.

"……윽."

그 직후, 오리가미는 무심코 숨을 삼켰다.

정신을 차리는 것과 동시에, 이번에는 강렬한 중력과 공중에 붕 떠 있는 듯한 느낌이 그녀를 덮친 것이다.

그렇다. 오리가미는 현재, 하늘에서 지상을 향해 거꾸로 떨어지고 있었다.

"흡—."

몸에 가볍게 힘을 줘 낙하를 멈춘 오리가미는 자세를 바로 했다.

방법 자체는 CR-유닛을 장비한 상태에서의 테리터리 조작과 크게 다르지 않았다. 머릿속으로 지령을 내려, 자신을 둘러싼 공간을 비트는 듯한 느낌이었다.

정령의 힘과 위저드의 힘이 본질적인 면에서 비슷한 것일까, 그렇지 않으면 정령의 힘을 자연스럽게 다룰 수 있도록 오리가미 스스로 CR-유닛 조작법에 근거해 힘을 컨트롤하고 있는 것일까. 어느 쪽이 진실인지는 알 수 없지만, 오리가미에게 있어서는 너무나도 다행스러운 일이었다.

만약『하늘을 난다.』라는 감각에 익숙하지 않았다면, 그대로 지면과 충돌하고 말았을 것이다. ―지금의 오리가미라면 그 정도 충격으로는 죽지 않겠지만 말이다.

“여기는…….”

오리가미는 머릿속에서 느껴지는 통증에 미간을 찌푸리면서 주위를 둘러보았다.

그러자 기묘한 감각이 그녀를 사로잡았다. 조금 전까지만 해도 칠흑 같았던 하늘이 어느새 밝아져 있었다. 정확한 시간은 알 수 없지만 초저녁인 것 같았다. 해가 기울어 가면서 지면에 건물들의 그림자가 드리워지는 시간대였다.

그리고 하늘에서 마을을 내려다보니, 조금 전 빌딩 위에서 봤을 때와는 풍경이 약간 달랐다.

정확하게 말하자면, 큰길이나 각 구역의 위치 같은 것은 변함이 없었다. 하지만 마을 안에 세워진 건조물과 건물에 달린 간판 등은 오리가미가 기억하고 있는 것과 상당히 달랐다.

그리고 또 하나의 차이점은, 가로수와 공원에 있는 나무의 상태가 조금 전까지와는 달랐다. 오리가미의 기억 속에 있는 나무들의 잎은 붉은색을 띤 채 지면으로 떨어지고 있었지만, 지금 눈앞에 있는 나무들의 잎은 한여름을 연상케 하듯 생기 있고 우거졌다.

바로 그때, 오리가미는 자신의 아래쪽을 쳐다보았다. 그곳에는 고층 건축물의 지반 부분을 중심으로 각종 중장비들이 설치되어 있었다.

—그러고 보니, 방금 오리가미와 쿠루미가 대화를 나눴던 빌딩은, 5년 전에는 아직 완성되지 않았다.

그 사실을 떠올린 오리가미는 고개를 들었다.

"—5년 전의, 텐구 시."

그 말을 입에 담은 순간, 오리가미는 온몸에 소름이 돋는 듯한 느낌을 받았다. 온몸이 흥분으로 가득 찬 탓에, 잠시 동안 아무 말도 할 수 없었다.

하지만 그것도 무리는 아니었다. 결코 이루어질 리 없다고 생각했던 비원이 현실성을 띠기 시작한 순간 그녀의 정신이 흐트러졌다고 해서, 감히 누가 그녀를 나무랄 수 있을까. 5년. 인생의 4분의 1 이상을 복수에 바쳤던 소녀의 감개무량함을 대체 누가 비웃을 수 있을까.

정령이 되어, 정령의 힘으로, 정령을 죽이기 위해 과거로 돌아간다. 그야말로 믿기지 않는 상황이었다. 아마 어제의 오리가미에게 이 사실을 알려줘도 질 나쁜 농담으로 받아들이고 말 것이라는 생각이 들 만큼, 황당무계한 일이다.

하지만, 그녀의 몸에 달린 모든 감각 기관을 통해 느껴지는 이 세계는 현실이었다. 볼을 꼬집어보지 않더라도, 진실이라는 확신을 가질 수 있었다.

오리가미는 지금— 돌아온 것이다.

5년 전, 8월 3일.

오리가미의 부모님이 정령에게 살해당한 그날로.

소망하고, 애원하고, 갈구했지만— 그래도 손이 닿지 않았던 그날로 돌아온 것이다.

"—아아."

오리가미는 감탄을 터뜨리며 가는 숨을 내쉬었다.

그리고 주먹을 쥐면서 결의를 다지듯 시선을 날카롭게 만들었다.

—지금은, 감상에 젖어 있을 때가 아니다.

그런 감정에는 목적을 달성한 후에 사로잡혀도 된다.

그렇다. 오리가미는 드디어 무대에 오른 것이다. 중요한 것은 지금부터다. —그녀는 머릿속으로 어떤 광경을 떠올렸다.

불타고 있는 마을. 하늘에서 쏟아져 내려온 빛에 의해 불타버린 부모님. —하늘에 떠 있던, 증오스러운 정령의 실루엣.

아버지와 어머니가 죽기 전에, 그 정령을 죽인다. 그래서 부모님이 죽었다는 사실 자체를 없었던 일로 만든다. 지금까지의 『세계』를 변화시키는 것이다.

그 목적을 달성할 때까지, 오리가미는 눈물을 흘릴 수 없었다.

적은 정령과 세계다. 하지만 오리가미의 마음속에는 망설임이나 주저 같은 감정은 눈곱만큼도 존재하지 않았다.

그녀의 마음속에 존재하는 것은 활활 타오르고 있는 복수심과, 찬란히 빛나고 있는 희망뿐이었다.

오리가미는 배어 나오는 눈물을 닦듯 엄지로 눈가를 훔친 후, 뒤쪽을 향해 돌아서면서 입을 열었다.

"〈메타트론〉—【마르아크】."

그 순간, 오리가미의 주위에 존재하는 공간이 찬란한 빛을 뿜는 입자들로 가득 찼다. 그리고 그 입자들이 오리가미의 등 뒤에 모여들자, 날개 형태를 한 〈메타트론〉이 현현되었다.

오리가미는 【마르아크】를 날갯짓하듯 움직이면서 고속으로 하늘을 날았다.

그녀의 진로는— 남쪽.

5년 전까지 오리가미가 살았던 텐구 시 난코쵸가 있는 방향이었다.

시간 역행에 성공하기는 했지만, 어느 정도의 시간 동안 이곳에 머무를 수 있을지는 알 수 없다. 그렇다면 한시라도 빨리 목적을 달성해야만 한다. 여기까지 와서 부모님을 죽인 정령을 찾지 못하고— 아니, 찾아내더라도 그 정령의 숨통을 끊어버리기 전에 타임 리미트를 맞이하는 상황만은 무슨 일이 있어도 피해야 했다.

오리가미는 오랜 시간 동안 가슴속에 담아왔던 살의를 더욱 날카롭게 만들면서 목적지로 향했다.

바로 그때, 날카로운 소리가 그녀의 고막을 뒤흔들었다.

한순간 공간진 경보가 발령되었다고 생각했지만— 그렇지 않았다. 이것은 화재 경보였다. 그리고 소방차와 응급차의 사이렌 소리가 들려왔다.

"……큭."

그 순간, 오리가미는 눈앞에 펼쳐진 풍경이 아지랑이처럼 흔들리고 있다는 사실을 눈치챘다.

그녀의 눈앞에 있는 마을이— 불타고 있었다.

그 말은 비유도, 농담도 아니었다. 눈앞에 펼쳐진 주택가가 마치 미사일 폭격이라도 당한 것처럼 시뻘겋게 타오르고 있었다. 경보, 사이렌 소리와 함께 건물이 무너지는 소리와 불꽃이 타오르는 소리, 그리고 도망치는 사람들의 입에서 흘러나오는 비명이 뒤섞이자, 그녀의 눈앞에 한 편의 지옥도가 펼쳐졌다.

이 광경은 오리가미의 기억 속에도 존재했다. 5년 전, 난코쵸 대화재 때 그녀가 본 광경이었다.

그리고 그 화재가 지금, 그녀의 눈앞에서 또다시 펼쳐지고 있었다.

"……큭, 그럼—."

과거의 기억을 떠올리며 잠시 동안 멍하니 서 있던 오리가미는 금세 정신을 차렸다.

이 대화재는 이츠카 코토리— 불꽃의 정령 〈이프리트〉가 일으킨 것이다. 정령의 힘을 제어하지 못한 나머지, 그 방대한 영력의 여파가 주변을 불바다로 만든 것이다.

그렇다면—.

이츠카 코토리를 정령으로 만든, **또 한 명의 정령**이 그곳에 있을 것이다.

"하앗—."

거기까지 생각이 미친 오리가미는 고도를 올리면서 마을 전체를 둘러보듯 하늘을 날았다.

불꽃과 검은 연기가 오리가미의 시야를 가렸다. 하지만 그녀는 포기하지 않고 마을을 둘러보았다.

그리고—.

초등학생 정도로 보이는 소년과, 옅은 빛을 뿜는 영장을 걸친 어린 소녀를 발견했다.

"……시도……!"

오리가미는 무심코 소년의 이름을 부르고 말았다.

그렇다. 그것은 바로 오리가미의 연인·이츠카 시도와, 그녀의 여동생— 이츠카 코토리의 5년 전 모습이었다.

그렇다면—.

"——."

오리가미는 마른침을 삼키며 시도의 주변을 둘러보았다.

지면에 주저앉아 있는 시도의 바로 옆.

그곳에.

『그자』가, 있었다.

나이도, 성별도, 외모도, 알 수 없는, 하지만 확실히 이 자리에 존재하는『무언가』.

역시 그 모습은 오리가미에게 정령의 힘을 준 존재와 너무나도 닮았다. —동일 인물인 것일까. 아니면 같은 방법으로 정체를 감추고 있을 뿐인 다른 존재인 것일까.

하지만 그런 것은 오리가미에게 있어 신경 쓸 가치가 없는 사소한 일에 지나지 않았다.

"—찾, 았어."

오리가미는 중얼거리듯 말했다.

그 순간, 그녀는 체온이 내려가는 것을 느꼈다.

"찾았어. 찾았어. 찾았어찾았어찾았어찾았어찾았어찾았어찾았어찾았어찾았어찾았어찾았어찾았어찾았어찾았어찾았어찾았어찾았어찾았어. —드디어, 찾았어."

머릿속이 새하얗게 변한 오리가미의 눈에는 그 정령—〈팬텀〉 외에는 아무것도 보이지 않았다.

그 오랜 시간 동안 애타게 갈구해왔던 원수를 드디어 찾아냈는데도, 오리가미의 머릿속은 차갑기 그지없었다. —너무 차가워서, 동상에 걸릴 것만 같았다.

자신의 모든 것이,『저자』를 죽이는 데 최적화되어가는 듯한 감각이 느껴졌다. 지금의 오리가미는 하나의 살의이자, 칼날이었다.

"―〈메타트론〉."

오리가미는 오른손을 들면서 그 이름을 읊조렸다.

그러자 오리가미의 등에 현현해 있던 날개 중 일부가 분리되더니, 지상을 조준했다.

다음 순간, 〈메타트론〉의 끝 부분에서 뿜어져 나온 광선이 지상에 서 있는 〈팬텀〉을 덮쳤다.

하지만 광선이 꽂히기 직전, 〈팬텀〉의 몸이 진동하면서 그 자리에서 사라졌다.

"……."

하지만, 오리가미는 당황하지 않았다. ―그녀는 천천히 고개를 들었다.

그러자 공중― 오리가미와 같은 고도에 떠 있는 〈팬텀〉이 그녀의 눈에 들어왔다. 〈팬텀〉은 순식간에 오리가미의 공격을 피한 후, 이곳까지 날아오른 것 같았다.

【―어?】

〈팬텀〉이 알아듣기 힘든 목소리로 말했다.

【갑자기 공격하기에 누군가 했더니…… 너, 정령이지?】

상대의 몸을 뒤덮고 있는 노이즈 때문에 표정까지는 알아볼 수 없지만, 〈팬텀〉이 놀란 듯한 반응을 보이고 있다는 것은 알 수 있었다. 오리가미에게 흥미가 생겼는지, 〈팬텀〉은 그녀를 쳐다보면서 말을 이었다.

【게다가 그 천사는― 〈메타트론〉……? 대체 어떻게 된 거

야? 그 세피라는 아직 내가 가지고 있는데.】

〈팬텀〉은 고개를 갸웃거리면서 말했다.

그 말을 통해, 지금 자신의 눈앞에 있는 정령과 오리가미에게 영력을 준 『무언가』가 같은 존재라는 사실을 추측할 수 있었다.

하지만 오리가미는 원수에게서 힘을 얻었다는 사실을 알고도 혐오감을 느끼지 않았다. 오히려 자신이 힘을 부여한 존재에 의해 이 세상에서 사라지게 된다고 하는 돌이킬 수 없는 실수를 범한 〈팬텀〉을 보며, 우월감에 가까운 감정마저 느꼈다.

【저기, 너는 누구야? 대체 어디서 왔어? 왜 나를 공격하는 거야?】

"—아아아아앗!"

〈팬텀〉의 질문을 무시한 오리가미는 고함을 지르며 오른손을 앞으로 내밀었다.

그러자 그에 맞춰 〈메타트론〉의 끝 부분이 전방을 향하더니, 〈팬텀〉을 향해 광선을 뿜었다.

〈팬텀〉은 조금 전처럼 몸을 진동시키면서 종이 한 장 차이로 그 공격을 피했다.

【……〈메타트론〉이 분명하네. 그렇다면…… 〈자프키엘〉의 힘으로 시간 역행이라도 한 걸까? 만약 그렇다면…… 조금 의외인걸. 설마 그 애가 다른 사람에게 도움을 줄 거라고는

꿈에도 생각 못 했는데 말이야.】

〈팬텀〉이 혼잣말을 중얼거렸다. 하지만 오리가미는 상대의 말에 귀 기울일 생각이 눈곱만큼도 없었다.

"【카두르】……!"

—오리가미가 양손을 펼치자, 그 움직임에 맞춰 날개 형태가 되어 있던 〈메타트론〉이 분해되면서 공중에서 전개되더니, 그 끝 부분이 〈팬텀〉을 가리켰다.

"—하아아앗!"

오리가미가 고함을 지른 순간, 모든 〈메타트론〉의 끝 부분에서 〈팬텀〉을 향해 광선이 발사되었다.

【—윽.】

〈팬텀〉은 숨을 삼키면서 그 광선들을 겨우겨우 피했다.

하지만 〈메타트론〉의 공격은 전방위에서 끊임없이 계속되었다. 위력 자체도 조금 전 시도를 다치게 하지 않기 위해 위력을 낮춰서 쐈을 때와는 달리 전력을 다하고 있었다.

〈팬텀〉도 이대로 있다간 당하고 말 것이라고 판단한 것 같았다. 사방에 전개된 〈메타트론〉 사이에 존재하는 틈을 이용해 뒤쪽으로 물러선 〈팬텀〉은 오리가미에게서 도망치려는 것처럼 고속으로 하늘을 날았다.

"놓치지 않겠어……!"

시선을 날카롭게 만든 오리가미는 〈메타트론〉을 주위에 전개한 채, 하늘을 박차면서 〈팬텀〉을 추적했다.

복잡한 궤적을 그리면서 하늘을 나는 〈팬텀〉을 쫓으면서, 오리가미는 몇 번이나 광선을 날렸다. 〈팬텀〉은 그 광선을 전부 피했지만, 둘 사이의 거리는 점점 좁혀졌다.

【하아…… 아무래도 미래의 나는 너에게 꽤 원한을 산 것 같네.】

한동안 하늘을 종횡무진 날면서 광선을 피하던 〈팬텀〉은 진절머리 난 듯한 목소리로 말했다.

【……하지만 이 자리에서 네 손에 죽어줄 수는 없어. ―내게도 이루어야만 하는 소원이 있거든.】

"……큭."

그 말을 들은 순간, 오리가미는 미간을 찌푸렸다.

"소원― 이라고?"

오리가미의 말에 응답하듯, 〈메타트론〉이 매처럼 하늘을 날면서 허공에 빛으로 된 선을 그었다.

"내 아버지를…… 어머니를 죽여놓고…… 뭐, 소원……? 헛소리하지 마. 헛소리하지 마. 헛소리하지 마……! 네게는 소원을 빌 시간도 주지 않겠어. 기도할 시간도 주지 않겠어. 아무것도 이루지 못한 채 죽어버려. 아무것도 남기지 못한 채 사라져버려. 너의 그 공허한 마음속에 후회만을 담은 채 이 세상에서 사라져버려―!"

하지만. 오리가미의 말을 들은 〈팬텀〉은 이상하다는 듯이 고개를 갸웃거렸다.

【네 아버지와, 어머니……? 무슨 소리를 하는 거야? 나는 그런 적 없어. 미안하지만 사람 잘못 본 것 아냐?】

"……큭!"

〈팬텀〉의 말을 들은 오리가미는 숨을 삼켰다.

하지만 〈팬텀〉이 방금 한 말은 당연하다면 당연했다. 왜냐하면 이 시간대의 〈팬텀〉은 아직 오리가미의 부모님을 죽이지 않았기 때문이다. 짓지도 않은 죄이니 기억할 리가 없었다.

하지만. 〈팬텀〉이 방금 한 대답은 하나의 사실을 가리키고 있었다.

〈팬텀〉은 말했다. "그런 적 없어."라고 말이다.

즉, 〈팬텀〉이 거짓말을 하는 것이 아니라면 〈팬텀〉은 몇 분 후에 오리가미의 부모님을 죽이게 되는 이 순간에도 상대의 이름을, 존재를, 인식조차 못 했던 것이다.

오리가미의 부모님을 죽인 것에는 계획성도, 의미도— 이유도, 없었다.

이 정령이 오리가미의 부모님을 죽인 것은, 어떤 목적이 있어서가 아니었다. 단순히 눈에 거슬렸거나— 개미를 밟아 죽이는 것과 별반 차이 없는, 아무런 의미 없는 일이었던 것이다.

오리가미는 머릿속이 뒤집어지는 것 같은 느낌을 받았다.

온몸을 가득 채운 분노가 피부를 찢고 분출될 것만 같

았다.

오리가미조차도 이 감각을 뭐라고 표현하면 좋을지 알 수 없었다. 분노. 살의. 증오. 그런 말로는 오리가미의 마음속을 가득 채운 이 광기에 가까운 감정을 1할도 표현할 수 없었다.

다만 분명한 것은— 〈팬텀〉이 이 세상에 존재한다는 사실을, 오리가미는 절대 용납할 수 없다는 것이다.

"너—어어어어어어어엇!"

오리가미가 절규를 지른 순간, 공중에 전개된 모든 〈메타트론〉이 〈팬텀〉을 향해 일제히 광선을 뿜었다. 하지만 〈팬텀〉은 절묘한 움직임으로 그 광선들을 피했다.

하지만— 오리가미는 이렇게 될 것을 이미 예측했었다. 몇 분 동안 펼친 공방전을 통해 〈팬텀〉의 회피 패턴을 꿰뚫어 본 오리가미는 일부러 상대가 피하기 쉽도록 광선을 발사했다.

그렇다. 〈팬텀〉은 자신이 안전지대라고 판단한 곳에 있었다. 그곳은 모든 광선을 겨우겨우 피할 수 있는 장소였다. 하지만 거꾸로 말하자면 〈팬텀〉은 광선으로 된 감옥 안에 갇힌 것이나 다름없었다.

그 감옥이 형태를 유지하는 시간은 너무나도 짧았다. 하지만 오리가미에게는 그 정도 시간만으로도 충분했다.

"—하아앗!"

오리가미는 광선의 궤적이 허공에 남아 있는 단계에서 〈메타트론〉을 결집시켜 〈팬텀〉의 머리 위에서 왕관 형태를 만들었다. 그리고 아래쪽에 있는 〈팬텀〉을 그대로 지상에 내리꽂아 버리려는 것처럼, 왕관에서 뿜어져 나온 거대한 광선을 상대를 향해 발사했다.

【……윽.】

〈팬텀〉의 목소리에서 처음으로 낭패한 듯한 기색이 느껴졌다.

하지만 〈팬텀〉은 그대로 당하고 있지만은 않았다. 이 공격을 다치지 않고 피하는 것은 무리라고 판단한 것일까. 〈팬텀〉은 자신을 둘러싼 빛으로 된 감옥을 향해 몸을 날려 종이 한 장 차이로 머리 위에서 날아오는 광선을 피했다. 오리가미의 영력을 결집해서 날린 필살의 일격은 〈팬텀〉이 피하자 그대로 지상에 내리꽂혔다.

그 순간, 〈팬텀〉이 몸에 두른 영력으로 된 벽과 감옥을 형성하고 있는 〈메타트론〉의 광선이 닿으면서 불꽃처럼 영력이 튀었다. 강렬한 빛이 주위를 가득 채우면서 오리가미의 시야를 가렸다.

하지만 〈팬텀〉은 그 틈을 이용해 오리가미를 공격하지 않았다.

상대는 그 자리에 선 채 차분한 목소리로 말했다.

"……방금 그건 정말 멋졌어. 나도 완전히 피하지는 못했거든. 이렇게 멋지게 〈메타트론〉을 다룰 거라고는 생각도 못 했어."

"——?"

그 말을 들은 오리가미는 무심코 미간을 찌푸렸다.

조금 전까지는 남자인지 여자인지조차도 구별이 가지 않는 데다, 겨우겨우 알아들을 수 있었던 〈팬텀〉의 목소리가 지금은 너무나도 선명하게 들렸기 때문이다.

그것은— 젊은 여성의 목소리였다.

"……하지만 곤란하네. 가능하면 골치 아픈 일은 피하고 싶지만, 이렇게 엄청난 힘을 발휘하는 소녀에게 세피라를 주지 않을 수도 없으니까 말이야……. 나에게 적대할 것이라는 사실을 알면서도 반역의 정령을 만들게…… 되겠네."

〈팬텀〉은 그렇게 말하며 오리가미에게서 뒤돌아섰다.

그런 〈팬텀〉은 온몸이 노이즈에 뒤덮여 있던 정체불명의 존재가 아니라— 바람에 휘날리는 긴 머리카락을 지닌 한 소녀였다.

아마 억지로 오리가미가 만든 빛의 감옥을 돌파하면서, 그녀를 감싼 노이즈가 일시적으로 사라진 것이리라. 지금까지는 인식하지 못했던 〈팬텀〉의 정체가 드디어 드러난 것이다.

하지만, 오리가미가 〈팬텀〉에게 공격을 하지 않은 이유는 그것만이 아니었다.

—그녀의 입에서 흘러나오는 목소리가 왠지 귀에 익은 듯한 느낌이 들었기 때문이다.

"너, 는—."

오리가미의 목소리를 무시하며, 그 소녀는 말을 이었다.

"……뭐, 그것도 어쩔 수 없지. 강한 정령의 탄생은 환영할 만한 일이거든. 그러니 조금 전의 일격은 감수하도록 할게. 내 소원을— 이루기 위해서 말이야."

그렇게 말한 소녀는 오리가미에게 얼굴을 보여주지 않은 채, 가볍게 손을 흔들었다.

"—뭐, 일단 내 목적은 달성한 것 같으니까 이만 가볼게. 실은 네 힘을 좀 더 시험해보고 싶지만…… 이곳에 오래 있어봤자 좋은 일은 없을 것 같거든."

그 순간, 소녀의 모습이 허공 속에 녹아들 듯 사라졌다.

"……큭! 기다려!"

오리가미는 〈메타트론〉을 분리시켜 그 소녀의 등을 향해 광선을 발사했다.

하지만— 한발 늦고 말았다.

〈메타트론〉의 광선은 그 소녀의 그림자를 꿰뚫으며 하늘 저편으로 뻗어갔다.

"큭—."

오리가미는 조금 전까지 그 소녀가 있었던 공간을 노려보며 이를 갈았다.

부모님의 원수를 놓치고 말았다는 사실이 분노가 되어 그녀의 몸속을 가득 채웠다.

"……."

하지만 잠시 후, 오리가미는 자신의 생각을 부정하듯 고개를 저었다.

확실히 오리가미는 〈팬텀〉을 놓치고 말았다. 부모님의 원수를 갚지는 못했다.

하지만, 가장 중요한 목적은 달성할 수 있었다.

그렇다. 〈팬텀〉이 사라졌다는 것은— 오리가미의 부모님을 죽일 정령이 사라졌다는 것을 뜻했다.

"—아, 아아……."

오리가미는 하늘을 우러러보며 신음했다.

오리가미의 부모님은 이제 죽지 않는다.

이것으로— 변할 것이다.

세계는, 다시 쓰일 것이다.

쿠루미가 자신에게 쏜 탄환의 타임 리미트가 끝나서 현대로 돌아간다면, 아버지와 어머니가 상냥한 미소를 머금은 채 자신을 기다리고 있을 것이다.

"아빠…… 엄마……."

눈가에 눈물이 맺혔다.

오리가미는 드디어 해낸 것이다.

이 손으로, 부모님을 되찾은 것이다.

결코 뒤집을 수 없을 거라 생각했던 현실을, 뒤집은 것이다.

—바로 그때.

"……?"

오리가미는 한 가지 사실을 떠올렸다.

"여기는……."

그녀는 지상을 내려다보았다.

그곳에는 불꽃에 휩싸인 주택가가 펼쳐져 있었다. 하지만 유심히 보니, 이 주택가와 주변 도로의 형태가 눈에 익다는 느낌이 들었다.

그렇다. 이곳은 오리가미가 예전에 살았던 장소다.

"———어?"

그리고. 오리가미는 낮은 신음을 흘렸다.

공중에 뜬 채 지상을 내려다보는 오리가미의 눈에 한 소녀가 들어왔다.

그 소녀를 본 순간, 오리가미는 온몸이 옥죄어드는 듯한 느낌을 받았다.

어깨 근처까지 기른 머리카락에 핀을 꽂은, 초등학교 고학년 정도로 보이는 여자아이였다. 귀엽고 사랑스러운 그 소녀의 얼굴은 그을음과 망연자실한 표정을 통해 비장한 느낌을 자아내고 있었다.

"저, 애는—."

오리가미의 떨리는 입술 사이로 목소리가 흘러나왔다.

틀림없다. 잘못 봤을 리가 없다. 저 소녀는…….

—5년 전의, 오리가미였다.

"어…… 아—."

두근, 두근.

심장이, 크게 뛰었다.

머릿속이 뒤죽박죽 되는 듯한 느낌이 들었다.

눈을, 귀를, 코를— 모든 감각 기관을 파괴해, 외부로부터의 정보를 완전히 차단하고 싶다는 충동에 휩싸였다.

하지만, 오리가미는 보고 말았다.

거의 무의식적으로 시선이 향하고 말았다.

—지면에 주저앉은, 5년 전의 오리가미가 바라보고 있는 곳을…….

"아…… 아……."

5년 전의 오리가미의 앞. 그곳에는 압도적인 파괴가 자행된 듯한 흔적이 남아 있었다.

아스팔트 길은 엉망진창으로 파괴되어 있었다. 화재의 불꽃이 아무리 거세다 해도 이런 흔적을 남기는 것은 무리일 것이다.

그것은 마치— **하늘에서 날아온 광선이 꽂히기라도 한 듯한** 흔적이었다.

그리고 그 흔적의 중심에는…….

아마 조금 전까지만 해도 인간의 형태를 하고 있었을 살점과 뼛조각이 흩뿌려져 있었다.

그곳은 바로…… 오리가미가 조금 전 〈팬텀〉을 향해 발사한 광선이 내리꽂힌 지점이었다.

"아, 아, 아, 아, 아, 아, 아……."

눈의 초점이 흔들렸다. 목이 갈라졌다. 손끝이 떨렸다.

—과거에 봤던 광경이 선명하게 떠올랐다.

5년 전. 불꽃에 휩싸인 주택가에 온 오리가미는 집 앞에서 부모님과 재회했다.

아버지와 어머니는 무사했다. 부모님을 본 오리가미는 진심으로 기뻐하며 안도했다.

하지만, 다음 순간. 하늘에서 쏟아져 내려온 빛이 오리가미의 눈앞에 있는 부모님을 순식간에 이 세상에서 지워버렸다.

지금도 선명하게 기억하고 있는, 악몽 같은 광경.

……그렇다. 오리가미는 그때, 하늘을 올려다보았다.

빛이 날아온 방향을. 부모님을 죽인 범인을 찾으려는 듯이.

그리고— 보았다.

하늘 위. 그곳에는 한 실루엣이 있었다.

정령의 존재를 몰랐던 5년 전의 오리가미는 그 모습을 이렇게 표현했다.

—천사, 라고 말이다.

"————."

바로 그때, 지상에 있는 5년 전의 오리가미가 고개를 들어 오리가미를 바라보았다.

오리가미는 그 시선을 좇듯, 부들부들 떨리고 있는 자신의 양손을 쳐다보았다.

그리고 자신의 몸을 쳐다보았다.

오리가미의 호리호리한 몸을 감싼, 옅은 빛을 뿜고 있는 순백의 영장.

그 영장을 뒤덮듯 허공에서 춤추고 있는, 수없이 많은『깃털』.

아무것도 모르는 사람의 눈에…….

—그 모습은, 천사처럼 보였을 것이다.

"아, 아, 아, 아아아아아아아아아아아아아아."

온몸이, 부들부들 떨렸다.

오리가미는 머리를 감싸 쥔 채 온몸을 비틀어댔다.

자기 자신이 마모되어, 서서히 사라져 가는 듯한 감각이 그녀를 덮쳤다.

아니, 어쩌면 그것은 소망에 가까울지도 모른다.

지금 이 자리에서 바로 자신을 지워버리고 싶을 정도의 혐오감이 뇌수를 가득 채웠다. 자기 자신이 존재한다는 사실마저 용납하지 못하게 할 정도의 절망이 그녀의 마음을 가득 채웠다.

바로 그때, 지상에 있는 자그마한 오리가미가 절망과 분노로 가득 찬 표정을 지으며 입을 열었다.

사이렌 소리와 건물이 무너지는 소리 때문에 어린 소녀의 목소리는 들리지 않았다.

하지만 그 목소리는 고막을 통하지 않고도, 오리가미의 머릿속에 선명하게 전해졌다.

—네, 가…… 아빠와, 엄마를.

—용, 서 못해……! 죽일 거야…… 죽여버릴 거야……! 내 손으로— 반드시……!

그것은.

오리가미가 부모님을 죽인 상대를 향해 수도 없이 마음속으로 외쳤던 저주였다.

그 순간, 오리가미는 이해했다.

이해하고, 말았다.

5년 전. 이곳, 텐구 시 난코쵸의 화재 현장에는, 시도가 일전에 말했던 대로 다수의 정령이 존재했다.

하지만…… 그곳에 존재했던 정령은, **둘이 아니었다.**

화재를 일으킨 〈이프리트〉 이츠카 코토리.

코토리를 정령으로 만든 〈팬텀〉.

그리고— 〈팬텀〉을 해치우기 위해 미래에서 온…… 오리가미.

세 명의 정령이 존재했던 것이다.

오리가미는 완전히 잠긴 목소리로 말했다.

"……내, 가…… 아빠와, 엄마, 를—?"

그렇다. 〈팬텀〉은 오리가미의 부모님을 죽이지 않았다.

오리가미의 부모님을 죽인 것은…….

바로 오리가미의 〈메타트론〉에서 뿜어져 나온 빛이었다.

"아, 아, 아……."

그 사실을 인식한 순간.

오리가미는 눈앞에 펼쳐진 풍경의 색깔이 반전(反轉)된 듯한 착각이 들었다.

"아아."

세상이 뒤집어지는 듯한 감각.

오리가미는 의식이 끊어지기 직전, 자신의 마음이 칠흑빛으로 물들어가는 것을 느꼈다.

제5장 어둠이 내린 밤의 마왕

현재 시각은 22시 30분. 시도 일행은 시내에 있는 병원의 한 병실 안에 있었다.

잠시 후 공간진 경보가 해제되자, 대피했던 사람들이 돌아왔다. 상처투성이가 된 채 양호실에 있던 시도 일행은 왜 피난하지 않았냐면서 양호 교사에게 혼쭐이 난 후 병원으로 이송되었다.

봉인 상태라고는 해도 정령의 육체는 인간보다 훨씬 강인했다. 상처 치유 속도 또한 일반인과는 비교도 되지 않을 만큼 빨랐다.

하지만 그렇다고 해도 모든 정령들이 코토리나 쿠루미처럼 상처를 순식간에 치유할 수 있는 것은 아니기 때문에, 그녀들의 몸에는 아직 상처 자국이 남아 있었다. 그 상처들을 본 양호 교사가 바로 119에 연락한 것도 무리는 아니었다. 그리고 그녀들을 병원으로 데리고 갈 생각이었던 시도로서는 수고를 던 것이나 다름없었다.

"으음…… 저기, 시도. 아직도 배가 고프구나……."

시도는 깨끗한 붕대를 온몸에 두른 토카가 한 말을 듣고 쓴웃음을 지으면서 어깨를 으쓱했다. 저녁을 먹고 얼마 지나지 않았지만, 먹성 좋은 토카의 배는 병원식만으로는 만족할 수 없었던 것 같았다.

"……하아, 어쩔 수 없지. 그래도 늦은 시간이니까 소화 잘되는 게 좋을 것 같네. 편의점에 가서 젤리라도 사 올까?"

"음! 좋다!"

토카가 힘차게 고개를 끄덕였다. 그 모습을 옆에서 지켜보고 있던 다른 정령들이 불만 섞인 목소리로 입을 열었다.

"시도, 네 이놈. 감히 이 몸의 권속에게만 금단의 과실을 주겠다는 게냐? 간이 배 밖에 나왔구나."

"불만. 시도는 유즈루와 카구야의 공유 재산이라는 인식이 여전히 부족한 것 같아요."

"아앙, 토카 양한테만 그러기예요~? 너무해요~."

다행히 다인용 병실이 비어 있어서 모두가 한 방에 있을 수 있게 되었다. 시도와 요시노, 나츠미는 다치지 않았지만 돌아갈 집이 없기 때문에 세 사람을 수용할 피난 시설이 확인될 때까지 이곳에 머무르기로 했다.

텐구 시에는 공간진 피해로 집을 잃은 주민을 일시적으로 수용하는 임시 시설이 몇 개나 존재했다. 하지만 이번에는 주택가를 중심으로 광범위한 지역이 피해를 입은 탓에 가옥을 잃은 주민의 수가 많아서 대응이 늦어지고 있는 것 같았다.

결국 시도네 집 주변의 참상은 공간진 피해인 것으로 처리되었다. 하지만 그럴 만도 했다. 오리가미는 처음부터 그럴 생각으로 손을 써두었던 것 같았고— 일반적으로 알려진 공간진 피해라는 것은 정령이 현계한 순간에 발생한 폭발과 정령과 AST 간의 전투 때문에 발생한 피해, 양쪽 모두를 뜻한다. 그러니 꼭 잘못 처리된 것이라고 볼 수는 없었다.

"하아…… 너희 것도 사 올 테니까 잠시만 기다려. —참, 요시노와 나츠미도 먹을래?"

시도는 그렇게 말하면서 방구석을 쳐다보았다. 벽 쪽에 놓인 접이식 의자에는 요시노와 나츠미가 나란히 앉아 있었다.

아니, 정확하게 말하자면 두 사람은 눈을 감은 채 고른 숨소리를 내며 서로에게 기대고 있었다. 아무래도 피곤한 나머지 잠이 든 것 같았다.

"아하하……."

시도는 입가에 미소를 지으면서 예비용 모포를 꺼내 두 사람에게 덮어줬다. 오늘은 많은 일이 있었으니 지쳐서 잠드는 것도 무리는 아닐 것이다.

바로 그때.

"……어?"

시도는 미간을 좁혔다. 어디선가, 무언가가 떨리는 듯한 소리가 들려왔기 때문이다.

"음? 시도, 왜 그러느냐."

"아니, 이상한 소리가…… 아."

바로 그때, 시도는 이 소리의 정체를 깨달았다. 이것은 핸드폰의 진동음이었다.

"요시노의 핸드폰인가……? 그러고 보니 병원에 들어오기 전에 끄게 한다는 걸 깜빡했네……."

시도는 머리를 긁적이면서 신음을 흘렸다. 병원 안에서는 핸드폰을 꺼야 하지만, 아직 이 세상에 익숙하지 않은 정령들이 그런 사실을 알 리가 없었다. 미리 가르쳐주는 것을 깜빡한 시도의 잘못이었다.

"이대로 계속 울리게 둘 수도 없으니까…… 어쩔 수 없지."

누구에게서 온 전화인지는 모르겠지만, 계속 전화가 오게 둘 수는 없었다. 시도는 핸드폰 전원을 끄기 위해 요시노의 옷에 달린 호주머니를 향해 손을 뻗었다.

"어라?"

하지만 그 호주머니 안에는 핸드폰이 들어 있지 않았다. 다른 주머니에 넣어둔 것일까. 시도는 진동음에 귀를 기울이며 요시노의 몸 곳곳을 뒤졌다.

"아…… 여기 있구나."

시도는 옷 안쪽에 달린 호주머니에서 핸드폰을 발견하고 그 호주머니에 손을 집어넣었다.

바로 그 순간.

"으…… 으응……."

갑자기 요시노가 간지러움을 타듯 몸을 살짝 비틀면서 눈을 떴다.

그리고 잠시 동안 멍하니 주위를 둘러보던 요시노는 눈앞에 있는 시도의 얼굴과 자신의 옷 안에 들어와 있는 그의 손을 보고는 얼굴을 새빨갛게 붉혔다.

"……윽! 저, 저기…… 시도 씨잇……?!"

요시노는 그렇게 말하고 눈물 맺힌 눈으로 그를 바라보며 몸을 딱딱하게 굳혔다. ……왠지 오해를 산 것 같은 느낌이 들었다.

"자, 잠깐…… 오, 오해야, 요시노! 나는 그냥—."

시도가 변명하려고 한 순간, 이번에는 요시노에게 기대 잠을 자던 나츠미가 눈을 떴다.

"으응…… 뭐야. 되게, 시끄……럽, 네……."

그리고 다음 순간, 나츠미는 눈을 치켜뜨면서 시도의 턱을 향해 어퍼컷을 날렸다.

"이 인간 말종 자시이이이이이이이이이이익!"

"우갸악……?!"

나츠미의 어퍼컷을 맞고 기묘한 비명을 지른 시도는 포물선을 그리면서 날아간 후, 병원 바닥에 그대로 널브러졌다. 어디선가 시합 종료를 알리는 공 소리가 들린…… 것 같은 느낌이 들었다.

"시, 시도?!"

요시노와 나츠미가 앉아 있는 장소는 커튼이 처진 침대 쪽에서 보면 사각지대나 다름없었다. 침대에 누워 있는 정령들에게는 시도가 갑자기 바닥에 내동댕이쳐진 것처럼 보였을 것이다. 그녀들은 눈을 동그랗게 뜬 채 깜짝 놀란 듯한 목소리로 시도의 이름을 불렀다.

시도는 괜찮다는 듯이 가볍게 손을 흔든 후, 턱을 매만지면서 천천히 몸을 일으켰다.

"요, 요시노, 괜찮아……?! 이상한 짓 당하지는 않았어?!"

"저, 저기…… 괘, 괜찮아요. 그것보다 시도 씨가……."

"저딴 녀석은 내버려둬! 내, 내가 옆에서 자고 있는데, 요시노에게 그런 파렴치한 짓을……!"

"오, 오해야……. 나는 그냥—."

시도는 사정 설명을 하기 위해, 쥐고 있던 요시노의 핸드폰을 나츠미에게 보여주려고 했다.

하지만— 바로 그때, 시도는 미간을 찌푸리며 말을 멈췄다.

이유는 단순했다. 요시노의 핸드폰 착신 화면에 눈에 익은 이름이 표시되어 있었기 때문이다.

"……아!"

그 이름을 본 시도는 반사적으로 통화 버튼을 누르면서 핸드폰을 귀에 댔다. 병원 안에서는 핸드폰 통화가 금지되어 있다는 것은 알지만— 그 사실을 의식하기도 전에 몸이 반사적으로 움직였다.

다음 순간, 핸드폰에서 귀에 익은 목소리가 흘러나왔다.

『……여보세요? 요시노?』

"—코토리! 코토리 맞지?!"

시도는 흥분한 목소리로 그렇게 외쳤다.

그렇다. 핸드폰에서 흘러나온 것은 시도의 여동생·코토리의 목소리였다.

"음……?!"

"호오, 무사했던 게냐."

시도의 말을 들은 다른 소녀들이 입을 열었다. 시도는 그녀들을 향해 고개를 끄덕인 후, 다시 통화에 집중했다.

『시도? 하아…… 무사해서 다행이야. 다른 애들은?』

"다들 무사— 하지는 않지만, 일단 살아 있어."

『그래? 정말 다행이야.』

"그건 내가 할 말이야. 너 지금 어디 있어? 〈프락시너스〉는 괜찮은 거야? 통신 연결이 안 되어서 걱정했어."

시도의 말을 들은 코토리는 잠시 동안 침묵했다. 그리고 분노가 묻어나는 숨소리가 핸드폰에서 흘러나왔다.

"코토리……?"

『—나는 지금 〈라타토스크〉가 소유한 지하 시설에 있어. 승무원들은 일단 전원 무사해. 하지만…… 지고 말았어. 완벽하게 말이야.』

"뭐……?!"

코토리의 말을 들은 시도는 눈을 동그랗게 떴다.

"그, 그게 무슨 소리야?"

『……방금 말한 대로야. DEM에게 완전히 당했어. 함체 손상률 30% 오버. 〈위그드·폴리움〉을 전부 다 써서 겨우겨우 도망쳤어. 〈프락시너스〉도 현재 수리 중이야. 테리터리로 겨우겨우 선체를 유지하고는 있지만…… 한동안은 예전처럼 운용할 수 없을 거야.』

"뭐……."

시도는 말문이 막혔다.

코토리의 말을 이해하지 못했기 때문에 그런 것은 아니었다. 그저 〈프락시너스〉와 『패배』라는 말을 묶어서 생각할 수가 없었던 것이다.

하지만 차분하게 생각해보니 불가능한 이야기는 아니라는 생각이 들었다. 〈프락시너스〉는 어디까지나 공중함이다. 그러니 그런 일이 벌어질 수도 있었다. 그저 시도가 멋대로 〈프락시너스〉는 완벽하게 안전이 보장된 장소라고 생각하고 있었던 것에 지나지 않았다.

"〈프락시너스〉가……?! 하지만 〈라타토스크〉가 보유한 리얼라이저의 성능은 DEM 쪽보다 훨씬 뛰어나다고 하지 않았어……?"

『기본적으로는 그래. ……하지만 〈애시크로프트-β〉라는 신형 리얼라이저를 DEM에서 개발한 후부터는 그 차이가 대폭 줄어들었어. 게다가— DEM에는 그 여자가 있잖아.』

"……윽."

그 여자. 그 말을 들은 순간. 시도는 입을 다물면서 머릿속으로 한 소녀의 얼굴을 떠올렸다. 비단실처럼 가늘고 옅은 금발, 그리고 자신감으로 가득 찬 푸른 눈동자. —그것은 바로 최강의 위저드, 엘렌·메이저스의 얼굴이었다.

시도가 어찌 된 영문인지 눈치챘기 때문에 입을 다문 것이라고 판단했는지, 코토리는 한숨을 내쉬면서 말을 이었다.

『……뭐, 지나간 일로 왈가왈부해봤자 아무 소용없어. —그것보다 물어볼 게 있어, 시도. 낮에 대체 어디 갔었던 거야? 그리고 모두 다 살아 있다는 건, 토비이치 오리가미를 쓰러뜨린 거야?』

"아니, 그게……."

시도는 잠시 동안 머뭇거린 후, 한숨을 내쉬면서 몇 시간 전에 있었던 일을 간결하게 설명했다.

오리가미에게 감금당했던 일. 요시노와 나츠미 덕분에 풀

려난 일. 그리고 정령들이 전투를 벌이고 있는 곳에 와보니 — 오리가미가 정령이 되어 있었던 일까지 말이다.

『토비이치 오리가미가 정령이 되었단 말이야……?!』

코토리는 경악하고 말았다.

『뭐가 어떻게 된 거야? 〈팬텀〉이 나타났던 거야……?』

"몰라. 하지만— 아마 틀림없을 거야."

『……크, 말도 안 돼. 하필 이럴 때……!』

코토리는 어금니를 깨물었다. 하지만 그것도 무리는 아니었다. 〈팬텀〉은 코토리의 운명을 바꿨다고 해도 과언이 아닌 존재인 것이다.

『그런데, 토비이치 오리가미는?』

"어딘가로 날아갔어. ……어디로 갔는지는 몰라."

『……그래? 알았어. 그녀는 이쪽에서 추적해볼게. 그동안 시도는 마음의 준비를 해둬.』

"마음의 준비?"

『그래. 그 누구라 할지라도 정령은 정령이야. 그러니 이번에는 토비이치 오리가미를 공략해야만 하지 않겠어?』

"아……."

코토리의 말이 옳았다. 시도의 임무는 정령의 호감도를 올린 후, 키스해서 정령이 지닌 영력을 봉인하는 것이다. 그리고 오리가미라고 해도 예외는 아니다.

……하지만 오리가미가 상대라고 생각하니, 왠지 『공략』을

시도해보기도 전에 오리가미에게 『잡아먹힐』 것 같은 느낌이 마구 들었다. 영력 봉인을 위해서라고는 해도 키스를 했다간 왠지 엄청난 일이 벌어질 것만 같았다.

시도가 무슨 생각을 하는지 눈치챘는지 코토리는 가볍게 한숨을 내쉬었다.

『—뭐, 그 외에도 물어볼 게 꽤 있기는 하지만, 남은 이야기는 합류한 후에 하자. 병원에서 너무 오래 통화하는 것도 좀 그러니까 말이야.』

“뭐? 그걸 어떻게…….”

『지금 시도가 들고 있는 핸드폰은 누구 거더라?』

“아— 맞아.”

코토리의 말을 들은 시도는 고개를 끄덕였다. 그러고 보니 정령들에게 지급된 핸드폰에는 만일의 사태에 대비해 발신기가 달려 있다는 이야기를 들은 적이 있었다.

『조금 전에 기관원을 그쪽으로 보냈으니까 금방 도착할 거야. 그 기관원의 지시에 따르도록 해. 병원에는 이쪽에서 연락해둘 테니까, 출발 준비를 해둬.』

“아, 응……. 아, 그런데 다들 부상을 입었는데…….”

『걱정하지 마. 〈프락시너스〉에 있는 것보다는 못하지만, 일단 여기에도 의료용 현현장치(메디컬 · 리얼라이저)가 있어. 병원에 누워 있는 것보다는 훨씬 빨리 상처를 치료할 수 있을 거야.』

“그렇구나. 알았어.”

다행히 자력으로 움직일 수 없을 만큼 부상이 깊은 이는 없었다. 시도는 병실 안에 있는 소녀들을 둘러보면서 가볍게 한숨을 내쉬었다.

『곧 기관원이 도착할 거야. 자세한 이야기는 나중에 만나서 하자.』

코토리가 그렇게 말한 순간, 창밖에서 자동차 엔진음이 들렸다.

시도가 몸을 일으켜 창밖을 보니, 자동차 몇 대가 병원 앞에 세워져 있었다. 아마 저 자동차를 몰고 온 사람들이 바로 방금 코토리가 말한 기관원일 것이다.

바로 그때, 시도는 밖이 꽤 어둡다는 사실을 눈치챘다. 하늘이 칠흑빛으로 물들었기 때문일까, 동그란 달이 유독 확연하게 보였다.

"그래, 알았어. 그럼 잠시 후에 봐."

시도는 그렇게 말하면서 통화를 끝내려고 한…….

—바로, 그 순간.

"—수고했어, 엘렌."

임무를 멋지게 완수한 후, 그 외의 작업도 끝마친 엘렌이 호텔에 있는 방에 도착하자, 누군가의 목소리가 들려왔다.

고개를 돌려보니, 아이작·웨스트코트가 엘렌이 돌아오길

기다렸다는 듯이 소파에 앉아 있었다.

"아이크."

"멋진 솜씨였어. 역시 대단해."

"아뇨. 오산을 한 탓에 일격을 허용하고 말았습니다. 상대 쪽에도 꽤 유능한 인재가 있는 것 같더군요."

엘렌의 말을 들은 웨스트코트는 낮은 웃음을 흘리면서 어깨를 으쓱했다.

"그건 그렇고, 승무원들은 무사할까?"

"알 수 없습니다. 피난 권고를 했지만 거부당했거든요."

"그래? 그거 유감이군. 가능한 한 많은 승무원들이 살아남았기를 비는 수밖에 없겠어."

웨스트코트의 목소리에서는 빈말을 하는 듯한 기색은 느껴지지 않았다. 아마 방금 그가 한 말은 진담일 것이다. 엘렌의 이번 타깃은 〈라타토스크〉의 공중함이지, 그 공중함의 승무원이 아니었다. 그저 DEM의 작전 행동을 방해하는 공중함이 방해가 되어서 없애려 한 것일 뿐이었다. 정령을 보호하고 이츠카 시도의 곁에 정령들을 모아두려고 하는 세력이 어느 정도 남아 있어주는 편이 웨스트코트에게 있어서도 좋았다.

하지만 그 공중함에 탄 승무원 외에도 〈라타토스크〉에 소속된 기관원은 있을 것이다. 그러니 설령 그 공중함의 승무원이 전멸했다고 해도, 그 남자— 우드먼이라면 그 공백을 금방 메울 것이다.

웨스트코트도 그 사실을 알고 있으리라. 그래서 방금 한 말과는 달리, 그의 표정은 딱히 어둡지 않았다.

"—그것보다 아이크."

"그래, 알고 있어."

엘렌의 말을 들은 웨스트코트는 고개를 끄덕이면서 테이블 위에 놓여 있는 단말기를 엘렌을 향해 돌렸다.

그 단말기의 화면에는 한 소녀의 모습이 표시되어 있었다.

—그녀는 바로 순백의 영장을 걸친, 토비이치 오리가미였다.

그렇다. 엘렌도 공중함에 탑재된 관측 장치로 지상에 새로운 영파 반응이 출현했다는 사실은 감지했시만— 본부에서 알려 온 보고를 듣고는 귀를 의심했다.

그것도 그럴 것이, 정령과 전투 중이었던 토비이치 오리가미가 정령이 되고 만 것이다.

"하하, 이건 정말 꿈에도 생각 못 했던 일이야. 그녀가 정령이 될 줄이야."

웨스트코트는 그렇게 말하며 입가에 환한 미소를 머금었다.

"아니지. 지금은 우수한 위저드를 잃은 것을 한탄해야 할 때인가? —아아, 어떻게 이런 일이 있을 수 있는 거지. 그녀는 분명 우리에게 큰 힘이 되어주었을 텐데."

"아이크, 입가에 미소가 맺혔어요."

"어이쿠, 이거 실례."

웨스트코트는 그렇게 말하면서도 입가의 미소를 감추려 하지 않았다. 엘렌은 작게 한숨을 내쉰 후, 말을 이었다.

"그런데 그녀는 어디 있죠?"

"조금 전까지는 텐구 시 안을 날아다니고 있었는데 지금은 반응이 사라졌다더군."

"반응이 사라졌다고요? 영파 은폐 능력을 지닌 걸까요?"

"그렇게 생각하나?"

"정령이 되면 우리의 표적이 된다는 사실을 알고 있을 테니까요. 당연히 숨으려고 하겠죠."

"그렇게 생각하는 게 타당하겠지만— 정령이라는 존재에게는 우리의 상식이 통용되지 않으니까 말이야."

그렇게 말하면서 소파에서 일어난 웨스트코트는 창가를 향해 걸음을 옮겼다.

창밖에는 구름 한 점 없는 밤하늘을 배경으로 달이 떠올라 있었다.

"어쩌면 이 근처에서 우리를 지켜보고 있을지도 모르지."

그리고.

웨스트코트가 농담을 하면서 미소를 지은…….

—바로, 그 순간.

"……자아, 오리가미 양은 목적을 달성했을까요?"

달빛이 쏟아지는 빌딩 옥상의 가장자리에 앉은 쿠루미는 혼잣말을 하듯 중얼거렸다.

"우후후, 글쎄요."

그러자, 그 말에 대답하듯 그림자 안에서 쿠루미의 목소리가 흘러나왔다.

"아마 무리겠죠. 세계는 굳건해요. 한 소녀의 소망 따위 너무나도 간단히 박살 내버리겠죠."

"어머, 그건 몰라요. 오리가미 양을 봤잖아요? 그 정도의 힘을 지녔다면 충분히 가능성은 있다고 생각해요."

"『저희들』은 어떻게 생각하나요?"

그 말을 들은 말수 많은 분신체들이 앞다퉈 입을 열었다. 쿠루미는 가볍게 한숨을 내쉰 후, 어깨를 으쓱했다.

"지금 상황에서는 뭐라고 할 수 없군요. ―뭐, 개인적으로는 오리가미 양이 자신의 소망을 이뤘으면 좋겠어요."

쿠루미의 말을 들은 그림자 안의 분신체들이 웃음을 터뜨렸다.

"우후후, 『저희들』답지 않은 말이군요. 저 달빛 때문에 센티멘털해진 건가요?"

분신체들이 실례되는 소리를 했다.

하지만 쿠루미는 화를 내지 않았다. 그저 입가에 미소를 머금으면서 하늘에 떠 있는 멋진 달을 올려다보았다.

달빛은 사람을 미치게 만든다고 한다. 그렇다면 오늘 밤, 쿠루미가 변덕을 부린 것도 저 달빛 때문일지도 모른다.

"뭐— 괜찮잖아요. 저도 때로는 이런 기분이 될 때가 있답니다."

그리고.

그렇게 말한 쿠루미가 손에 체중을 실으면서 몸을 가볍게 젖힌…….

—바로, 그 순간.

하늘이 떠 있던 달이— 깨졌다.

◇

"어……?"

병원 창문을 통해 하늘을 쳐다보던 시도는 눈을 동그랗게 떴다.

하늘에 떠 있던 보름달에 금이 간 것이다.

물론, 달에 금이 갈 리가 없다. 시도는 찬란히 빛나고 있는 달 앞에 무언가가 나타났다는 사실을 눈치챘다.

하지만— 그것이 무엇인지는 알 수 없었다. 구름도, 새도,

비행기도 아니었다. 마치 공간 그 자체에 균열이 생긴 것처럼, 그 무언가는 달을 깨끗하게 양단했다.

『응? 무슨 일이야?』

핸드폰에서 코토리의 미심쩍은 목소리가 흘러나왔다. 하지만 시도는 대답할 수 없었다.

그 균열이 달을 침식하더니, 마치 월식(月食)이라도 일어난 것처럼 달빛을 차단했다.

그리고— 바로 그때, 시도는 눈치챘다.

"……저, 저게 뭐야—."

달만이 아니었다.

밤하늘은 이미 그 어둠의 균열에 뒤덮여 있었다.

하늘을 뚫어져라 쳐다보는 시도의 눈에는 보였다. 어두운 하늘 아래에는, 깊고 칠흑 같은 어둠이 거미줄처럼 처져 있었다.

그 거미줄이 얼마나 넓은 범위를 뒤덮은 건지는 한눈에 알 수 없었다. 시도의 시야에 들어오는 하늘 전체가 어둠에 뒤덮여 있었기 때문이다. 마을 전체, 혹은 도시 전체, 혹은 간토 지방 전체, 어쩌면—.

그런 상상을 할 정도로.

하늘 전체가 밤과는 다른 색깔로 물들어 가고 있었다.

—그 순간.

하늘을 뒤덮은 어둠이 마치 생물처럼 몸을 부르르 떤 순간, 시도 일행이 있는 병원이 격렬하게 흔들렸다.

"앗……?!"

"크—!"

"지, 지진……?!"

"꺄앗!"

병원에 있는 사람들은 당황하면서 커튼을 부여잡거나 침대 밑에 숨으려 했다.

하지만…… 시도는 본능적으로 눈치챘다. 이 진동은, 지진에 의한 것이 아니었다.

그 직후, 시도의 직감이 옳다는 사실을 증명하듯, 자연 현상으로는 설명할 수 없는 일이 벌어졌다. —하늘에서, 어둠을 응축해 만든 검은 광선이라고밖에 표현할 수 없는 무언가가 뿜어지더니, 천장과 바닥을 꿰뚫고 아래층까지 뻗어나간 것이다.

그리고 잠시 후, 그 무언가가 지면과 충돌했는지 방금보다 훨씬 더 격렬한 진동이 시도가 있는 병실을 덮쳤다.

"우왓……! 뭐, 뭐야?!"

한순간, DEM의 위저드가 밖에서 시도 일행을 저격했다고 생각했지만— 그렇지 않았다.

창밖을 쳐다보니, 방금 시도가 있는 병실을 관통하고 지나간 칠흑빛의 무언가가 마을 전체에 쉴 새 없이 쏟아지고 있었다.

"아—."

그 광경을 본 시도는 할 말을 잃고 말았다.

하늘에서 지상을 향해, 쉴 새 없이 칠흑빛 선이 그어지고 있었다. 그것들은 지상에 있는 건조물을 너무나도 간단히 무너뜨렸다. 나무가 꺾였고, 차량이 폭발했으며, 도로가 파괴됐다. 조용한 마을은 눈 깜짝할 사이에 붕괴되면서 아비규환의 지옥도로 변했다.

"시, 시도, 대체 무슨 일이 벌어진 것이냐!"

토카는 당황한 표정을 지으며 침대에서 벌떡 일어났다.

그 순간, 거친 경보음이 마을 전체를 휘감듯 울려 퍼졌다.

그와 동시에 코토리와 통화 중인 핸드폰에서도 경보음이 흘러나왔다. 〈프락시너스〉의 경보음과 약간 다르지만— 틀림없다. 그것은 정령의 출현을 알리는 소리였다.

"……큭! 코토리, 이건—."

『정령이야! 하지만 이 말도 안 되는 출현 상황은 대체 뭐야……?! 아무런 징후도 없이 이렇게 강력한 정령이 모습을…… 드러, 내, 다니…….』

"……?"

코토리가 갑자기 입을 다물자, 시도는 미간을 찌푸렸다.

"코토리? 어이, 왜 그래?"

『이 반응은— 평범한 정령이 아냐. 이건…… 반전체……?!』

"뭐……?!"

그 말을 들은 시도는 눈을 치켜떴다.

반전체. 시도는 그렇게 불리는 정령을 딱 한 번 두 눈으로 본 적이 있었다.

자세한 것은 모른다. 하지만 정령의 마음이 절망으로 가득 찼을 때만 출현하는, 평상시와는 전혀 다른 힘을 발휘하는 정령이라는 이야기는 들었다.

그리고— 시도와 정령들을 노리는 DEM인더스트리의 수장인 아이작·웨스트코트가 그런 정령을 만들어내려 한다는 이야기도 들었다.

"왜…… 이렇게 갑자기 그런 녀석이 나타난 거야?! 설마 이것도 DEM의 짓이야……?!"

『몰라! 아무튼, 거기는 위험해! 빨리 대피—.』

코토리가 대피하라고 말하려 한 순간. 하늘에서 쏟아진 몇 줄기 광선이 시도가 있는 병원을 파괴했다. 바닥이 붕괴되면서 몸이 튕겨져 날아갔다. 쥐고 있던 핸드폰마저 놓치고 말았다.

"우, 우와아아아앗?!"

수많은 건물 파편과 함께 시도의 몸은 지면을 향해 낙하했다.

하지만 누군가가 낙하하는 시도의 몸을 받아낸 후 무너지는 건물에서 순식간에 빠져나왔다.

"콜록…… 콜록……."

"시도, 괜찮으냐?!"

기침을 하면서 고개를 든 시도의 눈에 토카의 모습이 들어왔다. 아무래도 그녀는 지면을 향해 낙하하는 시도를 받아낸 후, 무너지는 병원에서 탈출한 것 같았다.

그녀의 몸에는 완전한 형태의 영장이 현현되어 있었다. —그렇다. 실은 다른 소녀들의 시선 때문에 토카의 영력을 재봉인하지 못한 것이다.

그 뒤를 잇듯, 한정 영장을 현현시킨 정령들이 토카의 뒤편에 내려섰다. 아무래도 다들 무사한 것 같았다.

그 모습을 본 시도는 안도의 한숨을 내쉬었다. 하지만 병원 안에는 시도 일행만 있었던 것이 아니다. 다른 입원 환자들과 의사, 간호사들이 저 건물 더미 아래에 깔려 있을 것이다.

"크…… 다들! 도와줘! 빨리 건물 파편을—."

하지만 시도가 입을 연 순간, 또 하늘에서 어둠의 비라는 표현이 걸맞을 듯한 광선이 뿜어져 나와 주위의 경치를 바꿨다. 건물 더미가 또 부서졌고, 포장도로가 뒤엎어졌다.

"크……!"

이런 상황에서 구조 활동을 하는 것은 무리였다. 아니, 그 이전에 이 병원만이 아니라 마을 전체에서 피해가 발생하고 있었다. 우선— 하늘에서 비처럼 쏟아지고 있는 저 광선부터 어떻게 해야만 했다.

반전했다고 해도, 상대는 정령이다. 그렇다면 토카 때처럼 정상적인 상태로 되돌릴 수 있을 것이다. 하늘을 올려다본 시도는 정령을 찾기 위해 주위를 둘러보았다.

바로 그때—.

"어……?"

허공에 떠 있는 한 사람을 본 시도는 망연자실한 표정을 지었다.

칠흑으로 물든 하늘에는, 어둠을 구현화한 것 같은 영장을 걸친 한 소녀가 떠 있었다.

무릎을 감싸 안은 채 외부로부터의 접촉을 거부하듯 고개를 깊게 숙인 그녀는 하늘을 천천히 떠다니고 있었다. 그리고 그런 그녀를 지키듯, 주위에는 셀 수도 없이 많은『깃털』이 몇 겹의 원을 그리며 공중에 떠 있었다.

마치 그곳만이 눈앞에 펼쳐진 이 지옥 같은 광경으로부터 단절된 것처럼 정적으로 가득 차 있었다.

그 소녀의 모습은— 양수 안을 떠다니는 태아를 연상케 했다.

하지만 시도가 그 소녀에게서 눈을 떼지 못한 것은, 그 정령의 모습 때문만이 아니었다.

고개를 숙인 탓에, 그 소녀의 얼굴과 표정을 확인할 수는 없었다.

하지만, 시도는 한눈에 알아볼 수 있었다.

그리고 읊조렸다.

수도 없이 대화를 나눴던 그 소녀의 이름을—.

"오리, 가미……?"

그렇다. 어둠 속을 떠다니는 그 정령은 시도의 클래스메이트, 토비이치 오리가미였다.

"뭐……?"

토카가 깜짝 놀란 듯한 표정을 지었다. 그리고 그 뒤를 이어, 다른 정령들이 겁이라도 먹은 것처럼 숨을 삼켰다.

"저, 『저것』은 대체, 무엇이냐……?!"

"의문. 마스터 오리가미……인가요?"

두 사람은 전율에 찬 목소리로 그렇게 중얼거린 뒤 미간을 살짝 찌푸렸다. 요시노와 미쿠, 나츠미도 비슷한 반응을 보였다. 그녀들은 하늘을 올려다보며 아무 말도 하지 못했다.

하지만 그것도 무리는 아니었다.

그저 하늘에 떠 있을 뿐인데도, 오리가미에게서 뿜어져 나오는 기묘한 압박감은 시도에게도 확연하게 전해졌다.

그것은 그야말로 절망의 구현 그 자체였다. 세계에 공평하게 파멸을 흩뿌리는, 『마왕』의 모습인 것이다.

"……어, 어째서—."

시도는 표정을 딱딱하게 굳히며 중얼거렸다.

오리가미가 정령이 되었다는 것은 알고 있다. 한순간이기는 하지만 시도도 정령이 된 그녀를 보았고, 토카도 영장을 걸친 오리가미와 싸웠다고 말했다.

하지만 그때의 오리가미는 코토리나 미쿠처럼 정령화가 되었을 뿐이었다.

그리고 시도가 정령이 된 오리가미를 본 후로, 아직 하루도 지나지 않았다.

—그렇게 짧은 시간 사이에, 오리가미는 존재 자체가 반전될 만큼 깊은 절망을 맛본 것일까. 시도는 그런 믿기지 않는 상상을 하며 마른침을 삼켰다.

"대체…… 무슨 일이 있었던 거야, 오리가미……!"

시도는 고함을 질렀다. 하지만 그런다고 그의 목소리가 오리가미에게 전해질 리가 없었다. 하늘에서 날아오는 어둠으로 된 화살은 여전히 지상을 유린하고 있었다.

마계라는 곳이 실제로 존재한다면, 아마 이런 곳이리라. 그런 생각이 들 만큼 시도의 눈앞에 펼쳐지고 있는 광경은 기묘했다.

하늘에 뿌리를 내린 오리가미가 지상에 칠흑빛 나무를 심고 있는 듯한, 그런 거꾸로 된 세계.

불과 몇 분 전까지만 해도 시도가 익히 알고 있는 공간이었던 이 마을이 지금은 절망이 날뛰는 마굴로 변해버리고 만 것이다.

"오리가미……!"

시도는 금방이라도 풀려버릴 것 같은 두 발에 힘을 주면서 다시 한 번 고함을 질렀다.

그렇게 강한 정신력을 지닌 오리가미가 저런 모습이 되었다는 것이 아직도 믿기지 않았다. 무슨 일이 있었던 것인지 상상조차 되지 않았다. 그녀의 모습을 보는 것만으로도 시도는 마음이 꺾여버릴 것 같은 착각마저 들었다.

하지만, 시도는 이대로 무너질 수 없었다.

확실히 절망적인 상황이기는 했다. 하지만 반전체가 된 정령이 오리가미라는 것은— 아직 모든 것을 포기하기에는 이르다는 사실을 뜻했다.

토카를 비롯한 다른 정령들도 그 사실을 눈치챈 것 같았다. 그녀들은 가볍게 고개를 끄덕이면서 시도를 바라보았다.

"—토비이치에게 무슨 일이 있었던 것인지는 알 수 없다. 하지만, 저 녀석을 원래대로 되돌려 놓을 수 있는 인간은 시도, 너뿐일 거다."

"……그래, 알아."

시도가 고개를 끄덕인 순간, 토카와 시도의 말을 듣고 있던 야마이 자매가 서로를 쳐다보았다. 부들부들 떨리는 다리를 진정시키려는 것처럼 온몸에 힘을 준 후, 그녀들은 시도의 양옆에 섰다.

"크…… 크크큭. 알고 있다면 됐느니라. 만약 이 상황에서 말도 안 되는 소리를 지껄였다면 집어 던져버렸을 게야."

"부탁. ……유즈루와 카구야가 시도를 마스터 오리가미가 있는 곳으로 데려다 줄게요. —시도, 마스터 오리가미의 정신을 번쩍 들게 해주세요."

그 말에 답하듯, 토카는 〈산달폰〉을 현현시켜 양손으로 쥐었다. 그 뒤를 이어 카구야와 유즈루가 손을 내밀자, 바람이 소용돌이치면서 시도의 몸을 공중으로 띄웠다.

"카구야, 유즈루…… 이런 위험한 일에 휘말리게 해서 정말 미안해."

"흐, 흥, 신경 쓸 것 없느니라."

"동의. 그 대신, 마스터 오리가미를 부탁해요."

"……응!"

바로 그때, 용맹한 곡조가 들려왔다. 그와 동시에 토카와 야마이 자매의 영장이 뿜는 빛이 한층 더 강해진 듯한 느낌이 들었다.

"미쿠!"

"우후후~. 저를 잊으면 곤란하죠~."

미쿠는 그렇게 말하면서 미소를 지었다. 어느새 그녀의 주위에는 빛으로 된 건반이 펼쳐져 있었다.

그 뒤를 이어 요시노와 나츠미도 입을 열었다.

"지, 지상은…… 저희에게 맡겨주세요……. 〈빙결괴뢰(자드키엘)(氷結傀儡)〉의 결계로, 한동안은 저 광선을 막을 수 있을 거예요……!"

"……흥, 어쩔 수 없으니까 나도 도와줄게. 무너져 내리는 잔해를 폭신폭신한 솜 같은 걸로 바꾸면 되지?"

"요시노…… 나츠미……."

시도는 숨을 크게 들이마신 후, 천천히 뱉었다.

시도는 혼자가 아니었다. 그래서 너무나도 마음이 든든했다.

"다들…… 고마워."

시도의 말을 들은 소녀들은 환한 미소를 지은 후, 하늘 — 오리가미가 있는 곳을 바라보았다.

"자아— 그럼 가자! 내가 길을 열 테니 뒤따라 와라!"

토카는 그렇게 외치면서 지면을 박찬 후, 하늘로 날아올랐다.

"알았느니라!"

"이해. 에잇."

그 뒤를 따르듯, 카구야와 유즈루가 바람을 몸에 두르면서 하늘로 날아올랐다. 그리고 두 사람의 몸에서 뿜어져 나오는 바람에 휩싸여 있던 시도의 몸도 그녀들과 함께 공중으로 떠올랐다.

"우왓……!"

시도는 이 감각에 익숙하지 않아 넘어질 뻔했지만, 겨우겨우 균형을 잡았다. 그 모습을 본 야마이 자매는 웃음을 터뜨렸다.

"의외로 꽤 잘 나는구나, 시도."

"칭찬. 처음치고는 나쁘지 않은 편이네요."

"……땡큐."

두 사람이 어린아이 달래는 듯한 말투로 한 말을 들은 시도는 식은땀을 흘리면서 대답했다.

하지만 계속 이러고 있을 수는 없었다. 오리가미에게 접근하려 하는 시도 일행을 적으로 간주한 것일까. 몸을 웅크린 오리가미의 주위에서 규칙적인 궤적을 그리며 부유하고 있던 무기질적인 느낌의 칠흑빛 『깃털』이 궤도를 바꾸었다.

그리고 그 『깃털』들의 끝에서 칠흑빛 광선이 일제히 뿜어져 나왔다.

"큭……!"

지상을 향해 흩뿌려지고 있는 『비』보다도 훨씬 고밀도의 힘이 담긴 어둠 덩어리가 시도 일행을 덮쳤다. 시도는 물론이고, 한정적으로 영장을 현현시킨 야마이 자매조차 저 광선을 정통으로 맞았다간 목숨을 부지하기 어려울 것이다.

—하지만.

"하아아아아아아아아아아아아아아아앗——!"

앞장서서 하늘을 날고 있던 토카가 기합을 내지르면서 검을 휘둘렀다. 그러자 검의 궤적을 따라 영력으로 된 참격이 뻗어나가 날아오는 광선을 상쇄시켰다.

"토카!"

"나에게 공격이 집중된 사이에, 빨리 가라! ……오래 버틸

수는 없다!"

토카는 고통에 찬 표정을 지으면서 검을 치켜들었다. ―유심히 보니, 토카가 걸친 영장의 곳곳이 파괴되었을 뿐만 아니라, 그녀의 피부에도 깊은 상처가 새겨져 있었다.

아무리 완전한 영장을 현현시킨 토카라 해도 오리가미가 퍼부어대는 압도적인 숫자의 공격을 전부 다 막아내는 것은 불가능한 것 같았다. 게다가 토카는 낮에 오리가미에게 입은 부상이 완치되지 않은 상태였다. 그야말로 잠시도 마음을 놓을 수 없는 상황인 것이다.

"……큭."

시도는 무심코 인상을 찡그렸다. 하지만 그는 고개를 저으면서 외쳤다.

"카구야! 유즈루! 부탁해!"

원래 힘을 되찾은 토카가 힘겨워하는 모습을 보고 불안을 느끼지 않은 것은 아니다. 토카 한 명에게 이곳을 맡기고 앞으로 나아가야 한다는 사실 때문에 가슴이 아프지 않은 것은 아니다.

하지만 그래도 시도는 나아갈 수밖에 없었다. 그리고 한시라도 빨리 오리가미를 원래대로 되돌려야만 한다. 그것만이 시도에게 힘을 빌려준 정령들에게 보답할 수 있는 유일한 방법인 것이다.

"알겠느니라!"

"승낙. 갈게요."

야마이 자매도 시도의 결의를 느낀 것 같았다. 주저 없이 고개를 끄덕인 그녀들은 공중에서 몸을 비튼 후, 엄청난 스피드로 오리가미를 향해 돌진했다.

하지만, 바로 그 순간.

"—정말 곤란한 사람이군요. 모처럼 나타난 반전체에게 괜한 짓 하지 말아주시죠."

느닷없이 그런 말이 들려오는 것과 동시에 아래쪽에서 참격이 날아왔다. 시도를 둘러싼 바람의 결계가 해제되면서, 시도의 몸은 허공에 내던져졌다.

"큭……?!"

"시도!"

"구출. 〈라파엘〉—【옭아매는 자(엘·나하쉬)】!"

하지만 시도는 그대로 지상을 향해 추락하지는 않았다. 유즈루가 날린 펜듈럼이 시도의 몸을 다시 바람으로 감싼 덕분이었다.

하지만 위기 상황이라는 것에는 변함이 없었다. 시도는 표정을 일그러뜨리면서 느닷없이 들려온 목소리의 주인을 노려보았다.

"엘렌…… 메이저스……!"

그렇다. 그 사람은 바로 백금색 CR-유닛을 걸친 DEM의 위저드— 엘렌·메이저스였다.

"오래간만이군요. 이츠카 시도."

"……그래. 가능하면 두 번 다시는 만나고 싶지 않았는데 말이야."

시도는 지긋지긋하다는 듯한 말투로 그렇게 말했지만, 엘렌은 눈곱만큼도 개의치 않으면서 뒤쪽— 하늘에 떠 있는 오리가미를 힐끔 쳐다보았다.

"—일전의 〈프린세스〉에게도 뒤지지 않는, 멋진 반전체군요. 아이크도 꽤나 기뻐할 것 같네요."

"……허, 헛소리하지 마! 오리가미를 너희 같은 놈들에게 넘길 것 같아?!"

"고함만 질러대서는 아무것도 해낼 수 없습니다. 순순히—."

"—우랴아아아아아아압!"

그 순간, 엘렌의 말을 끊으려는 것처럼 커다란 고함 소리가 들렸다. —그 고함 소리의 주인은 바로 카구야였다. 돌격창에 가까운 형태의 천사를 현현시킨 카구야가 엄청난 속도로 엘렌에게 돌격했다.

물론 한정적인 힘만 발휘할 수 있는 지금의 카구야가 엘렌을 쓰러뜨릴 수 있을 리가 없었다. 그 사실을 증명하듯, 엘렌은 손에 쥔 레이저 블레이드로 카구야의 돌격을 가볍게 막아냈다.

"쳇—."

하지만 기습적으로 날린 그 일격은 단 한순간이기는 하지만 최강의 위저드의 빈틈을 만들어내는 데 성공했다.

"―유즈루!"

"이해. 에잇."

마치 카구야가 기습을 감행할 것을 사전에 알고 있었던 것처럼, 유즈루는 재빨리 자신의 몸을 회전시켰다.

그러자 유즈루의 펜듈럼에 의해 공중에 떠 있던 시도의 몸이 손가락으로 튕겨낸 자그마한 유리구슬처럼 오리가미를 향해 날아갔다.

"큭……?!"

느닷없이 몸에 강한 중력이 가해진 탓에 의식이 멀어졌지만― 시도는 입안의 살을 깨물면서 견뎠다. 카구야와 유즈루가 필사적으로 벌어준 시간을, 기회를, 그런 이유로 놓칠 수는 없었다.

그대로 하늘을 날아가던 시도는― 오리가미에게 다가갔다.

그 순간, 시도는 몸이 공중에 붕 뜨는 듯한 느낌을 받았다. 하지만 야마이의 바람을 두르고 있을 때 느낀 감각과는 달랐다. 마치 중력을 무시하는 듯한 기묘한 감각이었다.

다른 세계에 온 것 같은 느낌마저 드는 그 감각 때문에 미간을 찌푸렸지만, 시도는 곧 자신이 해야 할 일을 떠올렸다.

"오리가미!"

시도는 무릎을 감싸 안은 채 고개를 숙이고 있는 오리가미의 두 어깨를 잡으며 그녀의 이름을 외쳤다.

하지만 반응이 없었다.

"오리가미, 나야! 시도! 내 말 안 들려?!"

어깨를 흔들어봤지만, 결과는 같았다. 아무 말도 들리지 않는지, 그녀는 손가락 하나 까딱하려 하지 않았다.

너무나도 기묘한 상태였다. 대체 무슨 일이 있었기에 오리가미가 이렇게 변해버린 것일까. 시도는 어금니를 깨물면서 얼굴을 찡그렸다.

하지만 지금은 시간이 없었다. 시도를 이곳으로 보내기 위해 모든 이들이 최선을 다했던 것이다. 시도는 어떻게든 이 상황을 타개하기 위해 필사적으로 머리를 굴렸다.

"……아, 그래—."

그리고 생각해냈다. —과거, 반전체가 된 정령과 대치했을 때 있었던 일을 말이다.

지금으로부터 몇 달 전. 토카는 눈앞에 있는 오리가미처럼 반전하고 말았다.

그때 토카는 다른 이들뿐만 아니라 시도마저 잊었다. 그야말로 완전히 다른 사람이 된 것만 같았다.

그때, 시도가 토카를 원래대로 되돌리기 위해 택한 방법은— 정령을 봉인할 때와 같은 수단이었다.

즉— 키스.

영력을 봉인할 수 있을지 없을지는 알 수 없었다. 하지만 토카 때처럼 오리가미의 의식을 끌어낼 수는 있을지도 모른다.

"……좋아……!"

사태는 일각을 다투고 있었다. 각오를 다진 시도는 오리가미의 얼굴에 손을 댄 후, 그녀의 얼굴을 들어 올렸다.

하지만— 바로 그 순간.

"…………윽."

시도는 심장이 옥죄어드는 듯한 충격을 받고 그 자리에서 딱딱하게 굳어버렸다.

이유는 단순했다. 오리가미의— 얼굴을 봤기 때문이었다.

얼굴 형태가 시도의 기억 속에 있는 오리가미와 달랐기 때문은 아니다. 시도의 눈앞에는 인형처럼 아름다운 한 소녀의 얼굴이 있었다.

하지만, 그 얼굴에 맺힌, 표정은…….

"오리……가미……?"

시도는 망연자실한 표정을 지으며, 소녀의 이름을 불렀다.

빛을 잃은 눈동자. 눈물에 젖은 볼. 메말라버린 입술.

이 세상에 존재하는 모든 절망을 맛본 듯한 생기 없는 얼굴. 아무것도 모르는 사람이 그녀의 얼굴을 봤다면 시체로 착각했을지도 모른다.

그 순간, 시도는 직감적으로 눈치챘다.

—오리가미는, 이미, 돌이킬 수 없는 상태라는 것을…….

"어, 이…… 오리, 가미……."

시도는 떨리는 목소리로 그녀의 이름을 불렀다.

그 순간, 공중에 떠 있던 시도의 몸이 느닷없이 중력의 존재를 알게 된 것처럼 지상을 향해 추락하기 시작했다. — 마치 시도의 마음이 꺾이고 말았다는 사실을 눈치채기라도 한 것처럼 말이다.

"우, 와아아아아아아아아아아아아아앗?!"

일직선으로 지상을 향해 추락한 시도의 몸은 그대로 지면에 내동댕이쳐졌다.

"커억……!"

엄청난 충격과 극심한 고통이 시도의 온몸을 덮친 탓에, 그는 손가락 하나 까딱할 수 없었다. 의식이 몽롱해지면서 한동안 숨을 쉴 수 없었다.

하지만 잠시 후, 시도는 자신의 몸이 고통 이외의 감각을 느끼고 있다는 사실을 눈치챘다. —비명을 지르고 싶을 만큼 뜨거운 열기가 그의 온몸을 휘감고 있었다.

하지만 그 열기는 시도의 몸을 태우려 하지 않았다. 그것은 불꽃의 정령인 코토리에게서 얻은 치유의 불꽃이었다.

시도는 이를 악물면서 몸이 타들어 가는 느낌을 이겨낸 후, 거친 숨을 내쉬면서 몸을 일으켰다.

온몸에 새겨진 상처와 산산이 조각났던 뼈, 그리고 짓이겨지고 만 장기들이 전부 깨끗이 나았다. 시도는 숨을 고른 후 이마에 손을 댔다.

"……크."

방금 본 오리가미의 얼굴이 뇌리에 새겨진 것처럼 기억 속에 선명하게 남아 있었다. 깊디깊은 어둠으로 가득 찬 무기질적인 눈동자. 그 안에는 실망도, 악의도 존재하지 않았다. 그저 아무것도 존재하지 않았다.

"젠장—."

하지만. 시도는 머리를 스치고 지나간 포기라는 단어를 부정하듯 고개를 저었다.

시도가 포기하면 그 순간 오리가미의 모든 것이 끝나고 만다. 시도가 아는 오리가미는 두 번 다시 돌아오지 않을 것이다.

그것만은— 절대 용납할 수 없다.

냉정해 보이지만 실은 감정적이고, 토카와 엄청 사이가 나쁘며, 행동 하나하나가 과격하고, 언제나 시도를 곤란하게 만드는— 그 무뚝뚝한 소녀를 잃을 수는 없다.

시도는 마음을 진정시키기 위해 숨을 내쉰 후, 고개를 들었다.

오리가미는 태아 같은 자세를 취한 채 여전히 하늘 위에 떠 있었다. 그리고 그녀의 주위에서는 토카와 야마이 자매, 수없이 많은 『깃털』, 그리고 엘렌이 엄청난 난전을 펼치고 있었다.

지금 자신이 무엇을 해야만 할까. 명확한 답을 아는 것은 아니다. 하지만 무슨 수를 써서라도 다시 한 번 오리가미의 곁으로 가야만 한다.

하지만 시도가 다시 걸음을 내디디려고 한 순간, 하늘에 떠 있는 『깃털』들의 끝 부분이 시도를 향했다.

"앗—!"

시도는 숨을 삼켰다. 눈 깜짝할 사이에 수많은 생각이 그의 머릿속을 스치고 지나갔다. 대체 어떻게 저 공격을 막을 것인가. 〈산달폰〉을 현현시켜서 『깃털』을 파괴할까? 아니면 〈자드키엘〉로 방패를 만들까?

아니면 코토리에게서 얻은 회복 능력을 믿고 그냥 몸으로 버틸까? 그런 생각들이 줄지어 시도의 뇌리를 스치고 지나갔다.

하지만 그러는 사이에도 『깃털』들의 끝 부분에 **어둠이 맺히더니**, 시도를 향해 포격을 날리려 했다.

"큭……!"

시도는 공격에 대비해 몸을 굳혔다.

하지만— 아무리 기다려도 고통이 느껴지지 않았다.

『깃털』들이 광선을 날리기 직전, 오른편에서 일직선으로 날아온 광선이 시도를 공격하려 하는 『깃털』들을 날려버린 것이다.

"저건……."

고개를 돌린 시도의 눈에, 엉망진창이 된 선체를 테리터리로 겨우 유지하고 있는 거대한 공중함이 들어왔다.

"〈프락시너스〉?!"

시도가 공중함의 이름을 외쳤다.

그렇다. 공중에 떠 있는 저 배는 DEM의 공중함에 의해 반파 상태가 되었다는 〈프락시너스〉였다.

『—무모한 짓 하고 있을 줄 알았다니깐.』

〈프락시너스〉 외부 스피커에서 코토리의 목소리가 흘러나왔다.

"코토리!"

『일단 후퇴하자—고 말하고 싶지만, 그런 느긋한 소리나 하고 있을 상황이 아닌 것 같네. 다행히 전송 장치는 무사하니까, 토비이치 오리가미가 있는 곳으로—.』

하지만.

코토리가 말을 끝까지 잇기도 전에, 조금 전 〈프락시너스〉의 공격에 의해 날아갔던 『깃털』들이 복잡한 궤도를 그리며 다시 날아오더니 순식간에 〈프락시너스〉를 포위했다.

『크—!』

그 순간, 코토리의 신음 소리가 스피커에서 흘러나왔다.

하지만— 그 외의 다른 말은 들리지 않았다.

하늘을 날고 있는 『깃털』에서 일제히 뿜어져 나온 광선이 〈프락시너스〉의 테리터리를 종잇장처럼 찢으면서 이미 너덜

너덜해진 선체를 꿰뚫어버렸기 때문이다.

"윽! 코토리!"

시도가 고함을 질렀지만, 대답은 없었다.

엄청난 위력의 광선에 일제히 꿰뚫린 〈프락시너스〉는 불꽃과 연기를 뿜으면서 지상에 추락했다.

"코토리— 코토리이이이이이이이잇!"

시도는 비명에 가까운 고함을 지르며 무의식적으로 〈프락시너스〉가 추락한 장소를 향해 뛰어갔다.

아니— 정확하게 말하자면 뛰어가려 했다.

"어……?"

바로 그때, 시도는 기묘한 감각을 느끼고 미간을 찌푸렸다.

시도가 걸음을 내디디려 한 순간, 갑자기 몸이 무거워지면서 몸을 움직일 수 없게 되었다.

"뭐…… 뭐야……."

점점 몸에서 힘이 빠져나가면서 서 있을 수도 없게 되었다. 결국 시도는 그 자리에 무릎을 꿇고 말았다.

"크…… 윽……."

시도는 인상을 찡그리면서 어떻게든 몸을 일으키기 위해 다리에 힘을 줬다. 하지만 시도의 몸을 휘감는 나른함이 그의 의지를 무너뜨렸다.

마치— 누군가에게 자신의 힘을 빼앗기고 있는 것만 같았다.

"이건, 설마……."

거기까지 생각이 미친 시도는 고통 섞인 신음을 흘리면서 지면을 쳐다보았다.

그리고 그는 깨달았다.

시도가 서 있는 장소는 반쯤 부서진 가로등의 불빛에 비춰지고 있었다. 하지만— 그가 서 있는 지면에는 짙은 그림자가 드리워져 있었다.

시도가 그 사실을 눈치챈 순간, 그 그림자가 살아 있는 것처럼 꿈틀거리더니 그 안에서 한 소녀가 기어 나왔다.

검은색과 붉은색으로 된 드레스를 입은, 소름 끼칠 만큼 아름다운 소녀였다. 좌우 비대칭으로 묶은 머리카락과 시계의 문자판이 새겨져 있는 왼쪽 눈이 인상적이었다.

"쿠루미……!"

"우후후…… 오래간만이에요, 시도 씨."

그 소녀— 쿠루미는 웃음을 흘리면서 스커트 자락을 살짝 들어 올리더니, 무릎을 살짝 굽혔다.

"너…… 이게, 무슨 짓이야……! 하필, 이럴 때—."

시도는 표정을 일그러뜨리면서 말했다.

그렇다. 시도는 지금 자신의 발치에 존재하는 그림자를 예전에 본 적이 있었다. 〈시간을 먹는 성〉. 쿠루미가 인간에게서 『시간』을 흡수할 때 사용하는 결계다.

하지만…… 이전에 시도가 봤을 때와는 효력이 너무나도

달랐다. 여러 정령의 힘을 봉인한 시도는 나른함을 느끼기는 해도 결계 안에서 몸을 움직일 수 있었다. 하지만— 이 결계는 달라도 너무 달랐다. 마치 시도의 목숨을 송두리째 빼앗아 가려는 것만 같은 강렬한 흡입력을 지닌 것이다. 그 탓에 꼼짝달싹 못하게 된 시도는 그 자리에 못 박힌 것처럼 굳어 있을 수밖에 없었다.

시도의 말을 들은 쿠루미는 우아한 미소를 지었다.

"어머, 이상한 소리를 하시는군요. 시도 씨, 설마 제 목적을 잊으신 건 아니죠?"

"……윽."

시도는 숨을 삼켰다.

쿠루미의 목적. 그것은— 시도를 **잡아먹어서**, 그의 몸 안에 봉인되어 있는 정령들의 영력을 손에 넣는 것이다. 시도가 그 사실을 잊었을 리가 없다.

쿠루미는 더욱 진한 미소를 지었다.

"하필 이럴 때……라고 방금 말씀하셨죠? 후후, 거꾸로 생각해보는 편이 좋지 않을까요? 시도 씨의 정령 친구들은 전부 바빠서 이쪽은 전혀 신경 쓰지 못하고 있죠. 이런 절호의 기회를 놓칠 수는 없지 않겠어요?"

쿠루미는 무릎을 꿇은 시도에게 다가가더니, 요염한 손놀림으로 그의 턱을 들어 올렸다.

"크……!"

확실히 쿠루미의 말은 옳았다. 쿠루미는 시도의 동료도 아니며, DEM의 편도 아니다. 그러니 쿠루미가 시도의 사정 같은 것을 신경 쓸 리가 없다. 오히려 이 혼란을 이용해 목적을 달성하려고 하는 것은 지극히 당연한 생각일 것이다.

하지만…… 시도는 이렇게 멈춰서 있을 수는 없었다.

"쿠루미……! 부탁이야! 나를 방해하지 마!"

시도의 외침을 들은 쿠루미는 재미있다는 듯한 표정을 지으며 어깨를 으쓱했다.

"어머나, 시도 씨에게서 이런 말을 듣게 되다니, 정말 슬프군요. ―왜 제가 시도 씨를 방해하고 있다고 생각하는 거죠?"

"나는…… 코토리와 〈프락시너스〉의 승무원들을 구해야만 해! 토카와 정령들을 구해야만 해! 그리고― 무슨 일이 있어도 오리가미의 곁으로 가야만 한단 말이야! 안 그러면 오리가미는―."

"아아……."

시도의 말을 들은 쿠루미는 탄식하듯 한숨을 내쉰 후, 눈을 가늘게 뜨면서 뒤쪽― 오리가미가 있는 곳을 힐끔 쳐다보았다.

그리고 목소리 톤을 낮추면서 차분한 목소리로 말했다.

"―헛수고, 예요."

"뭐―?"

쿠루미의 말을 들은 시도는 무심코 미간을 찌푸렸다.

"**저렇게** 되어버린 이상, 무슨 짓을 해도 소용 없어요. 지금의 오리가미 씨에게는 그 누구의 목소리도 닿지 않을 거예요. —시도 씨의 목소리조차도 말이에요."

"그, 그건— 해보지 않으면— 모르, 는……."

시도는 마음이 꺾이기라도 한 것처럼 말을 도중에 멈췄다.

딱히 포기한 것도, 〈시간을 먹는 성〉에 모든 힘을 다 빨린 것도 아니다.

그저, 쿠루미가 한 번도 시도에게 보여준 적 없는 표정을 지으며 엄지손톱을 깨무는 모습을 봤기 때문에 그런 것이다.

"……대체 거기서 뭘 본 걸까요."

"뭐……?"

쿠루미의 말이 이해가 되지 않은 시도는 영문을 모르겠다는 표정을 지었다.

하지만 쿠루미는 설명 대신 한숨을 내쉬었다.

"뭐— 아무튼, 저는 제가 해야 할 일을 할 뿐이에요."

쿠루미는 그렇게 말하면서 한 걸음 물러서더니, 양손을 펼쳤다.

그러자 그 동작에 맞추기라도 한 것처럼 지면에 펼쳐져 있는 그림자에서 두 자루의 총이 튀어나와 쿠루미의 손에 쥐어졌다.

하나는 총신(銃身)이 긴 보병총이었고, 다른 하나는 단총이었다. 양쪽 다 정교한 세공이 되어 있는, 앤티크를 연상케 하는 고풍스러운 느낌의 총이었다.

그리고 그 뒤를 잇듯, 그림자 안에서 시계의 문자판이 모습을 드러냈다.

〈자프키엘〉. 쿠루미가 지닌 시간을 조종하는 천사다.

"자아, 자아, 〈자프키엘〉. 시작해볼까요?"

쿠루미의 말에 답하듯, 〈자프키엘〉이 진동하더니 문자판에 달린 숫자에서 그림자가 흘러나와 총구 안으로 들어갔다.

그리고 쿠루미는 입술을 일그러뜨리면서 두 자루의 총으로 시도를 겨눴다.

"……윽!"

시도는 쿠루미가 취한 예상외의 행동을 보고 눈을 치켜떴다.

쿠루미의 목적은 시도의 영력을 빼앗는 것이다. 그런 쿠루미가 취한 행동이 이해되지 않아 아연실색한 것이다.

하지만 가만히 있을 수는 없었다. 저 총 안에 있는 탄환의 효과가 무엇인지는 모르지만, 그것이 시도에게 불이익을 안겨줄 것이라는 사실은 쉬이 상상이 되었다.

이를 악물면서 온몸에 힘을 준 시도는 필사적으로 이 자리를 벗어나려 했다.

"오리, 가미……!"

그렇다. 시도는 이런 데서 쿠루미에게 당할 수는 없었다.

오리가미를 구하기 위해, 다시 한 번 그녀의 곁으로 가야만 하는 것이다.

하지만 그런 시도의 결의를 비웃듯, 쿠루미의 목소리가 들려왔다.

"조금 전에도 말했잖아요. —**이제**, 무슨 짓을 해도 소용 없답니다."

그 순간, 쿠루미는 한 치의 주저도 없이 방아쇠를 당겼다. 격철이 뇌관을 친 순간, 한 발의 탄환이 발사됐다.

그림자를 결집시켜 만든 듯한 그 탄환은 공간에 검은 궤적을 남기며, 도망치려 하는 시도의 등에 꽂혔다.

"큭……?!"

시도는 고통스러운 표정을 지었지만— 곧 위화감을 느끼고 미간을 찡그렸다.

탄환을 맞았는데도, 전혀 아프지 않았던 것이다.

한순간, 코토리의 치유 능력이 발동한 것이라 생각했지만…… 그렇지 않았다. 상처를 치유할 때 발생하는 열기 또한 느껴지지 않았다.

그렇다고 해서 시도의 『시간』이 감기거나, 풀리거나, 멈춘 것도 아닌 것 같았다. 적어도 시도가 느끼기에는 탄환이 적중하기 전과 딱히 달라진 점이 없었다.

"쿠루……미? 대체 뭘 한 거야……?"

시도가 쿠루미를 돌아보자, 그녀는 요염한 미소를 지으며 다른 총의 방아쇠에 손가락을 걸었다.

"우후후, 글쎄요. 당신들이 사용하는 표현을 빌리자면—."

그리고 빙긋 웃으면서…….

"자아— 저희의 전쟁을, 시작할까요?"

쿠루미는 방아쇠를 당겼다.

"…………윽?!"

다음 순간, 시도의 이마에 칠흑빛 탄환이 꽂혔다.

조금 전과 마찬가지로, 탄환을 맞은 시도는 고통을 느끼지 않았다.

하지만—.

"으…… 아…… 앗……?"

머리에 총을 맞은 순간, 시도는 자신의 몸이 흐물흐물한 물질로 변한 후, 믹서 안에서 갈리는 듯한 위화감을 느꼈다.

평형 감각이 사라지면서, 어디가 위고 어디가 아래인지 알 수 없게 되었다. 점점 의식조차 멀어지면서 모든 감각이 옅어져가더니— 시도는 그대로 의식을 잃었다.

◇

—어둠 속으로 가라앉았던 의식이 천천히 돌아왔다.

그 순간, 시도가 가장 먼저 느꼈던 것은 열기였다.

하지만 코토리의 불꽃처럼 뜨거운 열기가 아니었다. 멀찍이서 타오르는 불꽃에 의해 피부 전체가 달아오르는 듯한 느낌이었다.

"……?"

몇 초 후, 시도는 천천히 눈을 떴다.

"……!"

하지만 그는 바로 눈을 감았다.

이유는 단순했다. 눈을 뜬 순간, 눈부신 빛이 시야를 가득 채우면서 어둠에 익숙해져 있던 그의 눈을 강하게 자극했기 때문이다.

"뭐, 뭐야……?"

시도는 당혹스러운 표정을 지으면서 생각에 잠겼다. 방금 그 빛은 대체 무엇일까……?

시도는 한순간, 쿠루미가 쏜 탄환에 맞고 의식을 잃은 자신이 병원이나 〈라타토스크〉의 지하 시설에 수용된 후 수술대 위에 누워 있다고 생각했다.

하지만— 그 생각이 틀렸다는 사실을 금세 눈치챘다.

고막이, 맴맴 하는 벌레 소리를 포착한 것이다.

"……매미?"

고개를 갸웃거리면서 그렇게 중얼거린 시도는 손바닥으로 눈가에 그늘을 만들며 눈을 떴다.

그러자 자신이 야외— 그것도 도로 한가운데에 누워 있다는 것을 깨달았다.

그리고 하늘에 떠 있는 태양에서 쏟아지는 눈부신 빛이 주위를 밝게 비추고 있었다.

"어……? 어……?"

시도는 몸을 일으켜 주위를 둘러보았다.

한순간 자신이 기절한 사이에 해가 뜬 거라고 생각했지만 — 그렇지 않았다.

지금 시도가 존재하는 세계는 너무나도 이상했다.

"왜…… 건물이 멀쩡한 거지……?"

그렇다. 오리가미에 의해 엉망진창으로 파괴되었던 마을이 원래대로 되돌아와 있었다.

시도는 미간을 찌푸리면서 다시 주위를 둘러보았다.

시도가 누워 있었던 곳은 사람의 왕래가 적은 골목길의 한복판이었다. 하지만 골목길치고는 햇볕이 꽤 잘 드는지 따뜻한 햇살이 골목 구석구석까지 비추고 있었다. ……솔직히 말해 덥다는 느낌마저 들 정도였다. 거의 한여름 날씨였다.

바로 그때, 시도는 방금 깨달은 사실을 떠올렸다. —그렇다. 주위에서 매미 울음소리가 들려오고 있었던 것이다.

게다가 꽤 떨어진 곳에 있는 가로수는 잎이 우거졌고, 통행인들이 입은 옷 또한 짧고 얇았다.

"……뭐가 어떻게 된 거야?"

시도는 땀이 맺힌 옷의 앞섶 안으로 손부채질을 하면서 당혹한 표정을 지었다.

마치……가 아니라, 진짜로 한여름 같았다.

—이상했다. 정말 이상했다. 시도는 이마에 손을 댄 채 생각에 잠겼다.

시도의 기억이 옳다면, 지금은 11월이다. 단풍 시즌도 끝을 맞이하고, 겨울의 발소리가 점점 다가오는 시기다.

하지만 시도의 눈앞에는 한여름의 정경이 펼쳐져 있었다.

"아니, 그것보다……."

시도는 필사적으로 고개를 저었다.

확실히 이것도 무시할 수 없는 중요한 문제다. 하지만 지금은 그것보다 번저 확인해야만 하는 일이 있다.

그것은 물론— 토카와 오리가미, 그리고 다른 소녀들의 안부였다.

"토카! 오리가미!"

비틀거리면서 몸을 일으킨 시도는 목청껏 고함질렀다.

하지만, 대답은 들려오지 않았다.

"코토리! 요시노! 나츠미! 미쿠! 카구야! 유즈루! ……쿠루미! 누구라도 좋으니까 대답해줘! 아무도 없는 거야?!"

고함을 질러도 대답하는 이는 없었다. 그 목소리를 듣고 시도의 존재를 눈치챈 듯한 통행인들이 이상하다는 듯이 그를 쳐다보았다.

"젠장, 뭐가 어떻게 된 거야……!"

시도는 초조함에 사로잡혀 콘크리트 벽을 주먹으로 쳤다.

손에서 고통이 느껴지지 않았다면 이 상황이 꿈이라고 생각하며 웃음을 터뜨렸을지도 모른다. 하지만 콘크리트 벽을 친 주먹은 욱신거렸다.

"크……."

그렇다면 조금 전까지 시도가 있었던 세계가 꿈이었던 것일까. 오리가미가 정령이 된다는 황당무계한 일이야말로 시도의 머릿속에서만 일어났던 것일까. 그럴 리가 없다는 것을 잘 알면서도, 이런 별수 없는 생각만이 줄지어 떠올랐다 사라졌다.

이곳은 대체 어디일까. 토카와 오리가미는 어디로 간 것일까. 왜 계절마저 변해버린 것일까.

—자신에게 무슨 일이 일어난 것인지 감조차 오지 않았다.

"……크."

하지만 그렇다고 해도 이대로 멈춰 서 있어서는 아무것도 해결되지 않는다.

시도는 조금이라도 더 정보를 얻기 위해 비틀거리면서 걸음을 옮겼다.

그러자 확 트인 공간이 눈에 들어왔다. 그곳에는 도로가 펼쳐져 있었다. 길 양옆에는 가지각색의 가게가 줄지어 있었고, 많은 사람들이 길을 걷고 있었다.

“여기……는…….”

바로 그때. 시도는 미간을 찌푸렸다.

눈앞에 펼쳐진 광경이 눈에 익다는 느낌을 받았기 때문이다.

“텐구 시…… 맞지……?”

그렇다. 이곳은 바로 텐구 시가 틀림없었다. 시도는 이곳에 몇 번이나 와본 적이 있었다.

하지만…… 이상했다. 뭔가가 이상했다.

눈에 익은 곳이기는 하지만…… 왠지 시도의 기억 속에 존재하는 번화가와 다른 것 같은 느낌이 들었다.

세심하게 이 도로를 살피면서 다닌 적은 없기 때문에 어디가 다른지 콕 집어서 말할 수는 없지만— 왠지 시도의 세계를 쏙 빼닮은 평행 세계에 온 것 같은 위화감이 느껴졌다.

시도는 이 위화감의 정체를 알기 위해 주의 깊게 주변을 살피며 걸음을 옮겼다.

바로 그때.

“우왓……!”

“꺄앗!”

주위를 두리번거리면서 걸음을 옮기던 시도는 앞쪽에서 걸어오던 여성과 부딪치고 말았다. 그녀는 엉덩방아를 찧으면서 들고 있던 수첩을 떨어뜨렸다.

“죄, 죄송합니다……!”

"아, 아뇨. 저야말로 죄송해요."

시도가 허둥지둥 사과하자, 그 여성은 몸을 일으킨 후 그를 향해 고개를 숙였다. 시도는 지면에 떨어진 수첩을 주운 후, 그녀에게 건네주려 했다.

하지만 바로 그때…… 시도는 그 자리에서 딱딱하게 굳어버렸다.

이유는 단순했다. 눈앞에 있는, 안경 쓴 작은 체구의 여성이 눈에 익었기 때문이다.

"……타, 타마 선생님?"

그렇다. 그녀는 바로 시도의 담임인 오카미네 타마에였다.

"어머?"

하지만 타마 선생님은 의외라는 듯 눈을 동그랗게 떴다.

"당신…… 어떻게 제 별명을 아는 거죠~?"

타마 선생님은 그렇게 말하면서 고개를 갸웃거렸다. 그 모습을 본 시도는 당혹스러운 표정을 지었다.

"예……? 무, 무슨 소리 하는 거예요. 저예요. 이츠카 시도라고요."

"으음……."

타마 선생님은 잠시 동안 생각에 잠긴 후, 갑자기 뭔가가 생각났다는 것처럼 눈을 크게 뜨면서 볼을 붉혔다.

"호, 혹시, 이거, 그건가요~? 허, 헌팅이라는 건가요?"

"예?"

그 말을 들은 시도는 미간을 찌푸렸지만, 타마 선생님은 개의치 않았다. 그녀는 부끄러움을 감추려는 것처럼 수줍음 섞인 미소를 지으며 말을 이었다.

"와아~ 진짜로 이런 짓을 하는 사람이 있군요. 우후후, 왠지 부끄럽네요. 아, 하지만 당신, 나이가 어떻게 되죠~? 저는 자주 미성년자로 오해받는 편이지만, 이래 봬도 스물넷이라고요~."

"……아니, 한두 살도 아니고 다섯 살이나 나이를 속이는 건 좀 그렇잖아요."

시도는 식은땀을 흘리면서 말했다. 라이젠 고교의 명물 교사인 타마 선생님의 나이는 서른 줄에 들어가기 일보 직전인 스물아홉이다. 이 사실은 그녀의 반 학생들 모두가 알고 있었다.

하지만 시도의 말을 들은 타마 선생님은 표정을 한껏 찌푸렸다.

"나, 나, 나이 속인 적 없어요! 실례되는 소리 하지 말아요~!"

"하, 하지만 선생님은 스물아홉……."

"또 그딴 소리 하는 건가요?! 흥, 이제 됐어요! 수첩이나 빨리 돌려주세요!"

타마 선생님은 시도가 들고 있는 수첩을 빼앗았다. 그리고 불평을 늘어놓으면서 수첩을 펼친 뒤, 수첩 안의 내용을 보면서 걸음을 옮겼다.

"정말, 무지막지하게 실례되는 사람이네요. 처음 만난 여성에게 어떻게 그런 말을 할 수 있는 거죠?"

"…………윽."

바로 그때, 자신을 스쳐 지나가는 타마 선생님이 들고 있는 수첩에 인쇄된 날짜를 본 시도는 눈을 치켜떴다.

"앗……?!"

"뭐, 뭐죠……?"

시도가 갑자기 경악을 터뜨리자, 타마 선생님은 미심쩍은 표정을 지으며 그를 바라보았다.

하지만 시도는 그녀를 신경 쓸 수가 없었다. 단 한 부분—수첩에 인쇄되어 있는 한 숫자가 시도의 의식을 지배했다.

"죄, 죄송한데, 거기가…… 『오늘』의 페이지인가요?"

"예……? 무슨 소리 하는 거예요? 당연하잖아요~."

타마 선생님은 미심쩍은 표정을 지으며 수첩을 펼쳐 시도에게 보여주었다.

수첩을 향해 얼굴을 내민 시도는 그 페이지에 인쇄된 날짜를 뚫어져라 쳐다보았다.

그리고.

"……5년 전……?"

망연자실한 목소리로 중얼거렸다.

그렇다. 그 페이지에 인쇄되어 있는 것은, 지금으로부터 5

년 전의 날짜였던 것이다.

To be continued

■작가 후기

안녕하십니까. 가장 좋아하는 유실 우주선(로스트·십)은 『라그도·메제기스』인 타치바나 코우시입니다.

드디어 10권에 들어섰습니다. 두 자릿수에 돌입했습니다. 그리고 이번 권의 표지는 오리가미죠. 1권이 토카이고 10권이 토비이치라니, 좀 재미있군요.

아무튼, 드디어 오리가미 편이 시작됐습니다. 이 이야기는 『데이트』 초기부터 구상해온 에피소드라서 정말 즐겁게 썼습니다. 오리가미는 표지에서부터 엄청 멋집니다. 참고로 이번 영장 콘셉트는 천사+웨딩드레스입니다. 이번에도 츠나코 씨가 멋진 일러스트를 그려주셨습니다. 하지만 오리가미에게 웨딩드레스를 입히니…… 엄청 사악한 기운이 느껴집니다메포. 아, 딱히 상관없는 이야기입니다만, 본인이 모르는 사이에 혼인 신고서가 제출되고 호적에 허위 기재가 되면서 어느새 모르는 사람과 부부가 되고 말았다…… 같은 사건이 있었죠? 무섭네요. 주의해야 할 것 같습니다. 뭐, 전혀 상관없는 이야기지만요.

자, 이번에는 평소보다 후기 분량이 많습니다만, 그에 걸맞게 고지(告知) 사항과 보고 사항이 많기 때문에 순서대로 이야기를 드릴까 합니다.

○ 0권.

우선 이 녀석부터 이야기를 드려야겠군요.

10권과 동시에 발매된 드래곤매거진 5월호에 『데이트·어·라이브』 0권 Ver2.0이 부록으로 포함되었습니다!

이전에 1,000명 한정으로 배포한 소책자와 『데이트·어·라이브』 0권, 그리고 각종 이벤트 때 배포한 쇼트 스토리를 한 권에 응축한 특별 사양입니다! 잡지는 머지않아 서점에서 사라지고 마니 흥미가 있으신 분은 서둘러 구매해주십시오!

○ DAS 4권.

드래곤에이지에서 연재된 오니야즈 카카시 씨의 『데이트·어·스트라이크』가 드디어 완결됐습니다! 오니야즈 씨, 뜨겁고 귀여운 만화를 그려주셔서 감사합니다!

그리고 최종 권인 4권이 2014년 3월 8일에 발매됩니다! AST들을 둘러싼 또 하나의 『데이트』의 결말을 직접 확인해주십시오!

○ **코믹 1권.**

소년에이스에서 연재 중인 코믹스판 『데이트·어·라이브』 1권이 2014년 3월 26일에 발매됩니다. 이누이 세키히코 씨의 스타일리시한 필체로 그려지는 『데이트』를 즐겨주십시오!

그리고 코믹스판 『데이트』 1권과 이 『데이트』 10권을 대상으로 동시 구입 캠페인이 실시 중입니다!

띠지에 있는 응모권을 보내주시면 추첨을 통해 츠나코 씨가 직접 그린 B0 사이즈 태피스트리를 받을 수 있습니다! B0예요, B0. 일반적인 공책의 크기가 B5입니다. 그리고 그 공책 두 개 정도의 크기가 B4이고, 그걸 배로 늘리면 B3, 그걸 또 배로 늘리면 B2, 그리고 그걸 또 배로 늘리면 B1, 그리고 그걸 또 배로 늘린 크기가 B0입니다. 즉, 일반적인 공책의 32배에 해당하는 크기죠. 간단하게 말해 무지막지하게 거대합니다. 게다가 츠나코 씨가 새로 그린 일러스트로 만든 태피스트리죠! 꼭 응모해주십시오!

○ **애니메이션 2기.**

그리고 TV애니메이션 『데이트·어·라이브 Ⅱ』가 2014년 4월부터 방송됩니다. 야마이 자매와 미쿠 등, 5권부터 등장하는 신 캐릭터가 말하고, 움직이고, 노래하고, 춤춥니다. 스태프분들과 성우분들이 최선을 다해 만들고 계시니 기대해주십시오!

○ **게임 제2탄.**

플레이스테이션3용 게임소프트, 『데이트·어·라이브 아루스 인스톨』이 2014년 여름에 컴파일하트에서 발매될 예정입니다! 이번에도 『린네 유토피아』 때와 마찬가지로 캐릭터 원안 및 스토리 원안 제작에 참가했습니다. 현재 열심히 개발 중이니 기대해주시길!

○ Let's Party.

마지막으로, 드래곤에이지에서 『데이트』의 스핀오프 코믹 『데이트·어·파티』가 연재 중입니다! 히나모리 유이 씨가 귀여운 그림체로 그려주시는 『데이트』 캐릭터들의 느긋한 일상(?) 풍경! 잘 부탁드립니다!

휴우, 고지 사항 전달에만 세 페이지나 쓰다니, 정말 분에 넘치는 사치를 부리는 것 같군요.

자아, 이번에도 많은 분들께서 최선을 다해주신 덕분에 책을 낼 수 있었습니다. 츠나코 씨와 담당 편집자님, 디자이너님과 편집부 분들, 그 외에도 『데이트』에 관여한 많은 분들, 그리고 이 책을 읽어주신 독자 여러분들께 진심으로 감사드립니다. 『데이트』가 10권이라는 숫자에 도달할 수 있었던 것은 여러분 덕분입니다. 정말 감사합니다.

왠지 최종 권 같은 마무리 인사를 드리고 있습니다만, 시리즈는 앞으로도 계속될 예정입니다.

우선 11권. 시도 군은 이제 어떻게 될까요(완전 남 일). 정말 눈을 뗄 수가 없습니다요.

그럼 여러분과 다시 만날 수 있기를 진심으로 빌며 이만 줄이겠습니다.

2014년 2월 타치바나 코우시

■역자 후기

안녕하십니까. 근로청년 번역가 이승원입니다.

『데이트·어·라이브 10 오리가미 엔젤』을 구매해주셔서 진심으로 감사드립니다.

2014년도 두 번째 데어라, 『데이트·어·라이브 10 오리가미 엔젤』은 재미있게 읽으셨는지요.

처음부터 끝까지 쉬어갈 틈 없이 휘몰아치는 전개더군요. 역자인 저도 정말 재미있게 읽었습니다. 보통은 번역 작품을 읽을 때 어떤 식으로 번역할지 생각하거나 유의 사항 같은 것을 메모해두면서 봅니다만, 이번에는 작품에 너무 몰입한 나머지 번역 사전 작업을 못 했습니다. 결국 다시 읽으면서 사전 작업을 하려 했습니다만…… 또 너무 몰입해버려서 작업을 제대로 못 하는 사태가 발생하더군요, AHAHA.

평소 같으면 본문의 내용을 가볍게 다루겠습니다만 이번 10권에는 대형 폭탄 및 지뢰가 너무 많이 깔려 있어서 다를 수가 없군요.ㅠㅜ 아직 본편을 읽지 않으신 독자분들은 지금 바로 본편을 읽으시길! 역자 후기 따위 안 봐도 돼요!(어이) 오리가미의 컬러 일러스트에 버금갈 만큼 끝내줍니다요!

그러고 보니 타치바나 코우시 선생님은 상하권 구성으로 스토리를 짜실 때가 많은 것 같습니다.

미쿠 공략 편인가 했습니다만 실은 정히로인 매력 분출 편이었던 6권과 7권, 일반적인 정령 공략과는 다른 방식을 다루면서 은둔형 외톨이 히로인을 공략한 8, 9권, 그리고 이번 10권도 다음 편으로 이어지고 있습니다. 정말, 상하권 구성 형식으로 가면서부터 작가님께서는 독자들의 애간장을 타게 만들고 계시죠. 특히 6권 마지막에 주인공의 든든한 조력자 및 히로인들을 다 그렇게(?) 만든 후 주인공을 잡아먹을 기회만 호시탐탐 노리고 있는 모 정령 양을 등장시킬 때는 정말 경악했습니다. 그러고 보니 그때 삐야 님과 다음 권 표지를 보면서 상상의 나래를 펼치기도 했었죠.^^

이번 10권에서도 작가님께서는 6권에 버금, 아니, 더 강렬한 절단 신공을 펼치셨습니다. 역자인 저도 빨리 11권이 보고 싶어요.ㅠㅜ

그럼 이만 줄이겠습니다.

제 취향을 직격하는 작품을 매번 맡겨주시는 삐야 님과 L노벨 편집부 여러분. 정말 감사합니다. 이번 10권은 모든 면에서 저를 녹다운 시켰습니다요.^^

중국집에서는 짬뽕 국물에 중국술이라면서 이과두주를 여섯 병이나 시킨 지인이여. ……이과두주 도수가 60%인 건 알고 있는 거냐?!

마지막으로 언제나 제게 버팀목이 되어주시는 어머니와 『데이트·어·라이브』를 읽어주신 모든 분들에게 진심으로 감사드립니다.

비련의 주인공이 되어버린 모 히로인의 XX 버전이 표지를 장식할 가능성이 높은 11권 역자 후기에서 다시 뵙겠습니다!

2014년 4월 중순

역자 이승원 올림

데이트 어 라이브 10

1판 1쇄 발행 2014년 6월 10일
1판 9쇄 발행 2019년 6월 28일

지은이_ Koushi Tachibana
일러스트_ Tsunako
옮긴이_ 이승원

발행인_ 신현호
편집국장_ 김은주
편집진행_ 최은진 · 김기준 · 김승신 · 원현선 · 권세라
편집디자인_ 양우연
국제업무_ 정아라 · 전은지
관리 · 영업_ 김민원 · 조인희

펴낸곳_ (주)디앤씨미디어
등록_ 2002년 4월 25일 제20-260호
주소_ 서울시 구로구 디지털로 26길 111 JnK디지털타워 503호
전화_ 02-333-2513(대표)
팩시밀리_ 02-333-2514
이메일_ lnovelpiya@naver.com
L노벨 공식 카페_ http://cafe.naver.com/lnovel11

원제 DATE A LIVE 10

ISBN 978-89-267-9584-2 04830
ISBN 978-89-267-9334-3 (세트)

값 6,800원

L NOVEL
인생
la bonne vie
제2장
카와기시 오우교 OUGYO KAWAGISHI
ILLUSTRATION MERUCHI NANASE
나나세 메루치
이은혜 옮김
NOVEL